Manfred Hirschleb

Blutspur
durch die Oberpfalz

Ein Oberpfälzer Psychothriller

Copyright: © 2019 Manfred Hirschleb
Satz & Umschlag: Erik Kinting – www.buchlektorat.net

Verlag und Druck:
tredition GmbH
Halenreie 40-44
22359 Hamburg

978-3-7497-9350-1 (Paperback)
978-3-7497-9351-8 (Hardcover)
978-3-7497-9352-5 (e-Book)

Bibliografische Information der Deutschen Nationalbibliothek:
Die Deutsche Nationalbibliothek verzeichnet diese Publikation in der Deutschen Nationalbibliografie; detaillierte bibliografische Daten sind im Internet über http://dnb.dnb.de abrufbar.

1

»Du wirst Papa …«, hatte Kathi ihm am Frühstückstisch ins Ohr geflüstert. Übermütig trommelte Ludwig im Takt zur Musik aufs Lenkrad und gab Gas. Im Radio lief sein Lieblingssong: *Light my fire* von den *Doors*. Das war der schönste Tag in seinem Leben. Daran hatte auch die Batterie seines Wagens nichts ändern können, die sich just diesen Tag ausgesucht hatte, um ihren Geist aufzugeben. Er hatte einfach Kathis Wagen genommen.

Die Straße verlief kurvig und steil ins Dorf hinunter. Rasant schnitt er die Kurven, berauscht von seinem Glück. »Ich werde Vaaaater!«, grölte er und hopste auf dem Sitz herum. Er wollte tanzen vor Freude.

Vor der T-Kreuzung musste er bremsen, doch nichts passierte. Obwohl es sinnlos war, trat er das Bremspedal bis zum Bodenblech durch – wieder und wieder – während er unerbittlich auf die Mauer zuraste. »Elende Mistkarre …« Verzweifelt rammte er den ersten Gang rein, zog die Handbremse und riss das Lenkrad herum, aber es half nichts. Der Wagen krachte mit dem Heck gegen die Mauer, wurde herumgeschleudert und prallte gegen die Uferböschung des Ganselbachs. Danach mähte er ein paar Schwarzerlen nieder und überschlug sich mehrmals. Schließlich pflügte er durch die Wiese und kam auf dem Dach liegend zum Stehen. *Kathi …* war sein letzter Gedanke.

Als er zu sich kam, lag er, vom Gurt gehalten, kopfüber auf der Schulter, der Airbag versperrte ihm die Sicht. Verwundert stellte er fest, dass er noch lebt. *Verdammt, ich muss hier raus*, wurde ihm schlagartig klar. Er versuchte, den Gurt zu lösen, und stöhnte auf, doch der plötzlich einsetzende Schmerz ließ ihn sofort innehalten. *So also fühlt es sich an, wenn man durch den Fleischwolf gedreht wird …*

»Gottverdammich!«, schrie er.

Sein Arm war eingeklemmt und das rechte Beine völlig gefühllos. Er wischte sich über die Augen, weil er nur noch verschwommen sehen konnte. Erschrocken starrte er auf seine blutige Hand, dann bohrte sich der Schmerz erneut in seinen Schädel. *Mein Gott, ich darf nicht ohnmächtig werden ...*

Plötzlich fiel ihm ein, was eigentlich passiert war: Jemand hatte die Bremsen manipuliert. Und dann traf ihn die Erkenntnis mit voller Wucht: Der Anschlag hatte nicht ihm, sondern Kathi gegolten! Es war ihr Wagen!

Ludwig Hiermeier, Polizeihauptkommissar in der alten Kreisstadt Oberviechtach, konnte sich beim besten Willen nicht erklären, wer ein Interesse an Kathis Tod haben könnte. Die Russenmafia? Aus Rache, weil er ihren Drogenkurieren zugesetzt hatte? Nein, die hätten kurzen Prozess gemacht. Seit Erwin Draxlers Mordversuch an ihm gab es eigentlich niemanden, der für so einen Anschlag infrage kam.

Verzweifelt versuchte er abermals, sich zu befreien, während der Schmerz in seinem Schädel tobte. Schließlich wurde ihm schwarz vor Augen und Dunkelheit erlöste ihn.

Der schneidende Geruch nach Benzin riss ihn erneut aus der Ohnmacht. Die aufkommende Panik ließ ihn den Schmerz fast vergessen, während er verzweifelt versuchte, sich zu befreien. Er schlug mit der blutenden Hand aufs Seitenfenster ein, was jedoch nichts brachte.

Dann drang Qualm ins Wageninnere. *Oh Gott! Ich werde verbrennen!*

Er schlug auf die Hupe ein, doch nichts geschah. Wie von Sinnen begann er zu schreien, bis er nur noch husten und würgen konnte.

Da wurde die Wagentür mit einem hässlichen Quietschen aufgezogen …

***

Xaver Mühlbauer saß auf der Bank unter der großen Linde und wartete. Der heraufziehende Morgen hatte die Dämmerung verdrängt und ihn fröstelte. Nebelschwaden waberten über die Wiesen und zogen ins Tal hinunter, sodass nur noch die bewaldeten Hügelkämme ringsum hervorlugten. Es war einer dieser hässlichen Spätherbsttage, die man am liebsten im sonnigen Süden verbrachte.

Xaver wusste, dass Katharina Hiermeier jeden Donnerstag zum Einkaufen fuhr. Er hatte sich schon vor einer ganzen Weile im Wirtshaus zum *Goldenen Hirschen* in Kirchbichl einquartiert und ihre Gewohnheiten ausspioniert. Gegen vier Uhr morgens hatte er sich heute schließlich auf den Hof geschlichen und gehofft, dass der Hund nicht anschlagen möge. Er brauchte nur wenige Minuten, um die Bremsschläuche ihres Wagens anzuschneiden. Sie würden bei einem starken Bremsversuch platzen, das hatte er sorgfältig recherchiert. Dann hatte er sich zu seinem Beobachtungsposten begeben, wo er geduldig gewartet hatte.

Als er nun den Wagen den Berg hinunterrasen sah, stellte er mit Schrecken fest, dass nicht Katharina, sondern ihr Mann am Steuer saß. »Nein!«, entfuhr es ihm. Einem ersten Impuls folgend wollte er aufspringen und ihn warnen, aber dafür war es längst zu spät.

Der Wagen prallte gegen die Mauer und überschlug sich.

Unentschlossen starrte er auf das ramponierte Fahrzeug und überlegte, was er nun tun sollte. Sollte er dem Mann helfen? Katharina Hiermeier sollte sterben, damit er Alleinerbe würde. Xavers todkranke Mutter hatte ihm auf dem Sterbebett eröffnet, dass der verstorbene Toni Mühlbauer nicht sein leiblicher Vater war, sondern Ignatz Ganselhuber, ein Großbauer aus Kirchbichl. Der hatte Ende der Sechzigerjahre Xavers damals neunzehnjährige Mutter vergewaltigt. Bis kurz vor ihrem Tod hatte Mutter ihm das verheimlicht, weil sie Angst hatte, der paranoide Erwin Draxler würde auch Xaver töten. Er hatte schon Andreas Ganselhuber auf dem Kalvarienberg erschossen, um den Hof an sich zu bringen, denn Andreas war der letzte Erbe des Ganselhofes gewesen. Erst nach Erwin Draxlers Tod fand Xavers Mutter den Mut. Geerbt hatte den Hof dann John Gyllenhaal aus Amerika, noch ein unehelicher Sohn des alten Ganselhubers. Der hatte ihn aber Katharina geschenkt. Doch der Hof sollte ihm allein gehören! Er sollte auch nicht mehr *Draxelhof* heißen. Und dann war da noch der Hass auf seinen Erzeuger, aber der war schon vor Jahren auf mysteriöse Weise beim Holzmachen tödlich verunglückt. Es hieß, dass dabei nicht alles mit rechten Dingen zugegangen sei, andere sprachen gar von einem Fluch, der auf dem Hof läge.

Wenn Katharina bei dem Unfall gestorben wäre, fiel Xaver plötzlich ein, hätte ihr Mann den Hof geerbt. Also musste der ja sowieso sterben.

Rauchfäden stiegen von der Unfallstelle auf. Als aktives Mitglied der freiwilligen Feuerwehr Waldmünchen wusste Xaver, dass jetzt jede Sekunde zählte, der Wagen würde gleich in Flammen aufgehen. Wenn der Fahrer nicht tot, sondern verletzt war und sich aus eigener Kraft nicht befreien konnte, würde er bei lebendigem Leibe verbrennen.

Er hörte dumpfe Schreie aus dem dichter werdenden Qualm um das Fahrzeug herum. Verdammt …

Xaver rannte los.

»Oh Gott!«, entfuhr es Xaver beim Anblick des Verletzten. »Bleiben sie ganz ruhig. Ich werde jetzt den Sicherheitsgurt lösen und Sie herausziehen.« Rauch versperrte ihm die Sicht, seine Augen fingen an zu tränen.

Polizeihauptkommissar Ludwig Hiermeier brachte kein Wort heraus, hustete nur.

»Sind Sie bereit?«

Ludwig nickte matt.

Während Xaver ihn aus dem Wagen zerrte und über die Wiese schleppte, schrie Ludwig wie am Spieß. Er versuchte, seine Beine zu benutzen, aber er konnte sie immer noch nicht spüren, doch die Schmerzen, die seine Hüfte emporschossen, als sein Retter ihn mehr über die Wiese zog als trug, brachten ihn fast um den Verstand.

In einigem Abstand sanken die beiden Männer zu Boden, während Flammen aufloderten und eine schwarze Rauchsäule in den Himmel schickten.

Ludwig hustete abwechselnd und sog gierig die Luft ein. In der Ferne war das Heulen von Sirenen zu hören. »Sie haben mir wohl das Leben gerettet«, röchelte er schließlich.

Es war Xaver peinlich, aber er empfand Sympathie für den Mann. Hätte er ihn wirklich sterben lassen sollen, nur um seinem Ziel ein Stück näher zu kommen? Oder Katharina? Nein, das konnte er nicht. So einer war er nicht.

»Mühlbauer«, sagte er schließlich. »Xaver Mühlbauer.« Und dann fügte er hastig an: »Und wie heißen Sie?«

»Ludwig Hiermeier, zumindest das bisschen was von mir noch übrig ist«, presste er hervor. »Ich bin froh, dass Sie gerade vorbeigekommen sind.«

Während Xaver hektisch überlegte, wie er seine Anwesenheit erklären sollte, wurde Ludwig endgültig ohnmächtig.

***

Es war früher Nachmittag, die Sonne hatte sich gegen den Nebel durchgesetzt. Erste Strahlen schlichen sich in das Zimmer, in dem Ludwig vor sich hindämmerte. Mehr als ein Blinzeln brachte er noch nicht zustande. Neben seinem Bett nahm er schemenhaft einen Schatten wahr. Kathi …? Obwohl in seinem Kopf Tausende Hornissen brummten, wünschte er sich nichts sehnlicher, als sie an sich zu ziehen und zu küssen. Er wollte etwas sagen, doch ihr besorgter Blick verschlug ihm die Sprache. Aber da war noch mehr: Zorn! Verlegen schaute er an sich herunter. Ein Arm war eingegipst, im anderen steckte ein Zugang und sein eingegipstes Bein war auf einem Drahtgestell gelagert. Sein Kopf fühlte sich an, als würde er eine Motorradmaske tragen. – *Bandagen*, wurde ihm klar. Außerdem hing ihm ein Schlauch aus der Nase. Er fühlte sich dennoch auf eine merkwürdige Art gut und führte das auf Schmerzmittel zurück, die ihn in einem wattigen Zustand hielten. *Jetzt bin ich schon wieder dem Teufel von der Schippe gesprungen.* Ein Grinsen verzog sein Gesicht. *Jetzt sind nur noch vier Leben übrig.*

»Mein Gott, bin ich froh, dass du lebst. Was machst du denn für Sachen, Schatz?« Kathis Worte klangen wie unter Wasser. »Warum bist du so gerast? Du hättest tot sein können!« Sie drückte seine Hand, während ihr Tränen die Wangen hinunterliefen. »Ludwig …«, presste sie noch hervor, dann schnürte ihr ein Schluchzen die Kehle zu.

»Bitte, Kleines, wein doch nicht«, sagte er schwach und richtete sich mühsam ein wenig auf, ließ sich aber sofort wieder zurücksinken, da Schmerzen, trotz Dämpfung der Medikamente, seine Wirbelsäule hinaufrasten. »Es ist ja noch mal gut gegangen«, seufzte er. »Halb so wild. Das wird schon wieder.«

Kathi wischte sich die Tränen aus dem Gesicht und deutete auf sein Bein, klopfte auf den eingegipsten Arm: »Der ist zweimal gebrochen, dein Bein zertrümmert. Und dein Gesicht erst!«

So schnell ihr Zorn gekommen war, so schnell verrauchte er auch wieder und sie strich ihm zärtlich übers Gesicht. In ihren Augen sah er kurz das ganze Spektrum ihrer Angst aufblitzen: Angst ihn zu verlieren, das Kind alleine großziehen zu müssen, die Arbeit auf dem Hof nicht zu schaffen … Aber sie sagte nur: »Ich hoffe, dass du bald wieder gesund wirst, schließlich brauchen wir dich.« Sie zögerte, hauchte ihm dann aber einen Kuss auf den Mundwinkel, zwischen Schlauch und Bandage.

Als er ihre Lippen auf den seinen spürte, hätte er sie am liebsten umarmt und nie mehr losgelassen, aber die Erinnerung an den letzten Bewegungsversuch ließ ihn starr verharren. Jäh überkam ihn die Erinnerung an den Unfall – die Bremse … Er musste ihr sagen, dass die Bremsen manipuliert wurden, um sie … Oh Gott! Alles fiel ihm wieder ein und die Angst um Kathie legte sich wie ein stählernes Band um seine Brust. Wenn sie den Wagen gefahren hätte … Er brauchte eine plausible Erklärung, um es ihr schonend beizubringen. Er wusste, dass die Kollegen von der Spurensicherung die Unfallursache herausfinden würden und Kathi früher oder später von dem Mordanschlag auf sie erfuhr. Sollte er ihr von dem russischen Drogenkurier erzählen, dem er die acht Zentimeter lange Narbe an der Schläfe verdankte? Es war nicht auszuschließen, dass die Russenmafia Kathie aus Rache an Ludwig nach dem Leben trachteten.

Er entschloss sich, ihr erst mal nur die halbe Wahrheit zu sagen, alles andere würde Kathi in ein seelisches Chaos stürzen. »Ich muss dir etwas sagen, Schatz«, begann er leise und betont langsam. »Die Bremsen an deinem Auto wurden manipuliert – deswegen bin ich verunglückt.«

Er sah das Unverständnis in Kathis Augen aufblitzen. »Manipuliert?« Sie schüttelte den Kopf. »Wer sollte denn so was tun? Und warum?«

»Niemand konnte wissen, dass wir die Autos tauschen würden«, sagte er vorsichtig.

Sie schaute Ludwig verständnislos an und nur langsam drang die Bedeutung seiner Worte in ihr Bewusstsein. »Jemand wollte *mich* töten? Aber warum denn? Und … wenn derjenige das noch mal versucht?« Sie wurde bleich und begann zu zittern. »Aber …«, stammelte sie, »das muss ein Irrtum sein …«

Es tat ihm in der Seele weh, sie so hilflos und verzweifelt zu sehen. – Und er war ans Bett gefesselt und konnte nicht für sie da sein! »Es tut mir so leid, Schatz, aber ich fürchte, es ist so, das ist der logische Schluss. Glaub mir, wir werden herausfinden, wer das war. Bis dahin musst du auf dich aufpassen. Solange ich hier bin, kümmern sich die Kollegen um dich.«

»Und wie stellst du dir das vor? Soll ich mich den ganzen Tag einschließen und nicht mehr vor die Tür gehen? Das geht nicht. Ich muss einkaufen, den Hof versorgen, zu Vorsorgeuntersuchungen …«

»Ich rede mit meinem Chef, dass du Personenschutz bekommst, bis ich wieder zu Hause bin. Das ist das Einzige, was wir im Moment tun können.«

Sein ernster und besorgter Blick aus dem lädierten Gesicht machte ihr so sehr Angst, dass sie zitternd nickte. »Du musst schnell wieder gesund werden, Schatz.« Sie hauchte ihm noch einen Kuss auf die Wange und ging zur Tür. »Dann schicke ich mal die Jungs rein.«

Als sie ging, kamen Ludwigs Kollegen ins Zimmer, allen voran sein Chef. Er war froh, sie zu sehen, verabscheute aber die mitleidigen Blicke. Sah er wirklich so schlimm aus? Vor Monaten, als er aus dem künstlichen Koma erwachte, war ihm das schon einmal passiert. Er sollte das nicht zur Gewohnheit werden lassen.

»Mein Gott … wie du aussiehst«, jammerte Ewald. »Was machst du denn für Sachen? Gott sei Dank, dass du lebst.« Verlegen wischte er sich über die Augen und reichte Ludwig die mitgebrachten Pralinen.

Ludwig lächelte ihn dankbar an, worauf Ewald die Schachtel erst etwas hilflos in der Luft herumschwenkte und sie dann auf den Nachttisch legte.

»Wie du siehst, lebe ich noch.« Ludwig lächelte gequält. Sein Blick wanderte zu Ernst, seinem Chef: »Habt ihr das Auto untersucht?«

Ernst räusperte sich. »Ja. Die Bremsschläuche waren angeschnitten. Das war gut gemacht, doch das schließt Profis, Mechaniker und Hobbybastler ein. Aber das war nicht dein Wagen …«

»Meiner sprang an dem Morgen nicht an, deshalb habe ich Kathies genommen.«

»Wir haben deinen Wagen auch untersucht. Der war nicht manipuliert. Der Anschlag galt also deiner Frau …«

Ludwig schluckte. Es war noch viel schlimmer, es von Ernst zu hören.

2

»Hast du geglaubt, dass du so einfach davonkommst?« Er presste das glühende Messer auf die sprudelnde Wunde.

Xaver bäumte sich auf, riss an seinen Fesseln und schrie wie von Sinnen, doch kein Laut kam über seine Lippen. Er wurde ohnmächtig. Augenblicklich kauterisierten die Blutgefäße und ätzender Gestank, wie auf einer schwelenden Müllkippe, breitete sich aus. Wo Xavers Penis sein sollte, war jetzt ein schwarzverbrannter rauchender Fleck. Zwischen den Beinen hatte sich eine Blutlache ausgebreitet, Bettlaken und Decke waren mit Blut bespritzt.

Angeekelt rümpfte er die Nase. Zufrieden mit seinem Werk legte er das Messer beiseite und drehte den Campingkocher herunter. Ach ja, der Penis …

Geduldig wartete er, dass Mühlbauer wieder zu sich kommen würde, und ließ noch mal alles Revue passieren: Wie Mühlbauer nackt, an Armen und Beinen gefesselt, am Kopfende des Bettes saß und sich vor Angst gewunden hatte, bis er in Ohnmacht fiel, als das Messer durch sein Fleisch schnitt. Es war so einfach gewesen …

Xaver Mühlbauer erwachte aus seiner Ohnmacht und starrte in die eiskalten Augen seines Peinigers. Er wollte schreien, aber etwas steckte in seinem Hals … sein Mund war mit Klebeband verschlossen – er konnte kaum atmen! Zwischen Schmerzen und der Angst, wieder ohnmächtig zu werden, drängten sich die Erinnerungen mit Gewalt in sein Bewusstsein. Alles hatte so harmlos angefangen. Der junge Mann aus der Schwulenkneipe, nach dem sich alle umdrehten, der von einigen mit gierigen Blicken verschlungen wurde und den er schließlich für sich einnehmen konnte … Wie er voller Vorfreude auf das bevorstehende Vergnügen den Schönling mit nach Hause genommen hatte. An diesem Abend hatten sie viel getrunken, zu viel, sodass er plötzlich eingeschlafen war und erst am nächsten Morgen aufwachte, als sein steifes Glied *bearbeitet* wurde. Und wie er sich berauscht den Liebkosungen hingegeben hatte, um sehnsüchtig seinem Höhepunkt entgegenzustreben. Dass er ans Bett gefesselt war, stellte für ihn lediglich eine neue Variante dar, die seine Erregung noch mehr steigerte. Genauso wie die Raffinesse mit dem Kabelbinder, um seine Erektion möglichst lange aufrechtzuerhalten. Und dann, kurz vor seinem Orgasmus, dieser schreckliche Augenblick, als er das rot glühende Messer sah und plötzlich erkannte, dass etwas nicht stimmte, dass das nicht zum Liebesspiel gehörte. Und wie die Todesangst seinen Geist zu lähmen drohte, weil er nicht sterben wollte – nicht so … entmannt und fast ausgeblutet. Auch daran, wie er, panisch geworden, an seinen Fesseln riss – doch vergebens. Er musste zusehen, wie das Messer durch sein Fleisch schnitt und seinen Penis abtrennte. Selbst an den Schmerz erinnerte er sich noch, der durch seinen Unterleib hinauf in seinen Schädel fuhr, sodass er meinte, dieser würde zerspringen. Sein Penis … Er würgte und wurde wieder ohnmächtig.

Ohrfeigen holten ihn in die Wirklichkeit zurück – eine Wirklichkeit, die ihm wie ein böser Traum vorkam. Die Tatsache, kein Mann mehr zu sein, erschreckte ihn mehr als die Erkenntnis, sterben zu müssen. Aber was viel schlimmer war: Nie wieder würde er die sexuellen Freuden mit Jungen teilen können, gerade jetzt, wo er im Darknet Gleichgesinnte kennengelernt hatte, mit denen er sich austauschen konnte, was ihm eine neue Welt eröffnet hatte, eine Welt voller sexueller Möglichkeiten, ohne Angst haben zu müssen, jemals zur Rechenschaft gezogen zu werden …

Schweißtropfen liefen ihm in die Augen und verschleierten seinen Blick. Er fror und plötzlich dämmerte ihm, dass sein Martyrium erst begonnen hatte. *Wer bist du?,* wollte er wissen und obwohl die Frage nur in seinem Kopf entstand, wusste er längst die Antwort: Der Junge aus dem Sportverein! Aber das war so viele Jahren her … Er erinnerte sich noch genau, wie alles angefangen hatte. Mit Aufmerksamkeiten und Zuwendungen, die der Junge in seiner kindlichen Einfalt sorglos konsumiert hatte. Die Fußballschuhe und die Süßigkeiten, auch das Kleingeld, das er ihm zusteckte. Und später im Kino, wie er ihn behutsam zu den

Spielereien ermuntert hatte, um seine kindliche Neugierde zu wecken. Dass es noch andere sexuelle Varianten gab, davon hatte der Junge noch keine Ahnung gehabt. Die Spielereien dienten nur einem Zweck: ihn auf das Unvermeidliche vorzubereiten. Auch an den Tag im Sportheim erinnerte er sich noch gut, als alle Jungen gegangen und nur sie beide in der Dusche zurückgeblieben waren; wie er beim Anblick des nackten Knaben die Beherrschung verlor und ihn mit Gewalt niedergerungen hatte, um sich an ihm zu vergehen; wie das Rauschen des Wassers sein Lustgestöhne und die Schreie des Jungen übertönte. Danach, als alles vorbei war, hatte er dem auf den nackten Fließen liegenden und wimmernden Buben versprochen, ihm nie wieder wehtun zu wollen. Doch sein Versprechen galt nur für diesen einen Moment, denn er konnte und wollte nicht mehr von ihm ablassen. Der Junge hatte tatsächlich niemandem etwas gesagt. Und Xaver hatte sein Versprechen gehalten, jedenfalls meistens. Nach zwei Jahren war der Kleine dann verschwunden …

Er starrte ihn an. Wie hieß er noch gleich …?

»Wie ich sehe, erinnerst du dich wieder, Xaver Mühlbauer. Glaubtest du, ich hätte vergessen, was du mir angetan hast? Die fürchterlichen Schmerzen, die sich unauslöschlich in mein Gedächtnis eingebrannt haben? Die Träume, aus denen ich nachts schweißgebadet aufwache, weil dein Schwanz mich aufspießt und mit jedem Stoß aufreißt, als würde es gerade wieder passieren? Dass ich fast jeden Morgen feststellen muss, dass mich die Vergangenheit erneut eingeholt hat? Jeden! Verdammten! Morgen!«

Xaver schluckte, soweit das mit seiner verstopften Kehle möglich war.

»Und nun möchte ich dir etwas davon zurückgeben …«

Xaver wurde von den gletscherblauen Augen förmlich durchbohrt.

»Schmerzen, endlose Schmerzen. Nur schade, dass du verbal gehandicapt bist. Gerne würde ich von dir wissen, wie es sich anfühlt, den eigenen Schwanz im Mund zu spüren, den du so gerne in kleine Jungen steckst. Natürlich tut das nicht so weh wie bei mir damals, aber da unten …«, er zeigte zwischen Xavers Beine, »… habe ich dafür gesorgt, dass du nachempfinden kannst, wie es ist, wenn einem der Schmerz durch den Körper jagt. Und da wäre noch die Angst, die dich beinahe um den Verstand bringt, wenn du dich fragst: Werde ich sterben? Ich habe lange nachgedacht, welche Strafe für dich angemessen ist. Ein schneller Tod wäre viel zu banal.« Angewidert wandte er sich ab und ging ins Bad.

Als er zurückkehrte, loderte bereits der Wahnsinn in Xavers Augen.

Er beugte sich zu ihm runter: »Nie wieder wirst du kleinen Jungen wehtun. Und nun sollst du fühlen, was richtige Angst ist. Angst, die du in so viele Kinderherzen gesät hast, denen du unsägliche Pein bereitet hast. Unschuldigen Kindern, die das Pech hatten, in die Hände einer Bestie zu geraten. Du hast ihre Seelen für immer zerstört. Nicht alle sind so stark wie ich und bekommen die Gelegenheit, es ihrem Peiniger zurückzuzahlen.« Er beugte sich nach vorne, beinahe von Angesicht zu Angesicht, wie eine Schlange kurz vor dem Zustoßen, und durchbohrte ihn mit seinem Blick. »Und weißt du, was ich als Unrecht empfinde? Dass dein Leiden trotz allem viel zu kurz sein wird. Wirklich schade.«

Er stand auf und ging zum Fenster, in dem sich sein Konterfei spiegelte. Draußen war es mittlerweile dunkel geworden und dichte Nebelschwaden waberten ums Haus, sodass die Straßenbeleuchtung nur noch diffuses Licht verbreitete. Nachdenklich schüttelte er den Kopf. *Ist das alles, was von meiner Rache übrig bleibt? Natürlich werde ich ihm versprechen, ihn am Leben zu lassen, wenn er mir von seinen Kontakten erzählt, aber das wird gelogen sein ...*

Schließlich sang Xaver wie ein Vögelchen. Ohne seinen Schwanz weiterleben zu müssen war ihm wichtiger als der Tod. *Wie erbärmlich!*

Er wusste nicht, warum ihm gerade jetzt der Gedanke kam: *War es nur Rache, ihn auf diese Art zu töten, oder war da mehr?* Je länger er darüber nachdachte, desto mehr Sinn ergab das alles. Diese pädophilen Monster mussten aufgehalten werden. *Wenn nicht ich, wer dann?* Es war wir ein Virus, der sich gerade in seinen Kopf festgesetzt hatte. »Ich bin dazu berufen ... ich werde sie jagen, ihrem schändlichen Treiben ein Ende setzen«, murmelt er.

Plötzlich kamen ihm Zweifel. *Mit Xaver Mühlbauer könnte die Sache erledigt sein und ich könnte mein Leben ganz normal weiterführen, jetzt, da ich zum Mörder geworden bin. Nein,* gab er sich sogleich selbst die Antwort. Mit jedem weiteren Namen, den er aus Xaver herausgepresst hatte, fühle er sich dazu auserkoren, dem schändlichen Treiben dieser Kinderschänder ein Ende setzen zu müssen, weil es sich gut und richtig anfühlte.

Kurz dachte er darüber nach, warum er schwul war. In Xavers Fall war das natürlich hilfreich gewesen. Dass er sich aus dem weiblichen Geschlecht nichts machte, hatte er schon als Kind festgestellt und die Pubertät hatte auch nichts daran geändert. Vielleicht lag es an den Frauen, die er stets als etwas Bedrohliches empfand. War das der Grund, warum er sich zu Männern hingezogen fühlte, obwohl er in ihnen lediglich Objekte zur Befriedigung seiner sexuellen Bedürfnisse sah? Sie konnte er nach Belieben benutzen und danach wie schmutzige Wäsche ablegen und alles auf den reinen Geschlechtsakt reduzieren – ohne jegliche Emotionen. Früher hatte er sich gelegentlich hinreißen lassen, mit einem Mädchen zu schlafen, aber jedes Mal hatte er die Bilder seiner Mutter vor Augen, sodass es ihn anekelte. Dass er es trotzdem probiert hatte, war seiner jugendlichen Neugierde und den Hormonen geschuldet. Oder lag es daran, als Kind niemals Mutterliebe, Zuneigung oder Zärtlichkeiten erfahren zu haben? Empfand er deswegen keinerlei Mitleid oder Mitgefühl? Was ihm völlig fehlte, waren Schuldgefühle. Die Demütigungen und Misshandlungen, die er als Kind erdulden musste, hatten ihn emotional abgestumpft und heute tat er es als unabänderliches Schicksal ab.

Heute war sein Tag. Endlich konnte er sich von seinen nächtlichen Dämonen befreien. Doch das hatte Zeit. Xaver sollte leiden und sich an jede einzelne Schandtat erinnern – je länger, desto besser. Mit einem verächtlichen Blick auf die Jammergestalt ging er ins Wohnzimmer und machte es sich auf der Couch bequem. Er war müde, konnte aber nicht schlafen. Stattdessen zogen die Erinnerungen wie Bilder an seinem inneren Auge vorüber. Wie er nach dem Abitur in die WG zog, an der Uni Medizin studierte und erst nach drei Jahren in sein Haus, das er von Oma geerbt hatte, zurückgekehrt war. Es befand sich einige Kilometer von Waldmünchen entfernt, zwischen Höll und Arnstein, am Fuße des Durr Berges, nur wenige Hundert Meter von der Staatsstraße 2146 entfernt. Man konnte das Haus nur über einen schmalen Forstweg erreichen. Besonders gut erinnerte er sich an jenen Tag, als er in Waldmünchen seinem ehemaligen Trainer begegnete, der ihn aber nicht erkannt hatte. Von da an hatte ihn nur noch ein Gedanke beherrscht: Rache! Ein Gefühl, das so lange in ihm geschlummert und sich wie ein Vulkanausbruch mit Gewalt Bahn gebrochen hatte. Er erinnerte sich noch gut an die Kneipe, in der sich die Atmosphäre sexuell dermaßen aufgeladen hatte, dass das Testosteron wie eine Dunstglocke im Raum schwebte. Er hatte zugesehen, wie tanzende Paare sich begrapschten, sich abwechselnd die Zungen in den Hals schoben oder Hände ungeniert im Schritt des anderen rumfummelten. Und die vom Alkohol und billigen Parfum geschwängerte Luft, die ihm beinahe den Atem raubte. Auch daran, wie er geschickt Xavers Interesse geweckt hatte und bis er sicher sein konnte, dass der in seiner Geilheit nur noch Augen für ihn hatte. Am schlimmsten empfand er dessen Hände in seinem Schritt und die widerlichen Liebkosungen, die ihn anekelten. Es hatte ihn unendliche Überwindung gekostet, die Scharade aufrechtzuerhalten. Xaver zu Hause mit K.-o.-Tropfen außer Gefecht zu setzen und zu fesseln, war dagegen ein regelrechtes Vergnügen gewesen.

So aufgewühlt war an Schlaf nicht zu denken; die Bilder der Vergangenheit geisterten wieder und wieder durch seinen Kopf und spülten alles wieder hoch, was er zu vergessen versuchte. Wie ihn seit Jahren die Dämonen seiner Kindheit in den Träumen heimsuchten; Träume seiner schrecklichen Kindheit ohne Vater, dafür mit einer Mutter, die rauchte und trank und sich mit Gelegenheitsarbeiten über Wasser hielt; die ihn von klein auf behandelte wie einen Gegenstand, als hätte er keine Bedürfnisse, Wünsche oder Hoffnungen; die ihre Zigaretten auf seinem Körper ausdrückte, wenn er weinte, und ihn schlug, weil er ihr nichts recht machen konnte. Der kleinste Anlass hatte genügt. Und die Männer, die zu Hause ein- und ausgingen. Mutter sperrte ihn dann in sein Zimmer, wo er den Geräuschen lauschte, die er in seiner kindlichen Einfalt nicht verstehen konnte. Dieses Gestöhne und Mutters spitze Schreie, als er jedes Mal glaubte, ihr würde etwas Schreckliches passieren. Zitternd und weinend betete er zu Gott, dass es endlich vorbei wäre. Nie würde er die Augenblicke vergessen, als die Männer gegangen waren und Mutter im Bademantel, mit halb heraushängenden Brüsten und glasigen Augen, am Küchentisch saß, rauchte und billigen Fusel trank. Dieser ekelhafte Geruch hatte sich für immer in sein Gedächtnis eingebrannt. Immer öfter hatte er sich in seine Fantasiewelt geflüchtet, in eine Welt mit Eltern, die ihn liebten, voller Zuneigung und Hingabe, obwohl er keine genau Vorstellungen hatte, wie das tatsächlich wäre. Freunde hatte er keine und daher auch nie erlebt, wie es in anderen Familien zuging. Als Mutter verschwand – sie war einfach nicht mehr da, als er aus der Schule kam – brachte das Jugendamt ihn zu seiner Großmutter. Oma war eine verwitwete und verbitterte alte Frau, die ihn als Belastung empfand und ihn dies zu jeder Gelegenheit spüren ließ: »Du bist ein müßiger Fresser und zu nichts nutze, nichts weiter als die Rache deiner versoffenen und verhurten Mutter an mir!«, musste er sich tagtäglich anhören. Heute noch spürte er die Schläge, wenn er etwas nicht verstanden oder vergessen hatte. So manchen Abend musste er hungrig zu Bett gehen oder stundenlang im dunklen Keller ausharren. Dabei war er eigentlich sehr intelligent und lernte schnell, sodass er bald wusste, wie er sich zu verhalten hatte, um Oma keinen Anlass zu geben, aber das scherte die natürlich nicht. Seine Lernfähigkeit zahlte sich dafür in der Schule aus. Er wurde zum Einser-Schüler, zum Streber und damit zum Opfer der anderen, aber das störte ihn nicht. Ihre harmlosen Quälereien perlten an ihm ab wie lauer Sommerregen. Und in all der Zeit gab es nur eine Person, die ihm Hoffnung gab, die ihn an das Gute im Menschen glauben ließ und nett zu ihm war. Und ausgerechnet diese Person, auf die er all seine Hoffnungen gesetzt hatte, hatte sich dann als noch viel schlimmeres Ungeheuer herausgestellt: sein Fußballtrainer Xaver Mühlbauer. Er hatte seither keinen Ball mehr angerührt.

In dem Bewusstsein, dass das schlimmste Monster seiner Kindheit festgebunden auf den Tod wartete, schlief er schließlich ein. In dieser Nacht träumte er nicht.

***

Ausgeschlafen machte er sich ans Werk. Finale!

Während Xaver in die abgründigen, wie blaues Gletschereis schimmernden Augen blickte, körperlich geschwächt und nicht mehr in der Lage, sich zu rühren oder einen klaren Gedanken zu fassen, hörte er ihn sagen: »Zeit zu gehen, Xaver Mühlbauer. Ich hoffe, du hattest ausreichend Gelegenheit, über deine Schändlichkeiten nachzudenken.« Mit einem Ruck riss er Xaver das Klebeband vom Mund. »Vielleicht vergibt dir Gott – ich kann es nicht …«

Er zwang Xavers Kiefer auseinander und schob ihm den Penis mit einer Grillzange tiefer in den Hals. Zuzusehen wie sein Peiniger erst rot, dann bläulich anlief, sich vergebens würgend in Todesqualen aufbäumte und an seinen Fesseln zerrte, erfüllte ihn mit unendlicher Genugtuung. Fasziniert schaute er zu, wie seinem Opfer die Augen aus dem Kopf quollen. Schließlich erschlaffte Xavers Körper; ein paar letzte Zuckungen, dann verloren seine Augen ihren Glanz.

Genau in diesem Moment passierte das Unglaubliche: Wellen der Lust durchströmten jede Faser seines Körpers, überfluteten sein Hirn mit Testosteron und ließen seinen Penis anschwellen, sodass es beinahe schmerzte. Sein Herz klopfte bis zum Hals hinauf und sein Puls pochte schmerzhaft in den Ohren. Alles ihn ihm schrie nach Erleichterung, blendete sein Denken aus, weil da nur noch dieses unbändige Bedürfnis war, sich auf der Stelle befriedigen zu müssen. Wie in Trance öffnete er seine Hose und in einem Akt völliger Besessenheit warf er den Kopf in den Nacken und ejakulierte stöhnend auf den Toten. Schauer der Lust jagten durch seinen Körper und entfachten an den Synapsen ein Feuerwerk, das ihn in Sphären emporkatapultierte, wo es kein Hier und Jetzt gab. Er bestand nur noch aus Geilheit!

Obwohl das Testosteron noch immer durch seine Adern pulsierte und sein Körper bebte, fand er allmählich in die Wirklichkeit zurück. Verwundert schaute er an sich runter, weil sein Verstand nur langsam realisierte, dass etwas Außerordentliches, ja geradezu Grandioses passiert war, etwas, das er nicht in Worte zu kleiden vermochte. Nicht mal im Traum hätte er es für möglich gehalten, zu solchen Empfindungen fähig zu sein. Es fühlte sich an wie damals auf der Studentenparty, als er Kokain geschnupft hatte – nur tausendmal intensiver … mit nichts vergleichbar. Damals fühlte er sich unbesiegbar, geradezu gottgleich. Doch diesmal war es anders: Geist und Körper verschmolzen miteinander und schufen etwas Neues, sodass sich der Wunsch nach mehr unauslöschlich in sein Hirn brannte. Hin- und hergerissen zwischen rationalen Erwägungen und neuem Empfinden versuchte er zu begreifen …

Benommen knöpfte er sich die Hose zu und starrte angewidert auf Xaver. Dessen Tod erschien ihm irgendwie trivial, zu schnell und ultimativ, auf jeden Fall nicht das, was er sich ursprünglich erhofft hatte. Er dachte, der Reiz läge in der Vorbereitung, einer exakten Planung und der Freude, so wie bei Oma, als er sich endlich von seinem Joch befreite und sie mit einem Kissen im Schlaf erstickt hatte. Da war er gerade 19 Jahre alt gewesen. Und nun hatte er die Erfahrung gemacht, dass es etwas viel Größeres, Mächtigeres gab: sexuelle Erfüllung im Augenblick des Todes eines anderen. Testosteron und Endorphine hatten sich vermischt und in seinem Hirn etwas Neues kreiert und eine neue Dimension aufgestoßen.

Mit plötzlicher Klarheit erkannte er, dass dieses Erlebnis sein Leben völlig umkrempeln und ihm einen neuen Sinn geben würde. Xavers Tod war zur reinen Alibifunktion verkümmert. Die Namen … warum nicht das Nützliche mit dem Angenehmen verbinden? Eine Mission, für die es sich zu leben lohnte. Leben und sterben lassen … Der Gedanke war berauschend.

3

Im Goldenen Hirschen

Kirchbichl, inmitten des Oberpfälzer Waldes auf über sechshundert Metern Höhe gelegen, wurde durch die Hauptstraße, die mitten durchs Dorf verlief, geteilt und führte steil bergab ins Tal hinunter. Oben waren es die *Bergler* und weiter unten die *Unterdörfler*, wie sie scherzhaft genannt wurden. Das imposanteste Gebäude im Ort war die Kirche. Dann gab es da noch den Tante-Emma-Laden und den Bäcker, die um ihre Existenz kämpften, denn der Druck der Discounter, die in den Kleinstädten ringsum wie Pilze aus dem Boden schossen, setzte ihnen schwer zu. Sie waren ein aussterbendes Gewerbe und es war nur eine Frage der Zeit, bis sie verschwanden. Neben den wenigen Großbauern gab es noch kleinere Nebenerwerbslandwirte, die alle von den EU-Subventionen über Wasser gehalten wurden. Früher lebten die Menschen vorwiegend von der Landwirtschaft und von dem, was sie dem kargen Boden abzuringen vermochten. Nicht umsonst nannte man die Oberpfalz auch die *Steinpfalz*.

Neben der Kirche war das Wirtshaus von Wastl Rohleder die zweitwichtigste Institution im Dorf. Wastl, richtig hieß er Sebastian, war 69 Jahre alt und eins fünfundsiebzig groß. Mit seinen schütteren dunkelblonden Haaren und den spitzbübisch dreinblickenden Augen war er die Freundlichkeit in Person. Trotzdem hatte er es faustdick hinter den Ohren – ein richtiges Schlitzohr, das alles wusste, was im Dorf vor sich ging. Gab es nichts zu tun, saß er, mit auf dem Bauch zusammengefalteten Händen und den Kopf auf die Brust gesunken, am Stammtisch und pflegte seinen Schönheitsschlaf, wie er zu sagen pflegte. Wurde er gerufen, war er augenblicklich wach und kam der Bestellung nach. Wastl hatte eine besondere Gabe: Wenn er aus dem Sekundenschlaf hochschreckte, konnte er nahtlos ins aktuelle Gesprächsthema einsteigen.

Wie immer war der Wirtshausbetrieb beschaulich abgelaufen. Am Stammtisch saßen die Kartler und spielten *Watten,* während sich im kleinen Saal eine illustre Gruppe Berlinerinnen feuchtfröhlich vergnügten.

Sie logierten hier einmal im Jahr und ihre Ausgelassenheit übertönte das lautstarke Spiel der *Watterer*, die mit fast schon sportlichem Ehrgeiz dagegenzuhalten versuchten, ihre Karten auf den Tisch knallten oder ihrem Ärger lautstark Luft machten.

Es war spät. Kartler und Frauengruppe waren schon gegangen, lediglich am Ecktisch saß noch ein junger Mann, so um die fünfundzwanzig, eins neunzig groß, in schwarzer Jeans und schwarzem Hemd. Genauso schwarz waren seine Haare. Aber am auffälligsten an ihm waren die wasserhellen blauen Augen und der stechende Blick in dem ansonsten sympathischen aber blassen Gesicht. Ins iPad vertieft nippte er an seinem Bier.

Wastl entging nicht das heimliche Interesse des jungen Mannes, das der Franzi, seiner Aushilfe galt. Ebenso wenig Franzis Anmache, obwohl beide das zu verheimlichen versuchten. Franzi ließ ja nie etwas anbrennen und war ständig notgeil, aber der junge Mann? Darauf konnte er sich keinen Reim machen. Franziska war Mitte vierzig, hatte kastanienrote kurz geschnittene Haare, eine schlanke Figur und war mit *Holz vor der Hütte* ausgestattet. Trotz ihres Alters war sie eine attraktive Erscheinung, wenn man von ihrem verlebten Gesicht absah. Sie trank mit den Gästen und war immer gut gelaunt. Eines Tages hatte sie vor Wastls Tür gestanden und um einen Job gebeten. Bei freier Kost und Logis mauserte sie sich schnell zu einer unentbehrlichen Kraft. Das war vor fünf Jahren. Woher sie kam und wer sie war interessierte Wastl wenig. Ihre bloße Anwesenheit steigerte den Umsatz, also blieb sie. Natürlich rief das bei Clothilde, Wastls besserer Hälfte, keine Begeisterungsstürme hervor, als sie aber merkte, dass da nichts lief, verlor sie ihre Bedenken.

Ohne Franzi wäre er längst aufgeschmissen. Seine Thilda war Ende fünfzig, knapp eins sechzig klein, etwas füllig und der gute Geist des Hauses. Selbst bei vollem Stammtisch oder wenn nachmittags unangemeldet eine *Drückjagdgesellschaft* reinschneite, um ihr *Schüsseltreiben* mit anschließendem *Jagdgericht* zu veranstalten, beherrschte sie alles perfekt. Schließlich waren die Waidmänner nicht ganz ohne. Für jeden hielt sie ein nettes Wort parat und ihre freundliche und aufgeschlossene Art machte sie bei den Gästen beliebt. Aber da gab es auch die andere Seite von ihr. Lief ihr etwas zuwider, konnte schnell das Temperament mit ihr durchgehen und dabei scherte sie sich einem Dreck darum, ob die Stube voller Gäste war. Dann schimpfte sie lauthals drauflos oder die Tür flog krachend hinter ihr ins Schloss. Dann musste der Wastl ran. Aber nun kümmerte sich Thilda nur noch morgens um die Hausgäste, nachmittags bis in die Nacht die Franzi, die auch die Letzte war und die Schotten dichtmachte. Manchmal ärgerte sie sich, wenn sie zu später Stunde noch Essen machen musste, weil Thilda schon Feierabend gemacht macht hatte. So wie heute: Schnitzel mit Pommes für die Frauentruppe. Aber Wastl hatte darauf bestanden. *Geld klopft nicht zweimal an die Tür*, pflegte er zu sagen.

Nachdem endlich alle weg waren, stellte Franzi die Stühle im Saal hoch. Verstohlen blinzelte sie zu dem jungen Mann hinüber, der noch keine Anstalten machte, zu bezahlen. Sie hoffte, bei ihm landen zu können. *Ich wäre schon mit einem Quicky im Schlachthaus zufrieden*, dachte sie. Plötzlich fiel ihr ein, dass sie nicht vergessen durfte, die große Fritteuse auszuschalten. Aber dann …

Ohne Zweifel, sie war es! Sein Herz schlug ihm bis zum Hals hinauf, sodass ihm die Röte ins Gesicht schoss. Nach all den Jahren … Unwillkürlich schob er sich den Hemdsärmel hoch und starrte auf die vielen Brandmale, die bereits verblasst waren, nicht jedoch die Schmerzen, die sich für alle Ewigkeit in seine Seele gebrannt hatten. In diesem Moment meinte er, wieder zu spüren, wie die Zigarettenglut zischend sein Fleisch verbrannte. Seine Hände zittern, sodass er sein Bierglas abstellen musste. *Was geschieht mit mir? Sind das meine kindlichen Ängste, die mein Unterbewusstsein an die Oberfläche spült, oder die Freude, sie endlich gefunden zu haben?* Lange brauchte er nicht zu überlegen: Es war der blanke Hass, der so lange in ihm geschlummert hatte und der sich nun mit Gewalt bahnbrechen wollte.

Er erinnerte sich noch gut daran, wie ihm der Zufall in die Hände gespielt hatte. Nachdem er Xaver Mühlbauer umgebracht hatte, gab es Dringendes zu erledigen. Auf der Rückfahrt von den Fidschis hatte er beschlossen, in Furth im Wald kurz einzukehren. Dort traf er auf den besoffenen Futtermittelverkäufer, der von einer Wirtshausbedienung in Kirchbichl erzählte, die mit jedem ins Bett steigen würde, der halbwegs etwas hermachte – ein richtig dankbarer Jahrgang. Und wie er hellhörig wurde und sich schließlich zu ihm gesetzt hatte. Nach ein paar Runden Schnaps und weiteren obszönen Ergüssen war seine Neugierde endgültig geweckt gewesen. Er wusste nicht warum, beschloss aber instinktiv, der Sache auf den Grund zu gehen.

Und nun saß er hier und beobachtete verstohlen seine Mutter, an die er sich mit jeder Faser seines Herzens erinnerte. Nein, nicht in kindlicher Liebe zu ihr, sondern mit Abscheu und Verachtung. *Endlich ist es soweit! Heute werde ich mich von meinen Hassgefühlen befreien.*

»Bezahlen bitte!«, rief er ihr zu, worauf sich Franzi zu ihm gesellte und mit einem lasziven Lächeln zu ihm runter beugte, sodass er in ihr Dekolleté schauen konnte.

»Geht aufs Haus. Darf ich fragen, was du mit dem angebrochenen Abend vorhast?« Sie glättete ihren Rock, strich sich wie zufällig über den Busen. »Du siehst nicht so aus, als wärst du müde.«

Sein gerötetes Gesicht interpretierte sie als Schamhaftigkeit, schließlich war er noch jung, womöglich unschuldig? Der Gedanke war überaus reizvoll, sodass ihre die Hormone ins Blut schossen, als er lächelnd zu ihr aufschaute, was Franzi als Zugeständnis deutete.

»Da können Sie recht haben. Was kann man so spät denn noch unternehmen?«

»Ich glaube, da wird uns zwei Hübschen schon was einfallen. Ich brauche eine Viertelstunde, dann bin ich hier fertig. Vielleicht auf meinem Zimmer?« Ihr stand die Geilheit ins Gesicht geschrieben. Irgendwie hatte sie das Gefühl, diesen jungen Mann zu kennen, war aber zu aufgeregt, um darüber nachzudenken. Gedanklich hatte sie ihn längst … »Und zu trinken habe ich auch etwas.« Mit einem Lächeln auf den Lippen wandte sie sich ab, um die restlichen Stühle hochzustellen.

Als sie fertig war, löschte sie das Licht und ging ins Schlachthaus, um die Fritteuse auszuschalten. Es war schon still im Haus. Sie nahm den

Einsatz aus der Fritteuse, als ein Schlag auf den Hinterkopf sie bewusstlos zu Boden gehen ließ.

Als sie wieder zu sich kam, saß sie gefesselt und geknebelt auf einem Stuhl. Benommen schaute Franziska in Augen, aus denen jegliche Freundlichkeit gewichen war. *Diese Augen ... ich kenne sie ...*
Die Erkenntnis traf sie so unvermittelt, dass sie zu zittern begann. Plötzlich wusste sie, wer da vor ihr stand. *Mein Sohn! Wie groß du geworden bist. Wenn ich damals nicht so herzlos gewesen wäre ... Aber nun ist es zu spät. Niemals wirst du mir verzeihen können.*
Instinktiv ahnte sie, weshalb sie gefesselt vor ihm saß. Es schnürte ihr die Kehle zu. Sie wollte ihn fragen, ob er es wirklich war und ob er wirklich vorhatte, was sie befürchtete.
»Ja, Mutter, ich bin es – dein Sohn! Ich sehe es in deinen Augen, dass du mich erkannt hast.« Er beugte sich zu ihr runter. »Denkst du, ich habe dich vergessen? Seit du mich alleingelassen hast, hatte ich nur einen Wunsch: dich eines Tages zu finden.«
Verzweifelt zerrte Franziska an ihren Fesseln, wollte, dass er ihr das Klebeband abnahm, um ihm sagen zu können, wie leid es ihr tat. Sie wusste, dass sie kein Mitleid erwarten durfte, aber vielleicht konnte sie mit ihm reden. *Was ich dir auch angetan habe, ich bin immer noch deine Mutter ...* Doch der unbarmherzige Ausdruck in seinen Augen ließ sie die schreckliche Wahrheit erahnen: *Er will mich töten.*
Er kniete sich hin und legte die Hände auf ihre Knie. Auf Augenhöhe, beinahe Nase an Nase, zischte er: »Warum, Mutter … Warum hast du mich damals verlassen? Ich war doch noch ein Kind! Hattest du gar kein Mitleid? Vielleicht hätte ich dir eines Tages vergeben können, doch als sie mich zu Oma brachten, erlebte ich erneut die Hölle. Und weißt du was? Im Laufe der Jahre habe ich versucht, mich von dir zu befreien und dich aus meinem Herzen und Gedanken zu verbannen – doch vergebens. Bei Oma war das einfacher, sie war physisch präsent. Ich habe sie umgebracht, Mutter. Doch du … du bliebst all die Jahre wie ein Geschwür in meinem Kopf, das im Verborgenen wucherte. Du wirst sterben, Mutter.

Du und Oma habt mein Leben zerstört und erst, wenn ihr beide unter der Erde liegt, werdet ihr endgültig aus meinen Gedanken und Erinnerungen verschwunden sein, erst dann werde ich meinen Seelenfrieden finden.«

Er stand auf, weil ihm die Knie wehtaten. Jede Silbe betonend blickte er auf sie hinunter. »Eines solltest du noch wissen: Hättest du mich nicht verlassen, wäre mir all das Leid erspart geblieben. Ich wurde vergewaltigt und musste Monat für Monat dieses Martyrium ertragen, weil niemand da war, an den ich mich hätte wenden können oder der mir geholfen hätte. Ich habe das pädophile Schwein mit seinem eigenen Schwanz erstickt! Ja, auch das ist deine Schuld.« Er hob ihren Kopf hoch. »Schau mich an, Mutter! Du hast aus mir ein Monster gemacht. Das Schlimme daran ist, dass das Töten das Einzige ist, was mir wirkliche Befriedigung verschafft. Es ist wie eine Droge, die mein Blut zum Kochen bringt! Ich kann nicht mehr aufhören. Oh ja, das Töten hat meinem Leben einen neuen Sinn gegeben und nun werde ich von der Polizei gejagt. Das ist es, was du mir als Vermächtnis hinterlassen wirst.« Voller Verachtung blickte er auf sie hinunter und horchte tief in sich hinein, ob da noch etwas war – Fragmente einer Kinderliebe zu seiner Mutter? Aber da war nichts, weder Schuldgefühle noch Mitleid, lediglich grenzenlose Verachtung.

Da sie nun wusste, dass sie sterben würde, fügte sie sich in ihr Schicksal. Sie wollte ihrem Jungen sagen, dass sie schwere Schuld auf sich geladen hatte. Aber aus ihm einen gewissenlosen Mörder gemacht zu haben, weigerte sie sich anzuerkennen. *Ich war doch noch so jung, wollte einfach nur leben, und dabei hast du gestört. Vielleicht wäre alles anders gekommen, hättest du einen Vater gehabt, aber ich kannte ihn doch selbst nicht.* Es tat ihr so leid, sie wollte ihn um Verzeihung bitten, doch die Angst hielt sie fest im Würgegriff. Was würde sie darum geben, alles rückgängig machen zu können, ihn zu lieben, wie eine Mutter ihr Kind liebt.

Und dann begann sie haltlos zu weinen, sodass Schluchzen ihren Körper schüttelte. *Es tut mir so leid, mein Junge ...* Doch ihre Worte blieben ungehört.

Der Hass in seinen Augen ließ sie innerlich verstummen. Nur noch wie aus weiter Ferne vernahm sie seine Worte: »Du weißt nicht, wie abgrundtief ich dich verachte, Mutter. Ich habe dich beobachtet. Du warst damals eine Schlampe und bist es heute noch. In all den Jahren hast du dich nicht geändert und deshalb …« Ohne Vorwarnung riss er sie vom Stuhl hoch, drehte sie um, und stieß ihren Kopf in die Fritteuse, sodass das heiße Öl zu brodeln und zischen begann. Es dauerte nur Sekunden, bis sie mit dem Zappeln aufhörte. Achtlos zu ließ er sie zu Boden fallen.

Und wieder überfiel ihn dieses unglaubliche Glücksgefühl, das jede Faser seines Körpers durchströmte. Mit zitternden Fingern knöpfte er sich die Hose auf …

Als seine Erregung abgeklungen war und er wieder klar denken konnte, regte sich tief in seinem Unterbewusstsein ein Gedanke, nein, eher ein Gefühl … Ein Gefühl hinter den Gefühlen, noch nicht greifbar, aber immer stärker werdend. Er hielt inne und je länger er in sich hineinhorchte, desto deutlicher fühlte er es. Und plötzlich erkannte er, was es war: das Gefühl von Macht … Herr über Leben und Tod zu sein. *Bin ich wahnsinnig geworden? Hat es schon immer in mir geschlummert, um sich jetzt in seiner vollen Größe zu entfalten? Ist es das, was das Schicksal für mich vorgesehen hat, meine wahre Bestimmung?*

Egal was es war, es wurde stärker und wuchs. Mit weichen Knien blickte er auf seine tote Mutter und spuckte verächtlich aus. Danach schaltete er die Fritteuse ab, löschte das Licht und schloss die Tür hinter sich.

***

Thildas markerschütternder Schrei hallte durchs Treppenhaus und war bis in den zweiten Stock hinauf zu hören.

»Mein Gott, was ist denn jetzt passiert?«, entfuhr es Wastl. So hatte er sie noch nie schreien gehört.

Im Treppenhaus wäre er beinahe gestürzt, als er zwei Stufen auf einmal nahm.

Thilda stand schreiend vor der offenen Schlachthaustür und starrte auf Franziskas entstellte Leiche. Sie zitterte am ganzen Körper.

Wastl musste sie schütteln. »Gott im Himmel! Nun beruhige dich doch.«

Obwohl ihn Franzis Anblick schockierte, schob er Thilda zur Tür hinaus, brachte sie in die Wohnstube und half ihr auf die Couch.

Dann reichte er ihr ein Glas Wasser. »Du musst was trinken und dann bleibst du hier, bis ich zurückkomme. Es dauert nicht lange.« Mitfühlend wischte er ihr die Tränen weg.

Ins Schlachthaus zurückgekehrt, begann sein Magen zu rebellieren. Franziska lag zusammengekrümmt auf dem Boden, ihr Kopf nur noch ein verbranntes Etwas. *Niemand hat verdient, so zu sterben. Warum wurde sie überhaupt umgebracht? Sie hatte doch keine Feinde und jeder mochte sie,* ging es ihm durch den Kopf. Plötzlich musste er würgen und sich ins Waschbecken übergeben.

Danach griff er zum Handy.

Während er auf den Notarzt wartete, drängten sich die Erinnerungen hoch: Damals, als Franzi um Arbeit nachfragte, hatte er nicht lange gezögert und sie eingestellt. Schnell hatte sich herumgesprochen, was für ein Flittchen die Franzi war, und manch einer, der sich sonst nie blicken ließ, kam auf eine *Halbe* vorbei, nur um sie zu sehen. Ihre aufreizende und laszive Art kam bei den Gästen gut an. Warum sie auf so grausame Weise sterben musste, war Wastl ein Rätsel. *Wäre sie vergewaltigt worden, würde sie nicht angekleidet daliegen.* Irritiert schüttelte er den Kopf.

Inzwischen drängten sich einige Damen von der Frauengruppe vor der Schlachthaustür. Thildas Schreie hatten ihre Neugierde geweckt.

»Die Franzi hatte einen Unfall«, log Wastl und verschloss die Tür. »Also, meine Damen, ich muss den Notarzt verständigen. Steht's nicht rum und geht bitte frühstücken. Ihr erfahrt noch früh genug, was passiert ist.«

Murrend zog die Meute ab.

Thilda … Beinahe hätte er sie in dem ganzen Durcheinander vergessen.

Er eilte zurück in die Wohnstube. »Geht's wieder?«, fragte er und reichte ihr sein Taschentuch.

»Jaja«, flüsterte sie. Obwohl ihr Gesicht wieder Farbe bekommen hatte, konnte man ihr die Trauer ansehen. »Was ist das für ein Mensch, der so etwas tut?« Mit tränennassem Gesicht schaute sie zu ihm hoch.

Wastl wusste, dass die beiden Frauen sich nicht grün waren, und freute sich über ihr Mitgefühl. »Ich weiß, aber das wird die Polizei herausfinden. Mir geht das genauso an die Nieren wie dir. Der Arzt wird gleich da sein.«

Natürlich war Franziskas Tod eine bedauernswerte Angelegenheit, aber nicht zu ändern. Wastls fatalistische Art hatte er wohl von seinem Vater geerbt, der stets meinte, dass das Leben seinen Gang gehen würde, egal was man selbst dazu beitrug. – Schicksal eben.

Um Thilda auf andere Gedanken zu bringen, fragte er: »Weißt du, ob heute jemand abreist?«

»Nein, nicht dass ich wüsste, aber ich kann ja mal nachsehen.« Mühsam stand sie auf und ging kraftlos hinaus.

In der Wirtsstube saß die Damengruppe beim Frühstück und spekulierte lautstark über das Geschehene. Ein Gast fehlte …

4

Ludwig war inzwischen wieder diensttauglich. In der Zeit nach dem Anschlag hatte er durchsetzen können, dass Kathi eine Weile zu ihrer Mutter zog, den Hof hatte ein Nachbar mitversorgt. Da es aber keine weiteren Anhaltspunkte gab, wer es auf ihn oder Kathi abgesehen haben könnte, wurden die Ermittlungen wieder eingestellt – es gab genug anderes zu tun. Für Ludwig war die Sache allerdings noch nicht erledigt …

»Du Fresssack«, zischte er und hob ab. »Kommissar Hiermeier.« Er funkelte Ewald an und schüttelte genervt den Kopf. Irgendwann würde der Dicke sich noch zu Tode futtern. Dann stutzte er, griff zu seinem Schreiber, legte ihn aber gleich wieder weg. »In Ordnung«, brummte er nur und legte auf. »Das war der Chef. Die Aushilfe vom Wastl ist tot«, sagte er.

Ewald starrte ihn an und vergaß für einen Moment das Kauen. Als er hastig runtergeschluckt hatte, krächzte er: »Schon wieder 'ne Leiche in Kirchbichl?« Er versenkte den Rest der Brezel in seinem Mund und wischte sich Hände und Gesicht mit einer Papierserviette ab. »Das ist unglaublich!«, brachte er mit vollem Mund heraus. »Erst der Ganselhuber, dann der Killer vom Kalvarienberg und jetzt noch eine Tote in Kirchbichl. Wo sind wir denn hier? Das wird ja immer schlimmer!«

Er konnte sich noch gut an den damaligen Mordfall erinnern, an Erwin Draxler, den paranoiden Bruder von Ludwigs Frau, der seinen Geliebten umgebracht hatte, als dieser ihn verlassen wollte. Die Leiche wurde erst Wochen später im Steinberger See gefunden. Ludwig hatte herausgefunden, dass der Mörder sein Freund aus Kindertagen war. Als er ihn festnehmen wollte, kam es zur Rangelei; Erwin stieß mit dem Kopf gegen die Tischkante und war sofort tot. Eine schreckliche Sache damals.

Ewald griff nach seiner Dienstmütze.

Ludwig war sich nicht sicher, ob Ewald sich über den Anstieg der Mordrate oder die dadurch entstehende Mehrarbeit aufregte. Vermutlich beides. Es war aber schon verrückt, was aus ihrem ehedem so ruhigen Bezirk geworden war. Nicht nur die Probleme mit den Drogenschmugglern an der Grenze, nein, jetzt hatten Sie es auch noch ständig mit Mördern zu tun.

Ewald Bodensteiner, der eher gemütliche Polizeioberkommissar aus der alten Kreisstadt, erhob sich stöhnend. Mit zwei Zentnern Lebendgewicht und einer Körpergröße von gerade mal eins achtundsechzig hatte er es nur durch Protektion in den Polizeidienst geschafft. Klein und rundlich, mit dunklem Lockenkopf und Ziegenbart, sah er aus wie ein zu groß geratenes Stehaufmännchen, das sich gerade leidlich mit dem eigenen Gewicht herumquälte. Am liebsten saß er am Computer, das war sein Ding, aber außer Ludwig wusste niemand von seiner Passion.

Als Ewald Ludwigs glasigen Blick zum Fenster bemerkte, entfuhr ihm ein weiteres Stöhnen. »Du kennst sie, oder?«

»Natürlich kenne ich die Franzi«, brummte Ludwig. »Die hat im Goldenen Hirschen bedient. Mord, wie's ausschaut.«

»Ja … und bist du da nicht befangen?«

»Red' keinen Unsinn. Die hat mir doch nur das Bier gebracht. Auf geht's! Wir sollen uns die Sache ansehen und den Tatort sichern, bis die Kollegen von der Mordkommission aus Amberg anrücken.« Auch Ludwig schnappte sich nun Jacke und Mütze.

»Und wieso ruft der Ernst deswegen grade dich an?«

»Eben weil ich Kirchbichler bin und mich da auskenn'. Komm, wir müssen los.«

Im Laufe seiner Polizeiarbeit hatte Ludwig erst wenige Tote gesehen und noch nie eine derart grausam entstellte Leiche wie diese hier. Erschüttert wandte er sich ab und drängte Ewald, der hinter ihm stand, kurzerhand zurück. »Glaub mir, das da drinnen ist nichts für dich. Du bekommst davon nur Albträume oder Schlimmeres. Sei mir nicht böse, aber wie ich dich kenne, würdest du kotzen und den Tatort kontaminieren.« Er kannte Ewalds sensibles Gemüt. »Also, wir machen Folgendes: Du stellst fest, wie viele Gäste derzeit im Haus sind, nimmst ihre Personalien auf und versuchst herauszufinden, ob ihnen gestern Abend etwas Ungewöhnliches aufgefallen ist. Ich kümmere mich derweil um Wastl und seine Frau, bis die Kollegen von der Kripo eintreffen.«

»Ich kann doch nichts dafür, dass ich kein Blut sehen kann«, brummte Ewald. Erleichtert, dass der Kelch an ihm vorübergegangen war, trollte er sich.

Wenn's nur das wäre, dachte Ludwig, denn da war alles Mögliche, nur kein Blut. *Grillfleisch* wäre passender, dachte er, zumindest, was Franzis Kopf betraf. Vorsorglich sicherte er den Tatort, indem er die Tür schloss und Ewald nach draußen folgte.

Wastl wartete noch im Hof, wo sie ihn kreidebleich angetroffen hatten, als sie ankamen.

»Gehen wir in die Wohnstube und unterhalten uns in Ruhe, oder?«, meinte Ludwig. »Wo ist Thilda?«

»Die steht unter Schock. Die habe ich ins Bett gebracht, bis die Sanis eintreffen. Sie hat die Franzi aber nur gefunden und weiß sonst nichts.«

Als sie in die Stube eintraten, saß Thilda tränenüberströmt auf dem Sofa. Das Make-up war zerlaufen und ihre Haare wirkten, als hätte sie reichlich darin herumgewühlt.

»Warum bist du denn nicht im Bett?«, meinte Wastl besorgt. »Du siehst aus, als würdest du gleich umfallen.«

»Ich kann nicht liegen«, sagte Thilda leise und starrte an ihm vorbei.

»Oh Mann«, stöhnte Wastl.

Thildas elender Zustand war für Ludwig ein herber Schock, kannte er sie doch nur als starke Frau, die nichts umwarf. Er konnte nachfühlen, wie sehr sie Franzis Tod mitnahm.

Er wandte sich an Wastl. »Na komm, bringen wir es hinter uns. Wie hieß die Franzi mit Nachnamen?« Er holte sein kleines Notizbuch raus.

Wastl druckste verlegen rum. »Ich weiß nicht, für uns hieß sie nur Franzi … Franziska.«

»Was soll das heißen, du weißt es nicht – hatte sie keine Papiere? Hat die hier …«, Ludwig schnaufte empört, »hat die hier schwarzgearbeitet?« Als er Wastl matt nicken sah, stieß er die Luft aus und schüttelte den Kopf. »Da kann ich dir nicht helfen, den Fall übernimmt die Kripo. Das kommt in die Akten. Mann, Wastl, was machst du denn für Sachen?«

»Ja, mei, die wollt halt nicht, dass …« Er sah verzweifelt zu Boden.

»Na ja, warten wir mal ab. Vielleicht finden die Kollegen ja Papiere, dann kommst du vielleicht noch mal so davon.« Etwas versöhnlicher meinte er: »Ich muss wissen, wie viele Hausgäste du grade hast, wie sie heißen, wann sie gestern Abend die Gaststube verlassen haben und ob euch gestern was aufgefallen ist. Besser du sagst es mir, bevor dich die von der Kripo in die Mangel nehmen. Die sind nicht so rücksichtsvoll und wittern überall und bei jedem einen potenziellen Täter.«

Ganz von der Hand zu weisen war das zwar nicht, aber Ludwig sagte das hauptsächlich aus Neugier. Dass im *Goldenen Hirschen* nicht alles mit rechten Dingen zuging, wusste er natürlich. Wastl bezog sein Bier aus Tschechien und eine Registrierkasse hatte er auch nicht. Manchmal beschäftigte er Aushilfen, ohne sie anzumelden. Natürlich war das ein Fall fürs Finanzamt und die Sozialversicherung, aber mit denen hatte Ludwig nichts am Hut.

Verdattert schaute Wastl ihn an. »Wie … sollen wir die Franzi umgebracht haben? Die spinnen wohl?«

»Irgendwer muss es ja gewesen sein und die schließen natürlich erst mal keinen aus. Was ist denn nun? Ist euch irgendetwas aufgefallen?«

»Na ja, wir hatten einen jungen Mann als Gast, der hatte schon was Unheimliches an sich. Hat den ganzen Abend mit seinem Tablet rumgespielt. Der hat der Franzi nachgeschaut, aber heimlich. Wie es aussah, wollte sie ihn mit aufs Zimmer nehmen.«

»Und das sagst du erst jetzt? Ja und wo ist der Kerl?«

»Na weg«, meinte Wastl nur.

»Wie hat der ausgesehen und wann hast du ihn zuletzt geseh'n?«

»Na, der war jung, so 'n Dürrer mit 'ner schicken Frisur. Ganz in Schwarz, schwarze Haare und so.«

»Was meinst du denn mit *dürr*? Komm, ich kenn' dich, mich findest du doch auch dürr, oder?« Als Wastl nickte, brummte Ludwig: »Also normalgewichtig. Und wie groß? So wie ich?«

»Ja, ungefähr, bestimmt eins neunzig oder so.«

Ludwig notierte sich alles. »Noch was?«

»Na ja, der war … na der war halt nicht von hier, weißt du? Dem hingen immer die Haare ins Gesicht, sodass man den gar nicht richtig erkennen konnte. Mir ist aufgefallen, dass er der Franzi ständig hinterhergeschaut hat, obwohl er es zu verbergen versuchte. Und die war natürlich wieder Mal auf ihrem Trip. Hab' gleich gemerkt, dass sie den Typen abschleppen wollte.«

»Wie, abschleppen?«

»Na abschleppen halt. Die hat's doch mit jedem getrieben und war ständig notgeil.« Als Ludwig ihn halbschräg anschaute, wurde er beinahe wütend. »Wie – du glaubst doch nicht die Franzi und ich …? Ich bin um elf ins Bett gegangen, weil die Franzi immer zumacht!« Er zuckte mit den Schultern. »Hätte ich mal nicht …« Wastl bekam feuchte Augen und wischte sich verschämt übers Gesicht. »Dann ham' wir noch die Frauengruppe, die waren da aber schon weg. Die machen einmal im Jahr ohne ihre Männer hier Urlaub und dann so richtig einen drauf. Die sind im Frühstücksraum.«

»Du hast einen Frühstücksraum?«

»Ja mei, die Gaststuben halt.«

»Frühstücksraum, soso … Na, um die kümmert sich Ewald. Und du, Thilda, wo warst du um die Zeit?«

»Ich war den ganzen Abend oben«, sagte sie schwach, aber sie sah schon wieder etwas fitter aus. »Ich mach die Tagschicht, abends hab ich frei. Ich weiß ganz bestimmt nix.«

Ludwig nickte nur und wandte sich noch mal an Wastl: »Und hatte der unheimliche Typ hier ein Zimmer?«

Wastl nickte und sah Ludwig mit großen Augen an. »Der wollte nur eine Nacht bleiben. Ist der der Mörder?«

»Werden wir sehen. Wir haben ja eine recht gute Personenbeschreibung.« Er wedelte mit seinem Notizbüchlein herum. »Na kommt, beruhigt euch erst mal wieder etwas.« Er tätschelte den beiden etwas hilflos die Schultern und machte sich auf den Weg in die Gaststube zu Ewald.

Der war aber nicht da. Stattdessen schneite gerade die Kripo herein: Richard Hofreiter und sein Kollege Ullrich Mulzer. Sie hatten Horst Rappl von der Spurensicherung dabei, der Notarzt war auch schon eingetroffen.

»Na, wenn das keine Überraschung ist! Der Kollege Hiermeier«, tönte Hofreiter. Dann fiel sein Blick auf Ludwigs Schulterklappen, auf denen ein zusätzlicher Stern prangte. »Oh, gratuliere zur Beförderung.« Er schüttelte Ludwig die Hand. »Vielleicht solltest du endlich in unser Ressort wechseln«, zwinkerte er ihm zu.

Das war ernst gemeint. Sie hatten im Fall Draxler gemeinsam ermittelt und seitdem empfand der Mordermittler mehr als nur Sympathie für den Kollegen. Normalerweise schauten die Kripoleute herablassend auf die Provinzpolizisten herab, doch seit Ludwig den letzten Fall bravourös im Alleingang gelöst hatte, zollte man ihm gehörigen Respekt.

Auf den ersten Blick sah man Kriminalhauptkommissar Richard Hofreiter den Polizisten nicht an. Von normaler Größe und Statur, eine Spur zu gut aussehend für einen Beamten, waren das Markanteste an ihm sein gepflegter Oberlippenbart im Stil von König Ludwig II. sowie das volle dunkelgewellte Haar. Seine zurückhaltende fast schon distanzierte Art im Umgang mit den Kollegen verlieh ihm eine gewisse Aura der Unnahbarkeit. Hofreiter hatte sich vor vielen Jahren von München nach Amberg versetzen lassen. Niemand wusste warum und die Obrigkeit im Präsidium schwieg sich darüber aus, was Tür und Tor für Spekulationen öffnete. Er selbst hüllte sich in Schweigen, was die Spekulationen natürlich anheizte.

»Also, Kollege, was haben wir?« Hofreiter klopfte Ludwig auf die Schulter, was Mulzer mit einem verwunderten Blick quittierte.

Ludwig war erleichtert, dass es Hofreiter war, und berichtete kurz: »Die Tote heißt Franziska, Nachname unbekannt. Ich habe Tatort und

Leiche noch nicht durchsucht. Der Wirt kennt den Nachnamen auch nicht.« Er kam sich ziemlich dämlich vor, als er Hofreiters gerunzelte Stirn sah. Schnell fuhr er fort: »Wir haben eine gefesselte und geknebelte weibliche Leiche.

»Der Täter hat ihr den Kopf in die heiße Fritteuse getaucht. Als Motiv kann ich mir nur Hass vorstellen. Raubmord oder Vergewaltigung scheiden meiner Meinung nach aus. Leider wissen wir über ihre Herkunft so gut wie nichts.« Und dann erzählte er, wie Wastl sie kennengelernt und eingestellt hatte. »Vielleicht bin ich zu vorschnell mit meinem Urteil, was ich aber nicht glaube.« Er hatte sich sehr weit aus dem Fenster gelehnt, doch er kannte Hofreiter und wusste, dass dieser auf seine Meinung Wert legte. »Und da wäre noch ein Gast, der plötzlich verschwunden ist.« Es folgte die Beschreibung. »Er könnte der Täter sein. Mehr haben wir im Moment nicht. Außerdem müssen wir noch die anderen Gäste befragen. Eine Frauengruppe und vier Gäste, die an dem Abend Karten gespielt haben. Mein Kollege nimmt gerade die Personalien der Frauen auf und die Kartler wird er später befragen, aber das dauert eine Weile.«

»Na, das ist doch schon was. Wir schauen uns jetzt den Tatort an und danach treffen wir zwei uns im Gastraum.«

Horst Rappl von der Spurensicherung war mit seiner Arbeit fertig. In seinem Ganzkörperschutzanzug sah er aus wie aus einem Science-Fiction-Film. Er war nicht nur Chef der kriminaltechnischen Untersuchung, sondern außerdem noch ausgebildeter Pathologe, was ungewöhnlich war. Ursprünglich wollte Rappl Gerichtsmediziner werden, entschied sich aber dann doch dagegen. Seine Ausführungen über den möglichen Tathergang waren beeindruckend detailgenau und er lag fast immer richtig, was für die Ermittler natürlich ein Riesenvorteil war. Die diensthabende Notärztin hatte bereits offiziell den Tod festgestellt, die Leiche wurde gerade von Rappls Team in die Gerichtsmedizin gebracht. Rappl und die Ärztin kannten sich und waren ein eingespieltes Team. Normalerweise waren die beiden auch bei schlimmen Autounfällen nicht aus der Ruhe zu bringen, aber heute war das anders.

»Wir sind mit dem Tatort fertig und haben weder Papiere noch Handy gefunden. Da war nichts, was auf die Identität des Opfers schließen lässt. Dafür aber jede Menge Fingerabdrücke und DNA«, meinte Horst mit gequälter Miene. Er sprach leiser als sonst.

»Was ist los, Horst, hast du einen Geist gesehen? Dich haut doch sonst nichts um«, meinte Hofreiter. »Und was ist mit Ihnen, Frau Doktor? Da haben Sie auf der Autobahn doch schon Schlimmeres gesehen, oder nicht?«

Die beiden wechselten einen beklommenen Blick.

»Die Frau ist Mitte vierzig und wurde von hinten mit einem stumpfen Gegenstand niedergeschlagen. Danach hat der Täter sie mit Klebeband an dem Stuhl fixiert«, begann Rappl, sichtlich um Professionalität bemüht. »Todeszeitpunkt war gegen ein Uhr nachts, vielleicht etwas später. Die Obduktion wird da ein genaueres Ergebnis liefern. Womit sie niedergeschlagen wurde, lässt sich derzeit nicht sagen. Nur so viel, dass es ein stumpfer Gegenstand gewesen ist. Habe aber nichts gefunden. Gestorben ist sie durch die Fritteuse.«

Als Rappl eine Pause machte, wanderten die Blicke der Ermittler zwischen den beiden hin und her.

»Da ist doch noch mehr, oder? Jetzt sagt schon. Was ist denn so Schlimmes an der Sache?«

»Wir haben auf dem Opfer Sperma und Speichel gefunden, aber vergewaltigt wurde sie wohl nicht, das wäre bei der Fesselung ja nicht gegangen. Die Obduktion wird das sicher bestätigen. Das heißt, dass der Täter auf sie ejakuliert und gespuckt hat.«

»Wie, ejakuliert? Du meinst, der Täter hat sich einen runtergeholt, während sie dasaß? Ja wie … ja hat der auf die Leiche …?«

»Es lässt sich nicht feststellen, ob das vor oder nach dem Tod geschah … oder währenddessen«, sagte die Ärztin gepresst. »Ich geh dann mal«, meinte sie noch und eilte hinaus.

»Die wird doch nicht …?« Ludwig sah ihr fassungslos hinterher.

»So was ist extrem selten«, meinte Rappl. »Normalerweise erfolgt der Mord nach einer Vergewaltigung, um die Tat zu vertuschen. Bei Serientätern steht meist eine rituelle Handlung im Vordergrund, der Tod ist oft nur eine Begleiterscheinung. Aber das hier …« Er wischte sich über das Gesicht. »Also ich glaube fast, der Täter geilt sich daran auf, wie das Opfer stirbt.«

»Was redest du denn da … Du klingst, als wäre er noch dabei.«

»Also … wenn das so ist, dann ist das keine Einzeltat, da wäre mehr zu erwarten. Das sag' ich euch.«

Hofreiter sah Ludwig an. »Ein völlig irrer Psychopath? Ist das nicht dein Metier?«, brummte er in Anspielung auf ihren letzten gemeinsamen Fall. Erwin Draxler war ein schizoid-paranoider Mörder, das war irgendwie nah dran.

»Wir haben zwar jede Menge DNA sichergestellt, aber ich möchte nicht in eurer Haut stecken, weil ich mir absolut nicht vorstellen kann, wie man so einem Typen beikommen könnte. Alles deutet darauf hin, dass wir es mit einem Psychopathen übelster Sorte zu tun haben. Er hinterlässt DNA und Fingerabdrücke, weil er sich absolut sicher wähnt. Ich glaube nicht, dass er in eurer Kartei ist, ein Nobody, der ansonsten vermutlich ein absolut unauffälliges Leben führt. Na ja, vielleicht helfen euch die Obduktions- und Laborergebnisse weiter. Das wär's dann, wir sind hier fertig. Also pfiads eich Gott derweil.« Er hob noch kurz die Hand und eilte dann der Ärztin hinterher.

Ludwig fragte sich, ob die beiden was miteinander hatten. Und hatte Horst recht? Hatten sie es mit einem Sexualstraftäter zu tun, der jederzeit erneut zuschlagen konnte? Zumindest deutet alles darauf hin. Wenn dem so war, musste Hofreiter eine Ermittlungsgruppe bilden, da wäre er gern dabei.

»Sag mal, Ludwig, willst du nicht ernsthaft über meinen Vorschlag nachdenken und zur Kripo wechseln? Ein paar Lehrgänge und du könntest in meiner Abteilung anfangen. Bei uns ist seit einiger Zeit eine unbesetzte Stelle frei und schließlich bringst du alle Voraussetzungen mit. Für den Rest würde ich schon sorgen.«

Aha. Bei der Sondereinsatzgruppe, so denn eine gebildet wurde, wäre er also dabei. Na klar, schon allein, weil er sich in Kirchbichl und Umgebung auskannte. Natürlich hatte Ludwig mit dem Gedanken gespielt, zur Kripo zu gehen, irgendwie war das sein Ding, aber er war auch gern in Kirchbichl. Und ob er wirklich jeden Tag mit Toten zu tun haben wollte, wusste er noch nicht. Aber vielleicht nach diesem Fall. Bevor er Richard Hofreiter kennenlernte, schob Ludwig als Provinzpolizist eine ruhige Kugel. Dann ging alles Schlag auf Schlag, es gab Tote und Mordanschläge auf ihn. Und jetzt sollte er wieder so einen durchgeknallten Mörder jagen? Zwar hatte er mit Richard gute Erfahrungen gemacht, aber wollte er sich den Stress wirklich noch mal antun? Im Fernsehen sah immer alles so einfach aus, weil die Guten grundsätzlich gewannen, doch in der Realität konnte man draufgehen und das machte ihm gehörige Angst. Unbewusst befühlte er die lange Narbe an seinem Kopf. *Soll ich wirklich zur Kripo wechseln?*, fragte er sich voller Zweifel. Er wurde schließlich Vater …

Mit seinen 39 Jahren hatte er längst seinen alten Kindheitstraum verwirklicht. Seit dem Tag, an dem ihm sein Vater das kleine Polizeiauto geschenkt hatte, wollte er Polizist werden. Er hatte es geschafft, doch im Laufe der Jahre hatte sein Job begonnen, ihn anzuöden. Er musste sich mit Einbrüchen, häuslicher Gewalt und Verkehrskontrollen rumschlagen. Abwechslung brachte der in den letzten Jahren immer stärker aufkommende Drogenschmuggel von Tschechien nach Deutschland, dem ihre Dienststelle gegenzusteuern versuchte, aber da war auch schon auf ihn geschossen worden. Die Drogenkuriere wurden immer raffinierter beim Schmuggeln von Crystal Meth, Speed, Crack oder Ecstasy und es ging um viel Geld. Das machte die Sache für die Ermittler so gefährlich. Die vietnamesische Drogenmafia oder *Fidschis*, wie sie fälschlicherweise genannt wurde, unterhielten nicht nur Bordelle und Drogenlabore entlang den Grenzübergängen, sondern auch Märkte, wo man preiswert einkaufen konnte. Über Textilien, Baumarktartikel und sonstigen Krimskrams war alles preiswert zu haben. Die Märkte entwickelten sich zusehends zu Touristenattraktionen, weil es einen oder mehrere Duty-free-Shops gab. Sogar für die grenznah wohnenden Deutschen waren diese Märkte interessant. Preiswerte Zigaretten, Spirituosen, Kleidung und

Benzin machten das Ganze noch attraktiver. Mit Prostitution und Drogen machten die Vietnamesen das meiste Geld im Gegensatz zu den Russen oder osteuropäischen Banden. Deren Geschäfte waren mehr Menschenhandel und Einbrüche. Die Mädchen und Frauen, zumeist aus Osteuropa, verschwanden in den Bordellen in ganz Europa. Natürlich waren Geldwäsche und Drogen mit im Spiel. Und dann die ständigen Konkurrenzkämpfe … Bandenkriege forderten zahlreiche Todesopfer, da wollte Ludwig nicht unbedingt zwischen die Fronten geraten. War er ein Drückeberger? Vielleicht …

Was Ludwig am meisten frustrierte war die Kriminalität der osteuropäischen Banden. Seitdem der Eiserne Vorhang gefallen war und die sogenannten *Visegrad Staaten* Mitglieder der EU waren, schnellte die Kriminalstatistik, was Einbrüche im Grenzland betraf, rapide in die Höhe. Die Einbrecher kamen nachts über die Grenze, stiegen in die Häuser ein und verschwanden wieder. Und was machte die Polizei? Die konnte *mit dem Ofenrohr ins Gebirge schauen*, so zumindest formulierte es Ludwigs Chef. »Hoch lebe Schengen!«, pflegte Ernst Ederer frustriert zu sagen.

Die Kripo hatte durchaus was für sich. Er hätte es zwar ständig mit Mördern zu tun, aber die würden sicher nicht so viel rumballern, wie die Drogentypen. Was ihn noch etwas abschreckte, waren die erforderlichen Lehrgänge, er war ein wenig phlegmatisch und nicht wild darauf, noch mal die Schulbank zu drücken. Und was würde Kathi dazu sagen? »Ich muss das mit Kathi besprechen, bevor ich mich endgültig entscheide. Ich weiß dein Angebot zu schätzen, Richard, und vielleicht komme ich später darauf zurück. Wie wäre es, wenn du mich jetzt erst mal mit in die Ermittlungsgruppe zu diesem Fall nimmst. Dann sehe ich vielleicht klarer, ob mir das wirklich liegt.«

»Natürlich hätte ich dich gerne dabei. Ich sprech' mit deinem Chef. Du kannst schon mal loslegen. Vorrang hat die Identität der Toten. Wenn wir wissen, wie sie heißt, finden wir auch heraus, wo sie herkommt, und können ihr Umfeld durchleuchten. Halt mich auf dem Laufenden. Meine Handynummer hast du noch, oder?«

»Klar«, meinte Ludwig, erleichtert, um eine klare Antwort herumgekommen zu sein.

»Gut, wir hören uns, *Kriminalkommissar Hiermeier.*« Er zwinkerte ihm zu und ging.

Ludwig blieb noch einen Moment sitzen und kratze sich am Kopf. Dann bemerkte er Ewald, der offenbar einiges mitbekommen hatte. Für Ewald war der Gedanke, dass Ludwig ohne ihn zur Kripo wechseln könnte, gelinde gesagt ein Albtraum. Ludwig wusste um Ewalds Seelenpein und konnte seine Angst beinahe riechen, weil er ständig schwitzte. Trotzdem mochte er den Dicken, weil er so unverbraucht war und sein Herz auf der Zunge trug. Und wenn er ehrlich war, gefiel es ihm, wenn der mit seinem Dackelblick zu ihm aufsah – so wie jetzt gerade.

Um Ewald zu beruhigen und etwaigen Missverständnissen vorzubeugen, sagte Ludwig schnell: »Das war Hofreiters Vorschlag, nicht meiner. Ich hab' mich noch nicht entschieden.«

»Ist das wahr? Du willst gar nicht zur Kripo?« Ewald sah ihn erleichtert an. Und da war wieder dieser Blick, doch diesmal voller versteckter Zweifel.

»Weiß ich noch nicht. Im Moment haben wir Wichtigeres zu tun. Hast du irgendwas Interessantes herausgefunden?«, versuchte er abzulenken.

Etwas irritiert wurstelte Ewald etwas mit seinem Block herum. »Nein, diese Damentruppe hat nichts mitgekriegt. Die waren im kleinen Ballsaal und haben den Typ gar nicht gesehen. Die vier Kartler muss ich noch befragen, wohnen ja hier im Ort. Wastl meinte, dass sie recht früh gegangen sind. Von denen werden wir sicher auch nichts Verwertbares erfahren, außerdem waren die nicht mehr ganz nüchtern.«

Ludwig dachte mit Schrecken an den Obduktionsbericht. Sobald Ewald den zu lesen bekam, musste er den Seelentröster für den zartbesaiteten Polizisten spielen. Vielleicht war es Ewalds Naivität oder Unbedarftheit geschuldet, dass er dem Leben stets das Positive abzugewinnen und das Böse zu negieren versuchte. Und sobald etwas Außergewöhnliches in sein Leben trat, warf es ihn emotional aus der Bahn. Er konnte kein Blut sehen und vermied den Anblick von Leichen, die er nur aus dem Fernsehen kannte. Ludwig versuchte Ewald von je her vor den Abscheulichkeiten ihres Berufes zu schützen, indem er ihn mit Aufgaben beschäftigte, die zu ertragen er im Stande war. Immer würde das aber nicht funktionieren und dieser Fall hatte das Potenzial, Ewald seinen Job so richtig zu vergällen.

»Okay«, seufzte Ludwig, »dann mach dich mal gleich auf die Socken. Ich nehme mir noch mal Wastl vor. Da gibt's jede Menge Ungereimtheiten, was die Identität der Toten betriff. Also, auf geht's.« Er ließ Ewald stehen und ging wieder in die Wohnstube, in der Thilda und Wastl auf der Couch saßen und setzte sich ihnen gegenüber auf einen Stuhl.

Er räusperte sich und meinte: »Die Spurensicherung hat keine Papiere von Franzi gefunden. Du hast sie eingestellt, also musst du doch zumindest wissen, woher sie stammt.«

»Die hat er doch schwarzarbeiten lassen!«, empörte sich Thilda. Offenbar brauchte sie den Zorn jetzt, um mit der Situation klarzukommen. »Ich hab' dir schon hundertmal gesagt, dass das eines Tages auffliegt und jetzt hast du den Salat! Und das bei einem Mord! Was glaubst du, was die Kriminaler mit uns machen werden?« Sie schüttelt wütend und auch etwas verzweifelt den Kopf. »Mensch, bist du doof, Wastl!«

»Na nun beruhig dich erst mal, Thilda. Ich bin weder vom Finanzamt noch von der Sozialversicherung«, brummte Ludwig sanft. »Ich will lediglich herausfinden, wer die Tote ist und woher sie kommt. Also, Wastl?«

»Als sie hier aufgetaucht ist und nach einem Job gefragt hat, war sie in ziemlich schlechter Verfassung, aber irgendwie habe ich gespürt, dass es mit ihr klappen könnte. Und ja, mir war klar, dass sie vor irgendwas davonläuft, okay? Sie hat einfach gesagt, sie hätte keine Papiere. Ich hab halt gedacht, die versteckt sich vor ihrem brutalen Ehemann oder so.«

Ludwig sah ihn auf eine Weise an, die keinen Zweifel daran ließ, dass er ihm so viel Naivität nicht abkaufte.

»Ich kannte nur ihren Vornamen und hab sie immer bar bezahlt. Ich dachte ja auch, sie würde nicht lange bleiben und dann … ist es halt so geblieben. Sie war wirklich gut und … mei, du weißt scho … Von sich selbst hat sie nie gesprochen. Ich glaube, sie war einfach nur dankbar, irgendwo unterzukommen.« Verlegen schaute Wastl zu Boden. »Mehr weiß ich wirklich nicht.«

»Und du, Thilda? Frauen reden doch ständig miteinander, besonders wenn es um Frauengeheimnisse geht.«

»Du spinnst wohl! Wieso soll ich irgendwas wissen? Die hat nur das Nötigste mit mir geredet. Bei der hatte ich immer das Gefühl, nie was recht machen zu können! Am liebsten hätte die den ganzen Laden übernommen. Die hat mich sogar mal aus der Gaststube geschickt, weil ich stören würde. Kannst du dir so eine Frechheit vorstellen? Und du, was hast du gemacht, Wastl? Nichts hat du gemacht! Hast ihr sogar noch recht gegeben. So harmlos, wie du denkst, war die nicht. Das war 'ne Schlampe, wenn du's genau wissen willst.« Empört stand sie auf und ging. »Vielleicht ist es ganz gut, dass sie weg ist«, maulte sie vom Flur.

»Ich habe dieses Mordmotiv nicht gehört, okay?«, rief Ludwig ihr hinterher. »Na gut, Wastl, die Sache mit der Schwarzarbeit bleibt unter uns. Ich bin soweit erst mal fertig.« Er nickte Wastl zu und stand auf.

Nachdenklich verließ er den *Goldenen Hirschen*. Das war eine vertrackte Sache und irgendwie beschlich ihn das ungute Gefühl, dass da noch einiges auf ihn zukommen würde. Was ihn beunruhigte, war die Tat als solche. Gründe zum Morden gab es zuhauf, aber die Art und Weise und vor allem die Brutalität und, ja, Grausamkeit, mit der diese Tat ausgeführt wurde … Er hatte sich schon einmal über psychopathische oder paranoide Persönlichkeitsstörungen schlaugemacht und festgestellt, dass solche Täter zur schlimmsten Kategorie von Mördern gehören. Sie lebten völlig unauffällig in ihrem sozialen Umfeld und das machte es so schwer, ihre Motive nachzuvollziehen und sie zu identifizieren. Der Bezug zum Opfer fehlte in der Regel, ganz im Gegensatz zu Beziehungstaten. Wo sollte man bei einem psychopathischen Mörder ansetzen?

»Alter Schwede, schön dich zu sehen. Hab' zufällig den ganzen Auflauf hier mitbekommen. Großes Kino oder?« Fritz Stangl, freier Journalist und Lokalreporter für den *Neuen Tag*, die *Mittelbayerische* und andere Blätter, stand an sein Auto gelehnt. Der unscheinbare schlanke Typ, knapp einen Meter fünfundsiebzig groß mit langen blonden Haaren, die er als Pferdeschwanz trug, grinste Ludwig an. Ihm entging nichts, was im Schönseer Land passierte. Er hatte Ludwig bei der Recherche seines letzten Falles geholfen und dafür inoffiziell Informationen von ihm erhalten. Ihm war es zu verdanken, dass Ludwig damals in den Medien als Held gefeiert wurde. Sie waren gute Bekannte, doch dass er ausgerechnet jetzt auftauchte, behagte Ludwig ganz und gar nicht.

»Hallo Fritz. Ich glaub's ja nicht. Wie's aussieht, hast du wieder mal dein Ohr am Puls der Zeit, oder irre ich mich?«

»Was ist passiert, Alter?«

»Passiert? Was könnte das wohl sein, wenn die Kripo auftaucht? Nur ein klitzekleiner Mord – nicht mehr und nicht weniger.«

Obwohl er Fritz mochte, ärgerte er sich, denn sollte er von der Perversion mit dem Ejakulieren erfahren, würde Fritz eine Horrorstory daraus basteln. Das durfte auf keinen Fall geschehen. Innerlich betete Ludwig, dass Wastl und Thilda dieses Detail nicht mitbekommen hatten, denn Fritz war ein gewiefter Reporter, der die beiden wie Zitronen ausquetschen würde. Fritz war wie eine Bulldogge: einmal in eine Sache festgebissen, ließ er nicht mehr los, bis er die ganze Wahrheit herausgefunden hatte.

»Ah, ich seh' schon … Du darfst natürlich aus ermittlungstechnischen Gründen nichts sagen – die alte Leier halt.« Mit zusammengekniffenen Augen schaute er Ludwig an und tippte ihm an die Brust. »Du weißt, dass ich so oder so alles rauskriege, also erspar mir unnötige Zeit. Komm, Alter, nur so viel, dass ich einen vernünftigen Artikel schreiben kann, bevor andere davon Wind bekommen. Das bist du mir schuldig.«

Ludwig bemühte sich, nicht mit den Augen zu rollen. Er hatte vom ersten Tag an gewusst, dass er sich das für alle Ewigkeit würde anhören müssen. Er kam wohl nicht daran vorbei. »Na schön, es gibt eine Tote. Die Aushilfskellnerin. Aber das weißt du nicht von mir. Zu den Details kann ich dir aber wirklich nichts sagen, das ginge echt zu weit. Und lass Wastl und Thilda in Ruhe, die sind fix und fertig, okay?«

»Natürlich, hast du mein Wort. Also die Dorfschlampe wurde ermordet … Sexualdelikt oder eine Eifersuchtssache?« Verschwörerisch schaute er Ludwig an.

»Hör auf, dir was auszudenken! Wir haben die Leiche doch gerade erst entdeckt und stehen erst am Anfang der Ermittlungen. Wenn ich was rausfinde, dann bist du der Erste, der es erfährt. Und das beruht hoffentlich auf Gegenseitigkeit, okay?«

»Also schreib ich, dass es möglicherweise ein Mord aus Rache war, ja. Frustrierter Liebhaber, unzufriedener Kunde oder eifersüchtige Ehefrau … so was, okay?«

Ludwig grunzte nur und ging zu seinem Wagen.

Als er hinterm Steuer saß, überlegte er, ob er irgendwas vergessen haben könnte, aber ihm fiel nichts ein. Da Wastl gerne mit seinem Wissen prahlte und auch mal übers Ziel hinausschoss und seine Fantasie mit ihm durchging, wusste er anscheinend wirklich nichts, sonst hätte er es gesagt. Er war hier fertig. Auf der Straße wanderten seine Gedanken wieder zu dem Anschlag auf Kathi, wie immer, wenn er keine andere Ablenkung hatte. So lange er das nicht geklärt hatte, würde er seines Lebens nicht mehr froh.

4

Winteranfang

Angewidert scrollte er durch die Seiten des Darknets, um sich mit der Pädophilen-Szene vertraut zu machen. Nicht, um sich an den Bildern zu ergötzen, sondern in der Hoffnung, den einen oder anderen zurückverfolgen zu können. Aber das *Tor-Netzwerk*, das die Nutzer des Darknets schützte, verhinderte, dass der Sender oder Empfänger ausgelesen werden konnte, da halfen ihm auch seine IT-Kenntnisse nicht weiter. Die vielen Foren, in denen diese Abartigen ihre *Werke* präsentierten, schockierten ihn.

Während er sich durch diesen Schmutz wühlte, durchlebte er erneut sein eigenes Martyrium. Was er zu sehen bekam, waren die schlimmsten Abgründe menschlicher Verderbtheit, was erneut die Wut in ihm hochkochen ließ. Am liebsten hätte er diese widerlichen Feiglinge, die sich hinter der Anonymität versteckten und sich dabei einen runterholten, allesamt umgebracht. Natürlich wusste er um die vielen Foren und Pädophilen-Ringe, es ging dabei durchaus auch um Geld. – Mit dem Elend dieser geschundenen Kinder wurden Millionen gemacht.

Er lehnte sich zurück und schloss die Augen. Immerhin hatte er einen der Typen, die ihm Mühlbauer genannt hatte, verifizieren können. Er musste natürlich sichergehen, dass der perverse Xaver ihn nicht angelogen hatte, denn einen Unschuldigen, womöglich sogar jemand, an dem Mühlbauer sich rächen wollte, wollte er nicht auf seine Liste setzen. Die Liste … Xaver Mühlbauer war nur der erste gewesen, die Liste würde sehr, sehr lang werden …

Er klappte den Laptop zu und rieb sich die Augen. Zum tausendsten Male fragte er sich, warum seine Oma, dieses faltige alte Ungeheuer, ihm das Haus und auch noch ein hübsches Sümmchen vererbt hatte. Sie hätte alles vor ihrem Tod verkaufen und einem Tierheim spenden können. Sparsam war sie gewesen, eigentlich sogar geizig. Manchmal, im Sommer, wenn sie ihn zum Einkaufen in die Stadt mitnahm, was selten vorkam, und er voller Neid auf die anderen Kinder blickte, wie sie genüsslich ihr Eis schleckten, meinte sie nur: »Das ist viel zu teuer und verdient hast du's auch nicht.« Selbst am Essen sparte sie. Meistens gab es nur Suppen, Eintöpfe und Brot. Einmal, es war im Winter, als die Wege zugeschneit waren und sie tagelang nicht vor die Tür ging, hatte er heimlich beobachtet, wie sie das Essen mit Katzenfutter aus der Dose streckte. Wie Gulasch hatte es geschmeckt. Seitdem gehörte Gulasch zu seinen Lieblingsgerichten. Sie hatte das Geld in einem alten Schuhkarton im Kleiderschrank aufbewahrt. Völlig verrückt. Er wusste von dem Geldversteck, aber früher war da nur ein Notgroschen drin. Nach ihrem Tod waren es Abertausende, die sie sich in all den Jahren vom Munde abgespart hatte. Vielleicht hatte sie ja nicht mit ihrem Tod gerechnet? Er musste lachen.

Das Geld benutzte er für eine neue Einrichtung. Alles von ihr wurde entsorgt: die muffigen Möbel, die gesamte abgenutzte Wäsche wie Bettzeug, Handtücher, Gardinen – alles. Neben neuen Möbeln hatte er auch in eine ansehnliche Computerausrüstung investiert. Seine IT-Kenntnisse waren schon vorher nicht schlecht, aber er hatte vor, zu einem fähigen Hacker zu werden, das Talent hatte er – und Zeit, um sich schlauzumachen.

Nach dem Abitur hatte er sich fürs Medizinstudium entschieden, um Kinderarzt zu werden, danach wollte er auch noch Psychologie studieren, denn sein größter Wunsch war es, sexuell traumatisierten Kindern zu helfen. Doch als er seinem Peiniger begegnet war, hatte das alles verändert. Statt den Kindern zu helfen, würde er zukünftige Taten verhindern, das war viel besser, viel effektiver und natürlich auch radikaler. Und – wie er nun wusste – viel befriedigender. Keiner würde diesen Schweinen eine Träne nachweinen, er tat der Gesellschaft sogar einen Gefallen.

Gedankenverloren schaute er aus dem Fenster, die Nacht war schon hereingebrochen. Dicke Schneeflocken tanzten im Schein der Hoflampe, um dann in der Dunkelheit zu entschwinden. Es waren die ersten Vorboten des Winters und ihm lief die Zeit davon. Er war wütend über seine momentane Hilflosigkeit. Am liebsten wäre er sofort losgezogen, um sich seinem nächsten Kandidaten zu widmen, das Warten machte ihn fertig. Er war sich sicher, bei jeder weiteren Befragung neue Namen zu erfahren, das waren schließlich alles feige Jammerlappen, die sich an den Schwächsten der Schwachen vergriffen. Das machte ihn so wütend! Aber er durfte sich nicht zu voreiligen Taten hinreißen lassen, die Sache bedurfte sorgfältiger Vorbereitungen.

Er klappte den Laptop wieder auf. Nach kurzer Suche wurde er fündig: Klapfhofen, ein kleiner Ort im Landkreis Cham. Er lächelte zufrieden. Er würde ein Zeichen setzen und die Öffentlichkeit aufrütteln, damit die Leute besser auf die Kinder aufpassten. *Die Kinderschänder leben mitten unter uns, durchgeknallte, sexuell entartete Monster.* Er presste grimmig die Kiefer aufeinander. Weder Spielplätze noch Kindergärten oder Schulwege waren vor diesen Schweinen sicher. Es konnte jeder sein: der freundliche Nachbar, Lehrer, Trainer … der nette Herr Pastor … Sie alle hatten den Tod verdient. *Ich werde euch bestrafen, egal wo ihr euch versteckt, und am Ende werdet ihr vor mir zittern.* Die Medien würden ihn als Helden feiern!

Klapfhofen …

5

Svetlana, die Haushälterin des Bauunternehmers Korbinian Hartl, führte ihm den Haushalt, seit dessen Frau vor Jahren bei einem Verkehrsunfall ums Leben kam. Ihr Chef, ein Spätfünfziger von ruhiger Art und freundlichem Wesen, fand stets ein gutes Wort für sie. Als Gentlemen durch und durch behandelte er sie zuvorkommend. Mehrmals im Jahr war er auf Geschäftsreisen und informierte sie jedes Mal per SMS, wenn er beabsichtigte, zurückzukehren. Unglücklicherweise hatte ihr Akku gestreikt, sodass sie die Nachricht zu spät bekam. Ihr Chef war bereits seit zwei Tagen wieder zu Hause und der Kühlschrank leer. Und nun hatte sie ein schlechtes Gewissen, weil ihr Chef es liebte, ausgiebig und gut zu speisen, schließlich war sie eine ausgezeichnete Köchin, wie er ihr immer wieder versicherte.

Mit den Einkaufstüten unterm Arm schloss sie die Haustür auf, eilte in die Küche und stellte die Tüten auf die Anrichte. Erschrocken fiel ihr Blick auf die Blutschlieren in der Spüle. Hatte er sich geschnitten? Aber wieso sah alles unbenutzt aus? Kein Messer, kein Glas, keine Teller – nichts. Wo war er überhaupt? Voller Unbehagen ging sie ins Wohnzimmer und schaute sich um. Alles sah aus, als wäre der Hausherr noch abwesend, dennoch stimmte etwas nicht, weil sein Auto vor der Tür stand.

»Herr Hartl, sind Sie da? Ich bin es, Svetlana.« Angespannt lauschte sie in die Stille.

Vielleicht war er im Garten – aber die Terrassentür war verschlossen. Unwillkürlich fiel ihr Blick auf die halboffenstehende Schlafzimmertür im Obergeschoss, zu der eine Treppe hinaufführte. Svetlana wunderte sich, denn in diesem Haus gab es keine offenen Türen, weil der Hausherr das nicht duldete ... schon gar nicht die Schlafzimmertür. Er pflegte spätabends im Bett mit seinem Laptop zu arbeiten. Verunsichert schaute sie sich um, konnte aber nichts Ungewöhnliches feststellen. Dennoch beschlich sie ein ungutes Gefühl, eher eine Ahnung, dass etwas Schreckliches passiert sein musste. Sie nahm all ihren Mut zusammen und entschloss sich, nachzusehen.

Oben angekommen, schob sie vorsichtig die Tür auf und erstarrte. Der Anblick war grauenvoll, geradezu unwirklich, sodass sie sich bekreuzigte. Und dann begann sie zu schreien, wieder und wieder, sodass es durchs ganze Haus hallte. Obwohl dieser Anblick so entsetzlich war und sie zutiefst erschütterte, konnte sie den Blick nicht abwenden: Korbinian Hartl saß nackt und gefesselt ans Kopfende seines Bettes gelehnt und da, wo normalerweise sein Penis sein müsste, sah sie eine schwarzverkohlte Wunde. Hartls toten Augen starrten auf den aufgeklappten Laptop auf seinem Bauch, sodass es aussah, als würde er arbeiten, wäre da nicht all das Blut. Ihr wurde übel von dem Geruch nach verbrannten Fleisch, der ihre Nase reizte, und dann begann sich alles um sie herum zu drehen. Sie sank auf die Knie und erbrach sich, bis sie nur noch gelblichweißen Schleim hoch würgte.

Total erschöpft rappelte sie sich auf, wischte sich mit dem Ärmel über den Mund und starrte voller Ekel auf ihr Erbrochenes. Unschlüssig stand sie da und überlegte fieberhaft. *Mein Gott, wie schrecklich, was soll ich denn jetzt machen?* Ins Zimmer zu gehen getraute sie sich nicht, weil sie abergläubisch war und fürchterliche Angst vor Toten hatte. Noch nie hatte sie so ein grausames Verbrechen gesehen. »Oh heilige Mutter Gottes …! Was ist das für ein Mensch, der so etwas tut?« Dann begann sie zu schluchzen, bis sie schließlich haltlos weinte. Sie verstand die Welt nicht mehr. So ein feiner Herr, der keiner Fliege etwas zuleide tun konnte. *Was wird jetzt aus mir?*, überschlugen sich ihre Gedanken. Dann fiel ihr ein, dass sie den Notruf wählen musste, und sie wankte hinunter in die Küche.

Mit zitternder Hand griff sie zum Hörer.

***

Edelseer und Schärl von der Polizeiinspektion Cham stockte der Atem. Während ihrer beruflichen Laufbahn hatten sie schon einige Opfer von

Gewaltverbrechen gesehen, doch das hier war einfach nur grauenvoll. Schärl musste sich abwenden, weil ihm schlecht wurde. Edelseer kümmerte sich derweil um Svetlana, die vom Doktor eine Spritze bekommen hatte. Im Moment war eine Befragung von Svetlana unmöglich, also wartet er, bis sie sich beruhigt hatte.

Inzwischen waren die Kriminalkommissare Schüsselbauer und Greiner samt Notarzt und KTU aus Regensburg eingetroffen. Beide starrten auf den Laptop, den ihnen Karl Erlinger von der Spurensicherung hinhielt.

»An eurer Stelle würde ich das nicht anschauen«, meinte Dr. Mayer, der gerade den Toten untersuchte. »Eine schmutzige Sache, sehr schmutzig und …«

Doch Erlinger bestand darauf.

War der Anblick der Leiche bizarr genug und sie meinten, es könnte nicht schlimmer kommen, wurden sie eines besseren belehrt. Erschüttert schauten sie auf die Bilder der kleinen Mädchen und Jungen im Alter von zwei bis vier Jahren. Auf anderen war der Missbrauch selbst abgebildet.

»Da sind noch Filme … Die wollt ihr bestimmt nicht sehen, sonst bekommt ihr einen seelischen Knacks«, meinte er sarkastisch. »Ich hab' kurz reingeschaut, alles in echt: Vergewaltigungen, Folter, Tiersex, Enthauptungen, Suizide, Snuff-Videos, sogar Kannibalismus – die ganze Palette. Wenn man das sieht, kann man den Glauben an die Menschheit verlieren. Und noch etwas: Hartl bevorzugte kleine Mädchen. Und mit klein meine ich so ab drei Jahre.«

Erlinger musste schlucken. Ihm wurde eine gewisse Abgebrühtheit nachgesagt, doch diesmal hatte er feuchte Augen. »Das ist sogar für mich neu. Wie es aussieht, wollte der Täter uns mitteilen, dass Hartl ein Pädophiler war, einer von der ganz harten Sorte. Vermutlich ist das der Grund, warum und wie er getötet wurde. Der Laptop sagt doch alles, oder?« Fragend schaute er in die Runde. Da niemand etwas sagte, hakte er nach: »Oder hat jemand Zweifel?«

»Verdammt noch mal, klapp das Scheißding zu«, keuchte Schüsselbauer. Beim Anblick der Bilder war ihm richtig flau im Magen geworden. Grausamkeiten im Fernsehen präsentiert zu bekommen war eine

Sache aber real damit konfrontiert zu werden eine ganz andere. So was ging dem härtesten Kriminaler an die Nieren. »Zumindest hat dieses Schwein bekommen, was es verdient«, konnte er sich nicht verkneifen zu sagen.

Währenddessen hatte sich Greiner unauffällig weggedreht und wischte sich die Augen. Niemand sollte sehen, wie ihm beim Anblick der Bilder die Tränen in die Augen stiegen. Als er sich etwas gefangen hatte, meinte er: »Das ist so ziemlich das Widerwärtigste, was mir je untergekommen ist. Dieses verfluchte Darknet! Man sollte ihnen allen die … Sorry, aber mich macht das dermaßen wütend, dass ich solchen Typen am liebsten …«

»Du meinst die Eier oder den Schwanz abschneiden?«, ergänzte Erlinger sarkastisch.

»Was hast du mit dem Laptop vor?«, fragte Schüsselbauer, bevor Erlinger sich weiter über dieses Thema auslassen konnte.

»Der ist was für die Auswertungsstelle des BKA in Wiesbaden. Die haben dort eine Zentralstelle für solche Sachen und geschulte Kollegen, weil die, im Gegensatz zu uns, Nerven wie Stahlseile haben. War da nicht im August der Prozess gegen diesen Frank M., der die Kinderpornoplattform *Elysium* betrieben hat? In der sollen weltweit über hunderttausend Nutzer registriert gewesen sein. Eine gottverdammte Scheiße ist das. So viele Perverse und das ist nur die Spitze des Eisberges. Die verdammte Plattform ist nur deshalb aufgeflogen, weil da irgendwo eine Lücke im Browser oder so war. Ich kenne mich nicht aus, aber normalerweise ist das Darknet bombensicher.« Er klappte den Laptop zu.

»Okay, also ans BKA.«

Schüsselbauer hatte Mühe seinen Zorn im Zaum zu halten und wandte sich an Georg: »Kannst du uns was über die Todesursache sagen? »Sieht auf den ersten Blick aus, als wäre das Opfer verblutet. Wo ist der Pimmel abgeblieben? Der hat ihn doch nicht als Trophäe mitgenommen?«

»Anfangs dachte ich das auch, doch dann habe ich ihn gefunden. Der Täter hat Hartl mit seinem eigenen Schwanz erstickt.«

»Ach du meine Güte, wie ekelhaft ist das nun wieder?«

»Und wisst ihr was? In eurer Haut möchte ich nicht stecken, weil das garantiert nicht sein erster Mord war.«

Greiner, inzwischen hellhörig geworden, schaute den Arzt überrascht an. »Wie – nicht sein erster Mord?«

»Ich glaube, dass wir es mit einem psychopathischen Killer zu tun haben, so wie das hier aussieht. Hier haben wir das gleiche Muster, nur dass das Opfer in Kirchbichl eine Frau war. Der Täter hat Post mortem auf die Frau ejakuliert wie bei Hartl. Folglich haben wir es mit dem gleichen Täter zu tun, was die DNA-Analyse noch bestätigen muss, aber ich habe keinen Zweifel.«

»Auf die Frau *und* Hartl ejakuliert?«, fragte Schüsselbauer. »Bei der Frau könnte man das noch verstehen, aber bei Hartl?«

»So ist es. Ich hab' darüber was gelesen. Diese Typen erleben im Augenblick des Todes ihrer Opfer einen unvergleichlich sexuellen Kick, ähnlich wie bei Heroin. Diese Abart von Sexualität ist selten. Was das nun mit der Frau auf sich hat, müssen die Kollegen in Amberg herausfinden. Die werden es schwer genug haben. Außerdem reichts mir für heute.« Er wandte sich zum Gehen. »Hier ist der Totenschein.«

»Wir sind auch fertig«, meldete sich Erlinger.

»Also pfiads eich Gott.«

Auf dem Weg hinunter blickte Schüsselbauer ihnen nachdenklich hinterher. Irgendwie konnte er die Bilder aus seinem Kopf nicht verbannen. Er hatte das Gefühl, eine Riesenaufgabe würde auf sie zukommen. Nicht nur auf die Kollegen in Amberg. Missmutig schaute er aus dem Fenster und sah, wie die Leiche abtransportiert wurde. *Ich werde diesen Kerl durchleuchten, seine Vita, insbesondere, warum er so oft im Ausland war.* Zumindest so viel hatte er Svetlana entlocken können. Vermutlich war Sextourismus im Spiel, was leicht festzustellen wäre. Diese Typen brauchten heutzutage nicht mal nach Thailand zu fliegen. Die waren global vernetzt, sodass sie ihre abartigen Neigungen überall ausleben konnten, egal ob in Deutschland, Europa oder beim Nachbarn um die Ecke. Weder sozialer Status noch Geld spielten eine Rolle. 100.000 Nutzer auf einer einzigen Plattform! Ihm war zum Kotzen zumute.

Für Svetlana, die das Gespräch größtenteils mitgehört hatte, brach eine Welt zusammen. Ihr Chef, dieser feine Herr, der klassische Musik und Tiere liebte und sie immer anständig behandelt hatte – ein Pädophiler? Einer, der sich sexuell an Kindern vergangen hatte? Gott bewahre! Nein, das war bestimmt ein Missverständnis. »Heilige Maria Mutter Gottes, bewahre uns …«, schickte sie ein Stoßgebet zum Himmel und bekreuzigte sich. Nein, das konnte unmöglich stimmen.

6

Ewald klapperte die Kartenspieler ab, um ihre Aussagen aufzunehmen, während Ludwig seinen Chef über den möglichen Tathergang und die vorläufigen Erkenntnisse der kriminaltechnischen Untersuchung ins Bild setzte. Die Obduktionsergebnisse würden sie erst später bekommen.

»Das ist ja grauenvoll«, stöhnte Ernst. »Mit so was haben wir in all meinen Dienstjahren noch nie zu tun gehabt. Der Fall Draxler war das bisher Schlimmste, aber da war wenigstens kein Sex im Spiel. Was für eine Sauerei! Na schön. Wir haben DNA, Fingerabdrücke und eine Beschreibung. Reicht die für ein Phantombild?«

»Nee, zu grob. Ich denke, im Moment wäre es am wichtigsten, herauszufinden, wer diese Franziska war. Es lässt sich ja noch nicht mal genau sagen, ob es nun ein sexuelles Motiv war oder ob die beiden sich kannten. Dass auf die Leiche gespuckt wurde, spricht für Hass, das Ejakulat könnte man durchaus auch so interpretieren. Es kann aber auch eine rein sexuelle Angelegenheit sein. Dieser Mörder fällt jedenfalls aus dem Rahmen und nur, wenn wir sein Motiv kennen, haben wir eine Chance, ihn zu schnappen. Wir könnten die Hilfe eines Profilers in Anspruch nehmen.«

»Wie soll ich das denn jetzt verstehen?«, fragte Ernst irritiert.

»Na ja«, meinte Ludwig vorsichtig, »mein Gefühl sagt mir, dass wir es hier mit einem extrem gefährlichen Psychopathen zu tun haben.«

»Wir sind hier nicht im Fernsehen, Ludwig. Gefühl! Ha! Das BKA stellt uns wegen eines einzelnen Mordes mit Sicherheit nicht direkt einen Profiler zur Verfügung, nur weil du ein Gefühl hast, da müssen wir uns vermutlich ziemlich weit hinten anstellen. Da musst du mehr auffahren, als ein Gefühl.«

Ludwig seufzte. »Du hast die Berichte im Fall Draxler noch im Kopf?«

»Natürlich. Was hat das mit diesem Fall tun? Der war doch kein Psychopath, sondern einfach nur durchgeknallt.«

»Erwin Draxler war seit frühester Kindheit mein bester Freund. Warum er plötzlich zum Mörder wurde, habe ich erst erfahren, als ich ihn festnehmen wollte. Seine krankhafte Logik bestand darin, dass niemand seinen Geliebten besitzen durfte außer ihm selbst. Weil der ihn verlassen wollte, brachte er ihn um. Und das wiederum löste bei ihm ein Trauma aus und er entwickelte eine schizoide Persönlichkeitsstörung, die Halluzinationen einherging. Nicht nur, dass er seinen Freund sah, er rede auch mit ihm, obwohl der längst tot war. Erwin wurde zum Paranoiker, nicht zu verwechseln mit einem Psychopathen, mit dem wir es jetzt zu tun haben. Und das ist der wesentliche Unterschied.«

»Du willst mir sagen, dass du glaubst, dass der Mörder vom Goldenen Hirschen auch in zwei Welten lebt?«

»Nein … also noch mal: Stell dir einen Sack vor, dessen unterer Teil ziemlich groß ist, dann kommt die Verschnürung und darüber bleibt der kleine Rest vom Sack. Der ist zwar nur kümmerlich aber enorm wichtig.«

»Mensch, was soll das werden? Willst du mich auf den Arm nehmen?«

»Nun hör' doch mal zu. Das ist ein einfaches Denkmodell, um sich vorzustellen, warum jemand plötzlich anders tickt. Außerdem hast du gefragt.«

»Ja, aber nicht nach der Sendung mit der Maus.«

»Also der Sack! Es ist wichtig, dass du dir das bildlich vorstellst. Der untere Teil des Sacks ist unser Unterbewusstsein. Darin ist alles gespeichert, was wir im Laufe unseres Lebens gelebt und erfahren haben. Mit Milliarden von Schubfächern, wie im Tresorraum einer Bank, wo alles aufbewahrt wird und wo nichts verloren geht. Während wir schlafen, arbeitet unser Gehirn wie ein neuronales Netzwerk permanent weiter, katalogisiert, sortiert, legt Unwichtiges ab und hält Wichtiges und Aktuelles abrufbereit. Die Verschnürung trennt das Bewusstsein vom Unterbewusstsein und wird nur durchlässig, wenn wir Informationen abrufen wollen. Das geschieht, ohne dass wir es bemerken. Der obere Teil des Sacks ist winziger, enthält aber unser Bewusstsein. Das ist der Teil unseres Gehirns, den wir im wachen Zustand mit all unseren Sinnen tagtäglich erleben. Sehen, hören, riechen, fühlen …«

Ernst machte eine ungeduldige Handbewegung. »Nun komm zur Sache, Mensch!«

»Wenn wir versuchen, uns an etwas zu erinnern, stellt unser Gehirn eine Verknüpfung mit dem Unterbewusstsein her, greift in die richtige Schublade und holt es ins Bewusstsein.«

»War's das?« Unwillig nippte Ernst an seinem Kaffee.

»Moment noch. Also die Krux ist die Verschnürung des Sacks. Wenn diese Barriere durchlässig wird, ohne dass eine Interaktion zwischen Bewusstsein und Unterbewusstsein hergestellt werden muss, durch ein Trauma zum Beispiel, vermischt sich Gegenwärtiges mit Vergangenem, sodass Fragmente des Unterbewusstseins ins Bewusstsein drängen, sich vermischen und von der Realität nicht mehr zu unterscheiden sind. Wahn und Halluzination können die Folge sein, was nicht zwangsläufig dauernd passieren muss und es macht keinen Unterschied, ob man Stimmen hört, etwas riecht oder sieht, obwohl es gar nicht vorhanden ist. Für den Betroffenen *ist* es real weil er es als *wahr* erlebt.«

»Und was hat das jetzt mit dem Mörder zu tun?«

»Unser vegetatives Nervensystem spielt dabei auch noch eine Rolle«, fuhr Ludwig unbeirrt fort, »da es nicht unserem Willen unterworfen ist und hormonell gesteuert wird. Zum Beispiel ist eine Schizophrenie vermutlich auf eine Stoffwechselerkrankung zurückzuführen, die in Schüben verläuft und oft mit Wahn und Halluzination einhergeht, was oft auf Paranoiker zutrifft, im Gegensatz zu einer psychopathischen Entwicklungsstörung, die bereits in frühester Kindheit entsteht und sich ganz anders entwickelt. Das Ergebnis ist manchmal das Gleiche – für uns völlig irrationale Handlungsweisen.«

»Willst du eine Gehaltserhöhung, oder was?« Er funkelte Ludwig an, um sich nicht anmerken zu lassen, dass er beeindruckt war.

»Nein, ich will dir was erklären. Stell dir vor, du träumst von einem Ereignis so intensiv, dass du es als real empfindest. Plötzlich wachst du auf und stellst fest, dass es nur ein Traum war. Und nun stell dir vor, dass solche Träume oder Teile davon in der Realität erlebt werden. Ungefähr so ist es für jemanden, bei dem die Barriere durchlässig geworden ist. Der Betreffende kann keinen Unterschied erkennen, denn für ihn ist alles Realität. Natürlich passiert im Vorfeld einiges, so wie bei Erwin Draxler damals. Bei ihm hatten die Trennungsankündigung seines Freundes und die anschließende Tötung ein Trauma ausgelöst. Er wurde paranoid und deshalb hat er gemordet, und das nicht nur einmal. Doch in unserem Fall haben wir es mit einem Psychopathen zu tun. Psychopathie beginnt mit einer psychosozialen Fehlentwicklung im Kindesalter, zumeist in asozialen Familien. Die Eltern trinken und schlagen ihre Kinder, sodass sie emotional verarmen. Sie erfahren weder Liebe noch Zuwendung oder Anerkennung, stattdessen sexuellen, körperlichen oder seelischen Missbrauch. Erfolgt das über Jahre hinweg, führt das dazu, dass das Kind weder Schuldgefühle noch Mitleid entwickeln kann. Eine völlige dissoziale Entwicklung ist die Folge. Oft sind sie innerlich leer und langweilen sich. Später entwickeln sie dann ein starkes Bedürfnis nach Kicks und sind dabei spontan und impulsiv. Was sie später so gefährlich macht ist, dass sie keinerlei Angst haben und nicht fähig sind, zwischenmenschliche Gefühle zu empfinden. Menschen sind für sie lediglich Objekte.«

»Na schön. Einen Profiler wirst du aber wohl nicht brauchen, du weißt ja schon genug darüber.«

»Es sind die abnormalen Taten, die von der Norm abweichen, und die Motive, die es bei solchen Tätern herauszufinden gilt. In unserem Fall gibt es zwei Kriterien: der Modus Operandi, also die Sache mit dem Ejakulieren, und wer diese Franziska ist. Sie könnte der Schlüssel sein. Ich glaube übrigens nicht, dass das sein erster Mord war. Ewald soll mir nachher mal im System nachgucken, ob es ähnliche Fälle im Umkreis gab oder überhaupt irgendwo, der Täter kann ja grad erst hergezogen sein.«

»Lass mal, ich schicke eine Rundmail an alle Inspektionen einschließlich Franken, Nieder- und Oberbayern. Das geht schneller. – Nur für den Fall, dass du recht hast.«

»Himmelherrgott«, brüllte Hofreiter ins Handy. »Das ist ein riesengroßer Scheiß, der sich da anbahnt.«

Völlig verdattert hielt sich Ludwig das Handy vom Ohr weg. »Der ist ja auf hundertachtzig«, raunte er Kathi zu.

Sie saßen am Frühstückstisch und wollten den freien Tag nutzen, um im Donaueinkaufszentrum shoppen zu gehen. Schließlich war Adventszeit und Kathi brauchte noch ein paar Lichterketten für draußen. Und dann schwebte ihr noch so ein beleuchteter *Rudi* vor.

»Was meinst du mit *Scheiße anbahnen*, Richard?«, fragte Ludwig verdattert.

»Wie, du weißt es noch nicht?«

»Was soll ich wissen?« Dann dämmerte es ihm. »Er hat wieder zugeschlagen oder?«

»Und ob. Diesmal in Klapfhofen. Korbinian Hartl, ein alleinstehender Unternehmer, dem der Schwanz abgeschnitten wurde. Und was glaubst du, wo der abgeblieben ist? Er hat Hartl damit erstickt und damit es für uns nicht zu langweilig wird, hat der Killer Hartls Laptop auf seinen Bauch platziert. Und nun rate mal, was darauf zu sehen war.«

»Nun sag schon.«

»Pädophiler Schweinkram. Hartl war ein Kinderficker der übelsten Sorte! Laut Haushälterin war er natürlich ein herzensguter Mensch, der keiner Fliege etwas zuleide tun konnte.« Richard schnaubte verächtlich. »Wegen eures Rundschreibens wurden wir sofort informiert. Sogar die KTU- und Gerichtsmedizinberichte liegen uns schon vor. Die DNA an beiden Tatorten ist vom selben Wichser … entschuldige. Sie haben mir den Fall jetzt übertragen. Das mit dem Rundschreiben ist doch auf deinem Mist gewachsen, oder?«

»Nee, das war mein Chef.«

»Die Kollegen hier springen alle im Karree, weil die Angst vor dem *Gespenst Serienkiller* rumgeistert. Ludwig, das wird eine Riesennummer. Ab sofort bist du im Team. Gratuliere! Beweg deinen Arsch hierher!« Er legte auf.

Ludwig biss in sein Marmeladenbrötchen. Ihm war sofort klar, was da auf sie zukam. Ein psychopathischer Serienkiller … Gott im Himmel, das konnte ja heiter werden. Um Kathi nicht zu beunruhigen, meinte er nur: »Wow, macht der einen Wind.«

Ludwig hatte sein Handy jedoch so laut gestellt, dass Kathi alles hören konnte. Verwundert schaute sie Ludwig an. Sie kannte die Geschichte von ihrem Bruder, der verrückt wurde und Ludwig beinahe getötet hätte. »Ihr sucht einen Serienmörder? Ist das nicht gefährlich, Schatz?«

Er versuchte, das Ganze herunterzuspielen, um Zeit zu gewinnen »Mensch, ich weiß doch auch nicht, was Richard meint. Wie es aussieht, gibt's da noch einen Mord, der auf den gleichen Täter wie in Kirchbichl schließen lässt. Morgen weiß ich mehr. Wie's jetzt weitergeht, ist noch ungewiss. Ich glaube, Hofreiter hat nur Angst. Von Serienmördern spricht man erst, wenn es drei Opfer mit identischen Merkmalen gibt. Bis jetzt sind es aber nur zwei.«

»Ich habe Angst. Hast du vergessen, dass mich jemand umbringen wollte? Denkst du gar nicht an unser Kind? Als wir den Hof von John bekommen haben und ich schwanger wurde, da dachte ich, unser Glück wäre perfekt. Und nun steckst du so tief in diesen Mordfällen, dass ich das Gefühl habe, unser Leben läuft aus dem Ruder. Hast du denn keine Angst, dass dir etwas zustoßen könnte?« Sie stand auf, umarmte Ludwig und fing an zu schluchzen.

Er spürte, wie sein Hals feucht wurde, und hielt sie fest, bis sie sich beruhigt hatte.

Dann drückte sie ihn von sich, um ihm in die Augen zu sehen. »Ich jedenfalls habe schreckliche Angst – um dich, um mich und unser Baby. Ich weiß nicht mehr, was ich fühlen oder denken soll. Da ist immer noch jemand, der mich umbringen will, oder nicht? Und du sollst jetzt auch noch einen Serienmörder jagen? Woher willst du wissen, dass du dabei nicht getötet wirst? Ich kann einfach nicht mehr.« In ihrer Verzweiflung umklammerte sie ihn wie eine Ertrinkende.

So hatte er Kathi noch nie erlebt. Sie, die immer voller Energie und Lebensfreude war, machte den Eindruck, als würde sie jeden Moment zusammenbrechen. *Was habe ich getan?* War ihm seine Arbeit wichtiger als die Liebe seines Lebens? Oder war sie nur wegen der Schwangerschaft so sensibel?

Dann erkannte er schlagartig, worauf das hinauslief. Er drückte sie so fest an sich, dass sie aufstöhnte. Mit Tränen in den Augen flüsterte er: »Willst du mich verlassen, Kathi?«

»Ich gehe vorerst zu deinen Eltern. Wenn du hier alles geklärt hast, komme ich zurück. Ich werde krank von diesem ganzen Irrsinn. Attentäter und Serienmörder … So hatte ich mir unser Leben nicht vorgestellt.

Entschlossen löste sie sich aus seiner Umarmung, um ihm zu sagen, dass sie bereits mit Sepp Maurer gesprochen hatte, der die Tiere versorgen würde, wie schon damals, als Ludwig im Krankenhaus lag. Sie konnte und wollte so nicht leben. Er musste sich zwischen ihr und seinem Beruf entscheiden.

Natürlich leuchteten ihm Kathis Argumente ein, schließlich wollte auch er sie in Sicherheit wissen. Der misslungene Anschlag … Wenn ihr oder dem Baby etwas zugestoßen wäre … oder zustoßen würde …

Schweren Herzens stimmte er schließlich zu. »Ja, Schatz, geh' zu meinen Eltern. Und wenn alles vorbei ist, kommst du zurück. Und dann schau ich, wie das beruflich weitergeht. Aber jetzt einfach hinschmeißen kann ich nicht. Ich muss erst noch rauskriegen, wer dich umbringen will, davor können wir nicht weglaufen.«

Erleichtert wischte sie sich die Tränen weg. »Eines musst du mir versprechen: Bitte pass auf dich auf, denn wir brauchen dich doch.« Sie legte seine Hand auf ihren Bauch.

Die Angst, Kathi vielleicht für immer zu verlieren, versetzte ihm einen schmerzhaften Stich in der Brust und schnürte ihm die Kehle zu. Würden sie jemals wieder zusammenfinden? Oder war das jetzt schon das Ende?

Endlich hatte er Hofreiters Büro gefunden. Wie alle Sonderermittler und Kriminaler war Ludwig in Zivil.

»Da bist du ja endlich. Setz' dich.« Hofreiter deutete auf den Stuhl vor seinem Schreibtisch. »Wir haben einiges zu besprechen. Bevor ich anfange, würde ich gerne wissen, ob du dich endlich entschieden hast?« Er sah Ludwig an.

»Noch nicht. Vielleicht nutze ich die Gelegenheit, um herauszufinden, wie es bei der Kripo so zugeht. Wenn der Fall gelöst ist, werde ich mich entscheiden. Ist das okay für dich?«

»Sei's drum, dann vielleicht später. Also, Regensburg hat uns angewiesen, eine Sonderermittlungsgruppe zu bilden. Das kennst du ja. Die ermittelnden Kollegen aus den Dienststellen Cham und Regensburg gehören dazu. Dich habe ich speziell angefordert, weil du Erfahrung mit Verrückten hast. Die Kollegen müssten jeden Moment eintreffen.«

»Weißt du schon mehr über den Toten aus Klapfhofen?«

»Nein, nur was ich dir am Telefon gesagt habe.«

»Ich bin mir sicher, sobald wir die Identität dieser Franziska kennen, können wir den Mörder schnappen.«

»Bist du sicher, dass wir es mit einem Psychopathen zu tun haben?«, fragte Hofreiter.

»Ich glaube schon. Der Gedanke kam mir bereits in Kirchbichl. Was uns fehlt, ist das Motiv. Ich bin gespannt, was es mit dem zweiten Toten auf sich hat. Kannst du mir die Akte geben, damit ich mich kurz einlese, bis die Kollegen kommen?«

Richard schob ihm den Hefter rüber.

Nach einer Weile schaute Ludwig auf: »Das war ein Ritualmord. Er hat uns eine Botschaft hinterlassen.«

»Was für ein Ritual? Dass er auf die Opfer ejakuliert?«

»Nein, das ist was anderes. Ich meine das mit dem Laptop auf dem Bauch.«

»Das musst du mir genauer erklären.« Hofreiter zwirbelte unruhig seinen Bart. »Dieser Psychomist macht mich ganz krank. Können die Leute nicht einfach nur aus Eifersucht oder Geldgier morden?«

»Der Laptop ist die Botschaft. Zum einen teilt er uns mit, dass Hartl pädophil war, und zum anderen, dass es allen so ergehen wird, derer er habhaft werden kann. Er hat es auf Pädophile abgesehen, glaube ich. Der fängt gerade erst an. Wenn wir ihn nicht stoppen, mordet er sich durch die ganze Oberpfalz. An Pädophilen wird's nicht mangeln, schätze ich mal.«

»Und woher weiß er, wer ein Pädokrimineller ist? Und wieso die Frau?«

»Pädokrimineller?«

»Die offizielle Bezeichnung. Pädophil heißt eigentlich nur kinderfreundlich, nicht sehr zutreffend.«

»Schon, aber kürzer. Na ja, also … das kann ich auch noch nicht erklären. Aber Frauen können, glaube ich, auch pädophil sein.«

»Solltest du mit deiner Hypothese recht haben und die Presse bekommt Wind davon, drehen hier alle durch. Ich darf gar nicht daran denken. Du behältst das gefälligst für dich! Kein Wort nach draußen!«

»Natürlich.« Etwas beleidigt schaute er Richard an. »Aber glaubst du, dass wir das auf Dauer verheimlichen können? Die Pressefritzen sind wie Bluthunde. Wenn die etwas wittern, schießen sie einfach frech ins Blaue und basteln sich eine Horrorstory zusammen, bis wir dann mit einer Richtigstellung reagieren müssen.«

»Na du kennst dich ja aus. Genau so läuft das. Und dann kriegen wir hinterher noch vorgehalten, dass wir die Öffentlichkeit nicht gewarnt hätten.«

»Na, in diesem Fall wohl nicht. Man könnte uns aber vorhalten, dass …«

Es klopfte.

»Ah, die Kollegen aus Cham«, begrüßte Hofreiter Edelseer und Schärl. »Das ist der Kollege Hiermeier aus Kirchbichl. Wir ermitteln zusammen.«

Kurz darauf trafen auch die Regensburger Kollegen Schüsselbauer und Greiner ein.

Sie gingen die Einzelheiten der Fälle durch und glichen sie miteinander ab. Trotz der unterschiedlichen Vorgehensweisen war aufgrund der DNA-Spuren klar, dass es derselbe Täter war. Auf der Suche nach dem Motiv schieden sich die Geister allerdings. Mit Ludwigs Theorie eines Rachefeldzugs gegen Pädokriminelle konnten sie sich noch leidlich anfreunden, doch dass es einen darüber hinausgehenden Zusammenhang zwischen Franziska und dem Täter geben könnte, sahen die anderen nicht. Erst als Hofreiter darauf bestand, man sollte das sicherheitshalber prüfen, stimmten die anderen zu, die Ermittlungen in dieser Richtung auszudehnen.

Da fiel Ludwig plötzlich auf, was ihn die ganze Zeit irritiert hatte: »Wo ist denn die DNA-Analyse der Toten? Hat die Gerichtsmedizin keinen DNA-Abgleich zwischen Franziska und dem Täter gemacht? Gehört das nicht zum normalen Prozedere?«

»Wie konnten wir das übersehen?« Hofreiter griff verärgert zum Telefon und sagte dem zuständigen Gerichtsmediziner, was er von unvollständigen Berichten hielt.

»Er kümmert sich drum«, meinte er nur, als er auflegte. »Sobald das Ergebnis vorliegt, sagt er uns Bescheid.«

»Glaubt irgendjemand im Ernst, dass die beiden verwandt sind?«, fragte Edelseer.

»Ich glaube sogar, dass es sich um Mutter und Sohn handelt«, sagte Ludwig.

»Wie kommst du denn darauf, Sherlock Holmes?« Schüsselbauer hielt nicht viel von nassforschen Provinzpolizisten, die aufs Geratewohl drauflos rieten.

Ludwig sah ihn provokativ an. »Da taucht vor fünf Jahren eine Frau aus dem Nichts auf, von der niemand etwas weiß außer ihrem Vornamen, und lebt jahrelang mehr oder weniger unauffällig in Kirchbichl. Und dann kommt zufällig ein junger Mann daher, den auch niemand kennt und hinterlässt eine Leiche, die so aussieht, als wäre jemand richtig sauer gewesen. Es war kein Sexualmord im herkömmlichen Sinne, dafür waren zu viele Emotionen im Spiel. Das sieht nach Hass aus, unbändiger Hass, der sich da entladen hat. Für mich steht fest, dass die beiden etwas miteinander verbindet. Vom Alter könnte es hinkommen …«

In dem Moment betrat Polizeiobermeister Josef Ringelstetter den Raum. »Wir haben was aus Waldmünchen bekommen, das passt zu eurem Fall«, sagte er und reichte Hofreiter ein paar zusammengeheftete

Seiten. »Ich hab die Mail ausgedruckt, weil ich dachte, das wollt ihr gleich sehen.«

»Waldmünchen?« Verdutzt nahm Hofreiter die Ausdrucke entgegen. »Die Kollegen Beck und Wagner aus Regensburg haben in Waldmünchen ein weiteres Opfer, das ins Schema passt«, sagte er und überflog die Seiten. »Der Tote heißt Xaver Mühlbauer, wohnhaft in Waldmünchen. Er wurde vor ungefähr zwei Wochen getötet. Wurde erst gefunden, als der Postbote den Leichengeruch wahrnahm. Als Todesursache wird angegeben, dass er gefoltert und mit seinem abgetrennten Penis erstickt wurde. Aber«, meinte Hofreiter, »Mühlbauer hatte keinen Laptop auf dem Bauch. Ansonsten stimmt aber alles mit Hartl überein. Jetzt haben wir es offiziell mit einem Serienmörder zu tun.«

Ludwig wäre fast aufgesprungen. Sein Lebensretter war das Opfer? Warum ausgerechnet der? Nach seiner Genesung hatte er ihn aufgesucht, um sich noch mal für die Rettung zu bedanken. Die Frage, warum Mühlbauer gerade in dem Moment da war, als er den Unfall hatte, trieb ihn immer noch um, aber da war er nicht weitergekommen. Das konnte aber nie und nimmer Zufall sein. Intuitiv spürte er, dass die Mordserie in Waldmünchen ihren Anfang genommen hatte, behielt das aber erst mal für sich.

Hofreiter hätte sich die Haare raufen können. Wo, zum Teufel, sollten sie ansetzen, um diesen Killer zu finden? Ein Geist, der zuschlug, spurlos verschwand und dabei jede Menge Spuren hinterließ, mit denen sie aber absolut nichts anfangen konnten. Vielleicht hatte Ludwig mit seiner Theorie recht, dass Franziska der Schlüssel war. Er musste dringend unter vier Augen mit ihm reden. Die Voreingenommenheit der Kollegen war einfach zum Kotzen – zu stur, zu unflexibel und stinkkonservativ. Wie sollte man mit solchen Leuten so ein Phantom erwischen? Außerdem war mit Ludwig gerade etwas geschehen, etwas hatte ihn erschüttert und er wollte wissen, was das war.

Nachdem sie sich ergebnislos getrennt hatten – Ludwig war so sauer, dass er ohne ein weiteres Wort gegangen war, sodass sie nicht mehr miteinander sprechen konnten – zermarterte Hofreiter sich den Kopf, wie es weitergehen sollte. Er musste sich ernsthaft die Frage stellen, ob die Kollegen – ob er das Phantom überhaupt fassen wollte, schließlich tat er genau das, was sie sich alle insgeheim immer wünschten, wenn es um Kindesmissbrauch ging …

Er schüttelte den Gedanken ab. *Wir sind Polizisten, kein lynchender Mob …*

7

Belustigt starrte er auf sein Konterfei, das auf der Titelseite der *Mittelbayerischen* abgebildet war. *WER KENNT DIESEN MANN?* Es folgte eine Allerweltspersonenbeschreibung und dass es sich um einen Tatverdächtigen in mehreren Mordfällen in den Landkreisen Cham und Schwandorf handeln würde. Die Polizei bat die Bevölkerung um ihre Mithilfe und so weiter.

»Mhh, nicht gerade das, was ich mir erhofft habe«, murmelte er.

Vielleicht kam das noch, wenn die Zeitungen die ganze Wahrheit erfahren würden. Warum verheimlichten sie das? Warum deckelte die Polizei und gab keine Details preis? Na klar, sie wollten keine Panik in der Bevölkerung heraufbeschwören. Aber es war nur eine Frage der Zeit, bis ein pfiffiger Reporter dahinterkommen würde. *Doch so lange werde ich nicht warten*, schwor er sich. Was würde es denn nützen, diese Kinderschänder anzuzeigen? Sie kämen lediglich mit einem blauen Auge davon, weil gewiefte Anwälte dafür sorgen würden. *Nein, so gesehen ist meine Methode die einzige, diese Kinderschänder angemessen zu bestrafen. Außerdem hat die Öffentlichkeit ein Recht, die ganze Wahrheit zu erfahren. Ich werde die Presse dazu zwingen*, nahm er sich vor. Ein Leser-Brief? Nein, ein Bekennerschreiben, auf das sie reagieren mussten. Beim Blick auf sein Phantombild konnte er sich ein Grinsen nicht verkneifen – an der Wirklichkeit meilenweit vorbei. *Oh ja, ich werde wie ein Geist für sie sein – ich, das Phantom.* Der Gedanke gefiel ihm, drückte er doch das aus, was er sein wollte: Wie ein Geist zuschlagen und spurlos verschwinden.

Er trank seinen Kaffee aus und ging ins Bad, um sich im Spiegel zu betrachten. Zufrieden mit dem, was er sah, fuhr er sich durch die kurzen blonden Haare. Die blauen Augen in seinem sonnengebräunten Gesicht hatten ihren stechenden Glanz verloren. Was er sah, hatte so gar nichts mehr mit dem Phantombild zu tun. Er betrachtete nachdenklich die Dosen mit den verschiedenen Kontaktlinsen, Haarfärbemitteln und der kosmetischen Schminke. Er hatte auch ein Paar Schuhe mit erhöhten Absätzen. Einer hatte sich gelöst, als Mutter sich heftig gewehrt hatte.

Mutter? Ihr Tod hatte ihn völlig kalt gelassen, doch was danach geschah … Allein der Gedanke daran ließ seine Hormone verrücktspielen, sodass er versucht war, sich Erleichterung zu verschaffen. Nein, nicht jetzt, es gab Wichtigeres zu tun, denn der Brief an die Zeitung hatte Vorrang. Außerdem wäre es irgendwie falsch. Niemals würde er dieses unvergleichliche Gefühl empfinden können ohne den dazugehörenden Akt – den Augenblick des Todes!

Er setzte sich hin und verfasste sein Bekennerschreiben:

Verehrte Leserinnen und Leser!

Ich bin mir bewusst, dass mich die meisten Menschen für das was ich getan habe – und noch tun werde – verurteilen. Aber es werden nur jene sein die noch niemals Angst haben mussten, weil ihren Kindern etwas Schreckliches durch einen Pädophilen zugestoßen ist. Doch all den Betroffenen und Ängstlichen die in ihrem sozialen Umfeld mit einem Kinderschänder leben müssen, weil die Justiz versagt oder zu milde geurteilt hat, werden mir beipflichten denn sie können wieder ruhig schlafen und müssen keine Angst um ihre Liebsten mehr haben. Von den Medien und der Polizei erfahrt ihr nur, dass ich sie getötet habe, aber sie verschweigen euch WARUM! Ich weiß es, denn sie waren Pädophile und Kinderschänder der schlimmsten Sorte. Ich habe sie ihrer gerechten Strafe zugeführt und stehe erst am Anfang! Meine Botschaft lautet: Ihr Perversen, die ihr im Verborgenen unter uns lebt, seid gewiss, dass ich euch finden werde.

Das Phantom.

»Ganz schön theatralisch«, schmunzelte er und lehnte sich zufrieden zurück. Er entschloss sich, den Brief im Verlagshaus der *Mittelbayerischen* in Regensburg einzuwerfen. Bis zum Wintersemester blieb noch etwas Zeit, die sich sinnvoll nutzen ließ. Neben Hartl, den Mühlbauer bei einem Thailandbesuch kennengelernt hatte – sie hatten offenbar im selben Hotel logiert und sich dort an Minderjährigen vergangen, die von ihren Eltern oder wem auch immer angeboten worden waren, hatte er auch Berthold Brandl erwähnt. Da war wieder dieses Kribbeln, das sein Blut in Wallung brachte. *Ich sollte mich ablenken*, dachte er, doch stattdessen öffnete er seinen Laptop und begann mit der Recherche: Berthold Brandl, Immobilienmakler aus Weiden. Google verriet über ihn, dass er zur Zeit sein Büro in Schwarzenried, einem Kaff zwischen Roding und Cham hatte. Jetzt brauchte er noch einen Köder, ein Sommerhäuschen vielleicht, möglichst abseits im Grünen ... Florian wählte die Nummer, die in dicken Lettern auf der Homepage Brandls stand. »Sie haben Glück! Ich habe zufällig ein geeignetes Objekt«, hörte Florian den Makler kurz darauf sagen.

Zufrieden öffnete Brandl eine Flasche *2016er Saint Martin Chablis*, um seinen Coup zu feiern. Die abgelegene Hütte an den Mann zu bringen, sollte ihm erst mal einer nachmachen. Er goss sich ein Glas ein, fuhr seinen speziellen Laptop hoch und lehnte sich entspannt zurück. Es dauerte nur Sekunden, ins Darknet zu kommen. Er fragte sich wieder einmal, wieso er nicht darauf verzichten konnte, warum er wieder und wieder dieses Risiko einging. Er hatte Judith, seine Frau, und zwei wundervolle Töchter. Lena war fünf und Tammi neun. Er liebte sie, ja das tat er. Er liebte sie allerdings so sehr, dass sie in ihm Sehnsüchte weckten – sexuelle Sehnsüchte. Besonders seine kleine Tammi. Er hatte sich bei der Namensgebung gegenüber seiner Frau durchgesetzt, weil es ihn an *Tammi, das Mädchen vom Hausboot* erinnerte. Bei ihrem Anblick hörte er heute noch die Filmmelodie in seinen Ohren klingen …

Er hatte das schon immer. Es war einfach da. Irgendwann konnte er es nicht mehr ignorieren. Das erste Mal passierte es im Schwimmbad, als er die kleinen Mädchen beobachtete, die seine Fantasien anheizten, wovon er jedes Mal eine Erektion bekam. Dann erlitt er einen Rückfall auf die Stufe vorpubertäre Empfindungen und das Gefühl, nur mit Gleichaltrigen sexuelle Erfüllung finden zu können. Seitdem quälten ihn Schuldgefühle, weil er wusste, dass er anders war – unnormal. Doch seine Fantasien waren stärker als jegliche Vernunft und beherrschten fortan sein Denken. Warum ihm das passierte, wusste er nicht, nur, dass die Grenze zwischen Recht und Unrecht allmählich zu verblassen begann.

Angefangen hatte es beim gemeinsamen Baden im Whirlpool. Der Anblick von Tammis nacktem Körper hatte ihn unerwartet erregt und nur das sprudelnde Wasser verbarg, was niemand sehen sollte. Die letzte Schranke fiel an einem Sommertag. Tammi bevorzugte wie so oft den Whirlpool, während Judith der kleinen Lena das Schwimmen im Pool beizubringen versuchte. Bei der Gelegenheit hatte er Tammis kindliche Neugierde für sein erigiertes Glied ausgenutzt und erklärt, dass das ganz normal sei. Es würde immer dann passieren, wenn er sie ganz besonders lieb hätte und dass es nichts Unrechtes wäre, wenn sie damit spielen würde. Mamma würde das auch immer tun. Später erweiterte er das Ganze mit übertriebener körperlicher Zuwendung und Liebkosungen, wobei er die überbordende Liebe, die Tammi ihm von jeher entgegenbrachte, schamlos ausnutzte – besonders, wenn Judith mit Lena ein paar Tage bei der Oma verbrachte. Dann kroch er zu Tammi ins Bett und überschüttete sie mit Zärtlichkeiten. Mit der Zeit forcierte er ihre *Spielereien*, bis er sein Ziel erreicht hatte. Es bestand aber scheinbar eine natürliche Grenze, hinter der aus dem Spiel Ernst wurde. Tammi fühlte sich immer unwohler und wollte nicht mehr mitmachen, sich nicht anfassen lassen und bekam geradezu Angst vor Papas *hartem Ding*. Er nötigte sie dann. Wenn Tammi sich danach in den Schlaf wimmerte und er das Gefühl hatte, ihm würde es das Herz zerreißen, verfluchte er sich für das, was er seinem kleinen Engelchen angetan hatte, aber obwohl ihn die Schuldgefühle plagten, war er gegen seine Dämonen machtlos. Tausendmal schwor er sich damit aufzuhören, doch vergebens. Am meisten litt sie scheinbar unter dem Druck, den er aufbaute, damit sie ihr Geheimnis bewahrte. Er säte die Angst in ihre Kinderseele, dass Mama, Lena und er sie für immer verlassen würden, wenn sie jemals ihr Geheimnis verraten würde. Sein Verstand wusste längst, welche Folgen das für Tammi hatte, aber er konnte einfach nicht von ihr lassen.

Natürlich hatte Judith bemerkt, dass mit der Kleinen etwas nicht stimmte, weil sie zunehmend Auffälligkeiten zeigte, besonders wenn ihr Vater zu Hause war. Sie weinte viel und wurde immer wortkarger. Das einst so fröhliche und aufgeschlossene Mädchen zog sich immer mehr in seine eigene Welt zurück. Als ihre schulischen Leistungen rapide abnahmen und sie immer introvertierter wurde, wandte sich der Lehrer an die Mutter. Schließlich stellte Judith ihren Mann zur Rede, was mit seinem Auszug endete. Von einer Anzeige hatte sie abgesehen, um ihr und den Kindern die Folgen zu ersparen und natürlich auch, weil ein Mann im Gefängnis nicht viel Unterhalt zahlen konnte. Er zog in ihr Sommerhaus nach Schwarzenried. Was ihm blieb, war nichts als der unstillbare Drang, der ihn schließlich ins Darknet trieb.

Mittlerweile kannte er die meisten Foren, in denen man sich austauschen und seinen Fantasien freien Lauf lassen konnte. Er selbst hatte keine Bilder von seinen Töchtern ins Netz gestellt, unterhielt sich lediglich im Chat mit Gleichgesinnten. *Torquatus*, der in der Nähe von Regensburg wohnte, hatte ihm sogar die eigene Tochter gegen Bezahlung angeboten. Viel hätte nicht gefehlt und Brandl hätte angenommen, doch irgendetwas hatte ihn zurückgehalten. Waren es Skrupel oder einfach nur Angst? Zu Hause war es leichter gewesen, aber ein Mädchen … kaufen? Fremde? Zeugen? Dazu war er nicht bereit. Zumindest noch nicht … Er wusste, dass Pädophilie eine Krankheit war, für die es keine Heilung gab. Zumindest wurde das in der heutigen Kultur so gesehen. Rechtfertigungen glaubte er, in der Historie zu finden, doch heutzutage galt Sex mit Minderjährigen, gar Kindern als verabscheuungswürdig und pervers. Eine Straftat. Manchmal kam er sich wie ein Aussätziger vor. Öfter hatte er darüber nachgedacht, sich psychologische Hilfe zu holen, doch der Gedanke, sein Innerstes nach außen zu kehren und ins Detail gehen zu müssen, trieb ihm die Schamröte ins Gesicht und den Schweiß auf die Stirn. Als er *Xenius* im Chat kennenlernte, der auf kleine Jungen stand, empfand er nicht nur Erleichterung, sondern die Bestätigung, nicht mit seinem Problem alleine zu sein. Natürlich hatte es *Xenius* als Trainer einfacher, seinen Ambitionen nachzugehen, denn Leute wie er suchten sich fast immer berufliche Umfelder wie Sportvereine, Kindergärten oder andere soziale Einrichtungen, die mit Kindern zu tun hatten, um ihren potenziellen Opfern nahe zu sein. Den Vorteil hatte er selbst nicht. Gut oder schlecht? Er war nicht sicher. Irgendwo hatte er gehört, dass die Sexualität sich immer einen Weg suchen würde, am Verstand vorbeizukommen und …

Er verließ den Chatroom, weil *Xenius* nicht anwesend war, und scrollte durch die Foren. Beim Anblick eines Bildes mit einem Mädchen, das Tammi ähnelte, konnte er nicht mehr an sich halten …

Wie jedes Mal, wenn die Fantasie mit ihm durchging, überkamen ihm danach Schuldgefühle. Er liebte seine Frau, bald Ex-Frau, und die Kinder genauso, wie er sich nach einer heilen Welt sehnte, die frei von seinen Zwängen war und wo sie als Familie wieder zusammen sein konnten. Doch was ihm blieb, war ein seelisches Dilemma und ein familiärer Scherbenhaufen.

Na, zumindest hatte er beruflichen Erfolg. Er trank aus und klappte seinen Laptop zu.

8

»*Stehe i*ch immer noch auf ihrer Abschussliste? Die Russen haben schon einmal versucht, mich umzubringen, und jetzt hat es jemand auf Kathi abgesehen. Ich muss wissen, ob es die Russen sind. Kannst du mir helfen?«

Düng Hùng, um die vierzig, trug einen eleganten dunkelblauen Anzug. Er blickte Ludwig mit versteinerter Miene an. Als Nachkomme einer Boatpeople-Familie hatte er in Deutschland Wirtschaftswissenschaft studiert, war aber auch Clanchef der Vietnamesen-Mafia, die die Märkte entlang der Grenze von Waidhaus bis Waldmünchen und Furth im Wald beherrschte. Düng Hùng stand in Ludwigs Schuld, weil er dessen Schwester Duyèn vor dem Zugriff der Russenmafia beschützt hatte. Die Ehre gebot es, dass Ludwig seitdem quasi zur Familie gehörte. Außerdem mochten sie sich. »Mein Freund, du glaubst, jemand wollte Katharina töten? Wenn das so ist, betrifft es auch mich. Erzähl mir bitte, wie du zu dieser Annahme kommst.«

Ludwig verfluchte sich, dass er nicht schon viel früher hergekommen war, aber er hatte so viel um die Ohren gehabt …

Während Düng Hùng zuhörte, legte sich seine Stirn in Falten, denn nun war es auch zu seinem Problem geworden. Auch das gebot die Ehre. Als Ludwig geendet hatte, rief er einem seiner Leibwächter etwas zu und schickte ihn hinaus. Weil Ludwig ihn fragend ansah, meinte er: »Ich habe in Horsovsky Tyn bei den Russen einen Mann sitzen. Außerdem weiß ich, dass der damalige Sektionschef, Igor Solowjow, der einst deinen Tod angeordnet hatte, über Nacht verschwunden ist. Vermutlich ist das dein Verdienst, weil du zu viele ihrer Drogenkuriere kaltgestellt hast. Bitte gedulde dich ein wenig.«

Wie auf Kommando erschien eine asiatische Schönheit und servierte Jasmin-Tee, der ein herrliches Aroma verströmte, dazu reichte sie Banh Tieu und verschwand genauso wortlos, wie sie gekommen war. Ludwig ließ sich nicht lumpen und griff zu. Banh Tieu waren kleine, frittierte und fluffige Sesambrötchen, ein in Vietnam beliebtes und weitverbreitetes Gebäck, das süßlich, aber auch etwas salzig schmeckte und ein leichtes Sesamaroma verströmte.

»Du glaubst, die Russen haben ihr Vorhaben, mich umzubringen, aufgegeben?«, fragte Ludwig mit vollem Mund.

Düng Hùng blickte über den Rand seiner Tasse und nickte: »Ja, denn sonst wärst du längst tot.«

»Weißt du, wo Solowjow abgeblieben ist?« Plötzlich kam ihm ein fürchterlicher Gedanke. »Hast du …«

Düng Hùng hob die Hand. Kalt sagte er: »Selbst in unserer Branche gibt es so etwas wie einen Ehrenkodex und eine rote Linie, die einen Krieg zwischen uns und den Russen verhindern soll. Als er veranlasste, meine Schwester zu entführen, hat Solowjow diese Linie überschritten und sich viele Feinde gemacht, sogar in den eigenen Reihen.« Er nippte an seinem Tee.

Ludwig wusste, dass er nicht mehr zu dem Thema sagen würde. »Kennst du den neuen Boss von Bischofteiniz? Ich kann dieses Horsoko … einfach nicht aussprechen«, lachte er verlegen und nahm einen Schluck des vorzüglich schmeckenden Tees.

Düng Hùng nickte nur.

Der Leibwächter kam zurück und flüsterte ihm etwas ins Ohr.

Elegant setzte Düng Hùng die Tasse ab. »Der Neue heißt Fedor Seitzef und du stehst nicht mehr auf ihrer Abschussliste. Also, mein Freund, du kannst beruhigt sein, was jedoch nicht erklärt, wer Katharina nach dem Leben trachtet. Das musst du wohl selbst herausfinden. Und nun wünsche ich dir viel Glück. Vielleicht möchtest du Hao Lan sehen. Mein Angebot steht immer noch – kostenlos natürlich.« Es war das erste Mal, dass er Düng Hùng an diesem Tag lächeln sah.

Hao Lan … Damals hatte er sich in dieses Geschöpf voller Liebreiz und Anmut – Düng Hùngs bestes Pferd im Stall – verliebt. Auch Hao Lan mochte Ludwig. Doch seit dem Vorfall mit Duyèns versuchter Entführung, die er vereiteln konnte, nahm er von weiteren Besuchen bei ihr Abstand. Das war ohnehin eine andere Zeit, das Leben, bevor er Kathi kennenlernte. Etwas verlegen erwiderte er: »Oh nein, ich bin glücklich mit Kathi. Außerdem erwarten wir ein Kind. Trotzdem: Danke für dein Angebot.« Ludwig verneigte sich.

Natürlich hatte ihn Düng Hùng zu seinem freudigen Ereignis beglückwünscht und ihn, wie es seine Art war, bei den Händen genommen und ihm tief in die Augen geschaut. Es war das unergründliche Schweigen und sein Blick, mit der er seine Freude zum Ausdruck brachte.

Auf der Rückfahrt quälte Ludwig ein bohrender Gedanke: *Wenn es nicht die Russen waren, wieso war ausgerechnet Xaver Mühlbauer zur Stelle, als ich verunglückte?* Irgendwo tief drinnen glaubte er, die Antwort zu kennen. Und dann, er wusste nicht wieso, kam ihm plötzlich der Begriff *plastische Wiederherstellung* in den Sinn. *Wenn wir wissen, wie Franziska aussieht, finden wir auch heraus, wie sie heißt und woher sie stammt.* Er ärgerte sich über Wastls Schlamperei, denn hätte er sich korrekt verhalten, bräuchten sie nicht im Trüben zu fischen. Aber das half jetzt auch nicht weiter. Waldmünchen? Wenn Xaver Mühlbauer das erste Opfer war, musste dort alles angefangen haben und Franziska wäre der Schlüssel zu dem Fall.

Da ihm der Magen knurrte, hielt er in Schönsee an und kaufte sich beim *Meindl* eine Leberkässemmel.

Anschließend rief er Hofreiter an. Er wollte ihm den Vorschlag mit der Gesichtsrekonstruktion unterbreiten. Er konzentrierte sich wieder auf den aktuellen Fall. Wenn er nur herausbekommen könnte, wer diese Franziska war. Vermutlich hatte sie dafür gesorgt, nicht erkannt zu werden, sah früher ganz anders aus. Das sollte die Untersuchung klären können. *Ich muss mit Marlies reden.*

Sie trafen sich in der Pathologie im Untergeschoss des Klinikums *St. Marien* in Amberg, wo lediglich Opfer mit unbekannter Todesursache untersucht wurden. Hier arbeitete auch Marlies Zirngibl, mit der er schon öfter zu tun hatte. Hier war er allerdings noch nie. *Das ist also ihr Arbeitsplatz*, dachte Ludwig. Rundum grüngeflieste Wände, Edelstahltische und dann noch die kleinen Stahltürchen, hinter denen die Leichen aufbewahrt wurden. Der Geruch nach Tod, Terpentin und Desinfektionsmittel verbreitete eine Atmosphäre, die Ludwig eine Gänsehaut machte. Er musste sich schwer beherrschen, seine Leberkäs-Semmel bei sich zu behalten, als er die Leiche mit geöffnetem Brustkorb und Schädel auf dem Seziertisch liegen sah. Die Organe waren bereits entnommen worden und lagen in einer Schale. Daneben die abgesägte Schädelkalotte, eine blutige Knochensäge und diverse nicht minder blutige Instrumente. Marlies legte gerade das Gehirn des Toten in eine separate Schale.

Hastig sprudelte Ludwig los und unterbreitete ihr seine Idee, um sich von seinem Magen abzulenken. »Was hältst du davon?«, fragte er und hoffte, dass sie ihm seine weichen Knie nicht anmerkte.

Nach einem kurzen Moment, der Ludwig wie eine Ewigkeit vorkam, meinte sie: »Gut. Ich habe einen guten Bekannten im Bundeswehrkrankenhaus in Ulm, der sich mit Wiederherstellungschirurgie befasst. Der könnte da vielleicht was machen. Die haben da so Programme, mit denen sie Gesichter altern lassen können, das geht vielleicht auch umgekehrt. Ich könnte ihn anrufen …« Marlies konnte das leichte Lächeln nicht unterdrücken, das sich in ihre Mundwinkel schlich. *Hermann ... wäre damals alles anders gekommen ... er und ich?* Röte überzog ihre Wangen.

»Und was ist mit Operationen? Hat sie sich verändern lassen?«, fragte Hofreiter, dem Ludwig von seinem Verdacht erzählt hatte.

»Sieht nicht so aus«, meinte Marlies und wandte sich den Organen zu, die sie nun einzeln wog, damit man ihr die roten Wangen nicht anmerkte. »Und jetzt raus mit euch, ich habe noch zu tun.« Sie deutete auf das Gehirn.

Hofreiter rührte sich nicht. »Was ist mit dem DNA-Abgleich?«, fragte er ruhig.

Marlies stieß genervt die Luft aus. »Ja sorry … sehr peinlich. Es ist aber in Arbeit. Das Labor braucht halt so lange. Ich sag Bescheid, wenn wir das Ergebnis haben.«

Hofreiter brummte nur und wandte sich zum Gehen.

Ludwig folgte ihm, drehte sich aber noch mal um: »Kann man psychische Erkrankungen eigentlich am Gehirn feststellen? Ich meine, sind da organische Veränderungen im Gegensatz zu einem normalen Gehirn zu erkennen?«

Als er Marlies' verdrehte Augen sah, wusste er sofort, wie blöd seine Frage war.

Sie lachte und meinte: »Nein, Ludwig, das Gehirn eines Pädophilen oder Psychopathen weist keinerlei Veränderungen auf. Jedenfalls nicht, dass wir wüssten. Soweit ist die Neuropathologie noch nicht.«

»Danke, Marlies, du hast was gut bei uns. Ich glaube, dass uns das einen Riesenschritt weiterbringen wird und wir den Killer stoppen können. Nicht dass noch mehr Leichen auf deinem Tisch landen. Wir sehen uns. Und Danke noch mal.«

Froh, ihr Frühstück bei sich behalten zu haben, verließen sie die Pathologie. Der reinste Horrortrip …

»Hast du noch Zeit für einen Kaffee, Richard?«

»Klar, aber in einer halben Stunde habe ich einen Termin beim Staatsanwalt. Du hast doch was auf dem Herzen, oder?«

Ludwig wusste, dass er mit Richard offen über alles reden konnte. Da die Ermittlungshoheit bei der Kripo lag, konnte er sich eher mit ihm als mit seinem Chef austauschen.

Kurz darauf saßen sie in der Cafeteria.

Ludwig meinte: »Mir ist bewusst, dass wir es mit einem psychopathischen Serienkiller zu tun haben. Da drängt sich mir die Frage auf, ob der Täter durch Zufall auf Franziska gestoßen ist oder sie gezielt ausgesucht … gesucht hat? Das war aber kein Lustmord, da bin ich sicher, auch wenn noch nicht alle Untersuchungsergebnisse vorliegen. Das war was anderes. Ich bin mir ziemlich sicher, dass sich die beiden kannten. Die Brutalität der Tat lässt darauf schließen, dass das Motiv Hass ist.

»Was lässt einen gleichermaßen Hass auf Männer und Frauen empfinden? Geht es überhaupt um das Geschlecht oder um Menschen allgemein?« Hofreiter sah Ludwig nachdenklich an.

»Ich tippe auf ein Trauma und vermute, dass irgendetwas in seiner Kindheit passiert sein muss.«

»Wie kommst du darauf?«

»Weil der Grundstein für eine psychopathische Persönlichkeitsentwicklung in der Regel aus der Kindheit rührt. Kommt dann noch ein Trauma hinzu, egal welcher Ausprägung, läuft die normale Entwicklung völlig aus dem Ruder. Mein Gefühl sagt mir, dass bei dem Täter beides der Fall ist – Trauma in der Kindheit und später sexueller Missbrauch. Das würde die Heftigkeit erklären.«

»Ach komm, das ist wieder nur dein Bauchgefühl. Sag mir mal lieber, was es mit der sexuellen Komponente auf sich hat.«

Ludwig war in seinem Element. »Bauchgefühl ist nur ein vereinfachendes Wort für emotionale Intelligenz.« Er sah Hofreiter bierernst an. »Hier kommen wir nicht allein mit Logik weiter, aber die hilft schon mal: Wer war der erste Tote?«

»Na dieser Mühlbauer … jedenfalls soweit wir wissen.«

»Und was hat das Phantom mit ihm gemacht?«

»Hör auf, ihm einen Spitznamen zu geben, das ist unprofessionell. Der Täter hat dem Opfer seinen eigenen Penis so tief in den Hals geschoben, dass es daran erstickt ist.«

»Mensch Richard! Und was noch?«, forderte Ludwig ungeduldig.

Hofreiter sah ihn einen Moment ratlos an, dann fiel der Groschen: »Rache … Verdammt, der wollte sich rächen, weil er von Mühlbauer missbraucht wurde. Deswegen das mit dem Schwanz und das ganze Drumherum!«

»Soweit schon mal. Aber wie hat der Täter das Opfer in dessen Wohnung betäuben und fesseln können? Es gab keine Einbruchsspuren.«

Hofreiter rollte mit den Augen. »Die waren schwul und kannten sich. Oder das Opfer hat ihn abgeschleppt und mitgenommen oder umgekehrt … irgend so was.«

»Na ja, es gibt noch andere Möglichkeiten, aber das ist am plausibelsten. Das würde auch zur Missbrauchstheorie passen. Ein früheres Opfer tut so, als wäre es willig, da flippt der Täter vermutlich vor Begeisterung aus und lässt ihn rein. Und: Zack! Vielleicht Fesselspiele? Obwohl, so blöd kann keiner sein. So ein Missbrauchstäter ist ja auch eher dominant, der würde sich nicht freiwillig fesseln lassen. Vielleicht kamen K.-o.-Tropfen zum Einsatz, die lassen sich nach so langer Zeit ja nicht mehr nachweisen.«

»Du vermutest also, dass der unbekannte Täter … ach sei's drum, das Phantom schwul ist?«

»Zumindest bi. Ich kann mir nicht vorstellen, dass er ansonsten überzeugend genug sein kann. Seine Opfer müssen es ihm ja abkaufen, um ihn an sich ranzulassen. Also ja, ich denke, das Phantom ist schwul. Und ich bin überzeugt, dass Mühlbauer ihn als Jungen missbraucht hat. Vielleicht hat er ihn auch gar nicht wiedererkannt und wusste gar nicht, wen er sich da ins Bett geholt hat, weil der Missbrauch viel zu lange zurücklag. Und jetzt kommen wir zum fehlenden Puzzlestück – der sexuellen Komponente: Warum das Ejakulat? Ich denke, dass der Tod seines Peinigers eine derartige Befriedigung im Täter ausgelöst hat, dass er … Na ja, und das hat sich jetzt festgesetzt, törnt ihn total an. Er wusste vorher vermutlich nicht, dass ihm dabei einer abgehen würde. Und jetzt ist es sein Ding. Tod und Sex! Vielleicht so ähnlich wie bei den Verrückten, die sich beim Sex eine Plastiktüte über den Kopf stülpen, um eine Nahtoderfahrung zu provozieren, bevor ihnen einer abgeht. Das soll ja auch zu einem unvergleichlichen Kick führen. Für diese Typen bedeutet der Augenblick des vermeintlichen Todes die höchste sexuelle Lusterfüllung. Kann man wohl auch vergleichen mit diesem Sexual-Asphyxia-Syndrom, hat was mit Sauerstoffmangel im Gehirn zu tun. Hab' darüber gelesen – ist richtig gruselig aber nicht ungefährlich, weil man dabei draufgehen kann. Das ist eine echte Gratwanderung. Nur war es beim Phantom halt kein Sauerstoffmangel, sondern der Tod des anderen, der Tötungsakt an sich, der etwas in seinem Hirn ausgelöst hat.« Ludwig sah Hofreiter an. »Was hältst du davon?«

»Sexual-Aspik-Dingsbums? Das hast du dir doch ausgedacht, du Angeber.« Hofreiter grinste, dann wurde er wieder ernst. »Du meinst, bei der Frau ist Ähnliches passiert? Dass die bei seinem Missbrauch beteiligt war?«

»Ja, warum sonst hätte er sich einen runtergeholt? Es kann nur im selben Kontext stehen.«

Hofreiter rieb sich das Kinn. »Frauen sind bei so was nur selten beteiligt, oft nur als Mittäter oder aus finanziellen Gründen. Es gibt Mütter, die wegen Drogen oder eigenem Missbrauch so abgestumpft sind, dass sie das eigene Kind verkaufen …«

»Könnte passen«, meinte Ludwig.

»Die eigene Mutter zu töten ist eine üble Sache, aber dann noch auf sie ejakulieren?«

»Vergiss nicht, dass wir es mit einem Psychopathen zu tun haben, der empfindet nicht wie wir, womöglich gar nicht, oder nur unter extremen Umständen. Für ihn war es vielleicht auch überraschend oder einfach nur die Fortsetzung dessen, was er beim ersten Mord erlebt und empfunden hat. Er hatte vielleicht einen Racheplan und hat dann festgestellt, dass es ihn scharfmacht.« Er hob hilflos die Schultern. »Wenn es seine Mutter war, hat er vielleicht ihre Papiere mitgenommen, damit wir sie nicht identifizieren. Andererseits lässt er sein Sperma da, das passt nicht recht zusammen.«

»Und der Speichel?«

»Ein zusätzlicher Ausdruck seiner Verachtung, würde ich sagen.«

»Und nun?«, fragte Hofreiter.

»Na ja, er wird weitermachen. Jetzt ist es sein Sex-Ding. Entweder hat er noch mehr Leute auf seiner Rache-Liste oder er sucht sich neue Opfer, vermutlich Pädophile.«

»Pädokriminelle«, korrigierte Hofreiter.

»Von mir aus. Durch sie erhält er seine Legitimation zum Töten und zugleich sexuelle Befriedigung.«

»Wieso glaubst du, dass er eine Legitimation braucht?«

»Weil er mal Opfer war. Er will ein Zeichen setzen, deshalb sein Modus Operandi. Nicht er ist böse, sondern die Pädophilen. Vielleicht kannte er Hartl, vielleicht hat er dessen Namen Mühlbauer abgepresst. Wenn die Computer-Forensiker mit dem Laptop durch sind, werden sie uns sicher sagen können, ob Bilder von Mühlbauer dabei waren. Der Laptop auf Hartls Leiche ist ein Hinweis. Er will uns wissen lassen, dass seine Opfer pädophil sind und dass es noch längst nicht vorbei ist.«

»Ludwig, Ludwig … Wenn das stimmt, fängt die ganze Scheiße richtig zu dampfen an.« Hofreiter presste die Fäuste an die Schläfen. Was für ein Desaster: Ein Täter, der womöglich die Sympathien von Presse, Öffentlichkeit und Polizei bekommen würde. Entsetzlich. *Aber wäre das wirklich so schlimm?*, blitzte der Gedanke unwillkürlich auf. *Ja, das wäre es!* Fast hätte er es laut gesagt, um sich selbst zu überzeugen.

»So sehe ich das auch«, meinte Ludwig. »Und deswegen müssen wir herausfinden, wer Franziska ist beziehungsweise war. Wir müssen wissen, ob es sich um Mutter und Sohn handelt. Ich hoffe, wir bekommen das DNA-Ergebnis bald und der Bundeswehrtyp kann uns weiterhelfen.«

9

In der Redaktion wurde er *Hui Buh* genannt, weil er mit Artikeln, die seiner Meinung nach nichts taugten, durch die Redaktion fegte und damit lautstark herumwedelte. Das Witzige daran war, dass er sich nie über den exakten Inhalt oder über den Verfasser, der den Mist verzapft hatte, negativ ausließ. So fühlte sich keiner angesprochen, aber der Trottel, der das geschrieben hatte, tat trotzdem allen leid.

Doch heute war das anders. Chefredakteur Christoph Lauerer von der *Mittelbayerischen* stand in der offenen Tür seines Büros und brüllte: »Alle mal herhören!« Er wedelte mit einem Wisch rum.

Augenblicklich verstummten die Tastaturen und alle Augen richteten sich auf ihn, gespannt darauf, welchen armen Tropf er diesmal *in der Reißen* hatte.

Lauerer war sich durchaus bewusst, dass er das Bekennerschreiben vor seinen Mitarbeitern auf Dauer nicht geheim halten konnte, also musste er sie informieren: »Wie ihr wisst, fahndet die Polizei nach diesem Serienkiller. Das hier, liebe Kollegen, ist sein Bekennerschreiben. Er nennt sich Phantom. Könnte von einem von euch stammen«, grinste er. »Dieser Scheißkerl glaubt, er kann uns als Plattform benutzen. Und nun möchte ich von euch wissen, ob wir diesen Mist drucken sollen?« Fragend schaute er in die Runde, sah aber nur in betroffene Gesichter.

Lauerer wusste, dass die Polizei gerne die wahren Hintergründe über die Morde zurückhielt, um die Öffentlichkeit nicht zu beunruhigen oder Trittbrettfahrer entlarven zu können. Normalerweise war ihm das scheißegal, doch in diesem Fall dachte er anders darüber.

Als sich niemand konkret äußerte, meinte er: »Also gut, Leute, ich gehe davon aus, dass ihr mit mir einer Meinung seid. Wir veröffentlichen das nicht und geben es der Polizei. »Okay, das wär's dann und … kein Wort nach draußen, absolute Diskretion ist angesagt.« Erleichtert verschwand er genauso schnell, wie er gekommen war.

In seinem Büro griff er zum Telefonhörer.

***

Krisensitzung im Präsidium Amberg. Hofreiter, Mulzer, Schüsselbauer und Greiner sowie die vier ermittelnden Beamten aus Waldmünchen und Cham saßen in dem etwas zu kleinen Raum zusammen. Ludwig und Ewald waren auch dabei. Am Flipchart hing die Vergrößerung des Bekennerschreibens, das Hofreiter bereits vorgelesen hatte.

»Es besteht kein Zweifel daran, dass das Schreiben vom Phantom ist. Es ist voll mit seinen Fingerabdrücken. Hat jemand eine Idee, wie wir die Sache angehen können?« Fragend schaute er in die Runde.

»Mit dem Schreiben will er unter Pädophilen und in der Öffentlichkeit Panik verbreiten. Das darf auf keinen Fall gedruckt werden«, meinte Schüsselbauer. »Gut, dass die Mittelbayerische so besonnen reagiert hat. Aber wenn er es auch noch an andere schickt …«, sagte Mulzer.

»Selbst wenn die Presse mitspielt, was ich langfristig nicht glaube, bringt uns das keinen Schritt weiter. Für uns ist der Killer nach wie vor ein Geist«, knarzte Greiner.

Schüsselbauer fürchtete, dass das in der Bevölkerung möglicherweise Fälle von Lynchjustiz nach sich ziehen könnte, insbesondere an Sexualstraftätern, die ihre Strafe bereits verbüßt hatten und nun in der Nachbarschaft lebten oder auch an vermeintlichen oder sogar tatsächlichen Tätern. »Man kennt das ja: Wehe, wenn der Mob losgelassen …«

»Und dann die Trittbrettfahrer … Morde als Pädophilenmorde tarnen könnte zu einem Trend werden. Einfach Schwanz ab und Laptop auf den Bauch stellen …«

»Die offizielle Bezeichnung ist Pädokri… Ach vergesst es«, knurrte Hofreiter genervt. Die Kollegen hatten recht, das ließ sich nicht lange unterm Tisch halten. Irgendeine Zeitung würde den Köder des Phantoms schlucken. »Wenn wir nicht bald Ergebnisse vorweisen, werden uns die Medien in der Luft zerreißen«, seufzte er. »Und die Polizei wäre nicht in der Lage, die bekannten Straftäter zu schützen, und wenn, dann würde man uns wieder auf der falschen Seite verorten et cetera, et cetera …«

»Und als Nächstes greifen uns die Politiker an. Egal, was auch passiert, wir haben den Schwarzen Peter«, maulte Mulzer.

»Mir ist aufgefallen, dass das Phantom seine Taten ritualisiert«, warf Ludwig nun ein, um die Diskussion wieder auf die Sache zu lenken. »Er stellt sich als Rächer dar, was er aber nur zu sein vorgibt. Er benutzt Pädophile, um seinen eigenen Trieb auszuleben und seine Taten vor sich selbst zu rechtfertigen. Vermutlich ist es bereits zur Obsession für ihn geworden. Bei seinem ersten Mord muss etwas passiert sein, womit er nicht gerechnet hat. Man weiß, dass der Tod in Verbindung mit sexuellem Lustgewinn bei manchen Individuen etwas auslöst, das für die Psyche nicht zu toppen ist.« Ludwig erläuterte noch mal die Gedanken, die er bereits Hofreiter vorgetragen hatte. Inzwischen war er sich sicher, auf der richtigen Spur zu sein. Er erklärte noch mal den Unterschied zwischen einem Paranoiker und einem Psychopathen und je länger er referierte, desto mehr Ratlosigkeit und Resignation sah er in den Gesichtern der Kollegen. Ihnen fehlte sowohl der Ansatz als auch ganz allgemein das Verständnis für diese Sorte Täter. Kein Wunder, bisher gab es keinen psychopathischen Serienmörder in der Oberpfalz, mit so was hatten sie keinerlei Erfahrung. Ludwig wurde sich schlagartig bewusst, dass er als einziger mit dem Thema zurechtkam, das machte ihn den anderen gegenüber zum Außenseiter und sie konnten sich durch ihn nicht nur bedroht fühlen, sondern das auch gleich nutzen, ihn auszugrenzen und damit den ganzen Fall zu torpedieren. Er musste aufpassen, dass er die anderen nicht gegen sich aufbrachte, damit würde er letztlich nur dem Täter in die Hände spielen. Je nachdem, wie intelligent der war, hatte der das bei seinem Bekennerschreiben sogar einkalkuliert – oder sah er jetzt schon Gespenster? So einen Superirren wie im Fernsehen gab es hier bei ihnen doch wohl hoffentlich nicht …

Hofreiter war die Peinlichkeit bei den Kollegen nicht entgangen. Ein Dorfpolizist hielt ihnen ihre Unwissenheit vor Augen. Um sie nicht gänzlich dumm da stehenzulassen, bat er Ludwig, die Idee mit der Wiederherstellung von Franziskas früherem Aussehen zu erläutern.

»Ja, mei … keiner meldet sich auf die Phantombilder. Das heißt jetzt zwar noch nicht viel, weil die kaum Beachtung finden, aber … Also wenn wir die ganz groß an die Glocke hängen würden, käme vielleicht mehr dabei raus, aber ihr wisst ja, wie das dann ist: Dann kommen so viele Hinweise, dass wir eine Sonderkommission allein für die Bearbeitung einsetzen müssen und vergeuden die Zeit damit, die wenigen brauchbaren Hinweise aus dem ganzen anderen Mist rauszufiltern. Ich denke, es ist besser, es weiter flach zu halten. Wenn wir ein Bild von der Frau bekommen können, wie sie früher aussah, dann könnte das schneller zum Erfolg führen.« Er machte eine Pause, dann sagte er in die angespannte Stille: »Es kann durchaus sein, dass die Tote die Mutter des Täters ist. Wenn wir also rausfinden, wer sie war, hätten wir den Täter gleich mit.«

Es erhob sich Gemurmel, das Ludwig vorkam wie das anschwellende Rauschen einer Monsterwelle, die gleich über ihm zusammenschlagen würde. Er sah Zweifel, aber auch Zorn in den Gesichtern. Ablehnung. Neid. Er schluckte. Das würde ziemlich schwierig werden. Von seinem Bauchgefühl brauchte er hier gar nicht erst anzufangen und beweisen konnte er seine Thesen nicht, also … Dann packte ihn selbst die Wut. *Ihr überheblichen und arroganten Arschlöcher. Von nichts eine Ahnung, aber neuen Ideen gegenüber erst mal negativ eingestellt. Jagt doch euren verdammten Killer alleine,* hätte er ihnen am liebsten an den Kopf geworfen. Er stand auf und ging.

Hofreiter pfiff ihn zurück: »Ludwig, du bleibst hier. Und ihr, Kollegen? Hat jemand eine bessere Theorie?« Er sah sich um. Das Gemurmel erstarb schlagartig. »Wir haben es mit einem psychopathischen Killer zu tun, der weitere Morde angekündigt hat. Wenn keiner eine bessere Idee hat, gehen wir der Theorie von Ludwig nach. Es steht jedem frei, die Ermittlungsgruppe zu verlassen, wenn er sich überfordert fühlt.« Sein Blick schweifte in die Runde und verharrte kurz bei Schüsselbauer, der betreten wegschaute. Dann wandte er sich an Ludwig: »Du kannst jetzt gehen, wir sprechen uns nachher. Wir sind hier erst mal fertig.« Frustriert packte Hofreiter seine Unterlagen zusammen.

Ullrich Mulzer war es, der die Situation zu retten versuchte: »Hat schon einer von euch versucht, sich mit der Persönlichkeit des Täters auseinanderzusetzen? Und was wisst ihr über Pädophilie? Schließlich waren zwei der Opfer pädophil. Sind wir nicht zusammengekommen, um unsere Erfahrungen auszutauschen und voneinander zu lernen? Wenn Ludwig dazu beitragen kann, sollten wir so anständig sein, ihm vorbehaltlos zuzuhören.«

Ludwig und Hofreiter hielten erstaunt inne.

Während Mulzer in betroffene Gesichter blickte, ergriff Hofreiter die Chance, die Sitzung doch noch in die richtige Richtung zu lenken. »Du kennst dich doch damit aus, Ludwig. Vielleicht kannst du uns etwas dazu sagen?«

Zustimmendes Gemurmel erhob sich. Schwach, aber immerhin. Hofreiter gab sich jedoch keinen Illusionen hin: Die plötzliche Zustimmung war lediglich dem von Mulzer provozierten schlechten Gewissen geschuldet.

»Komm, lass dich nicht bitten«, meinte Hofreiter versöhnlich und setzte sich wieder.

Also schluckte Ludwig seinen Ärger runter, machte gute Miene zum bösen Spiel, und setzte sich ebenfalls. »Es war Richards Wunsch, dass ich an den Ermittlungen teilnehmen soll. Ich bin nicht hergekommen, um irgendwen zu brüskieren. Aber es ist nun mal eine für unsere Gegend ungewohnte Situation, da müssen wir umdenken.« In das Schweigen der anderen hinein fuhr Ludwig nach kurzer Pause fort: »Pädophilie ist kein Phänomen der letzten Jahrhunderte. Sie ist so alt wie die Menschheit selbst. Bereits auf sumerischen Tontafeln wurde darüber berichtet, unter anderem von dem königlichen Gott Enlil, der die kindliche Göttin Ninlil begehrte. Schließlich vergewaltigt er sie und beide wurden zur Strafe verbannt. In dieser Geschichte ist das Motiv die Degradierung zum Sexualobjekt und dass der Wille der Betroffenen keinen Einfluss auf das Geschehen hat. Selbst in der Bibel gibt es eine Passage … Moment, ich hab' das aufgeschrieben«, grinste er verlegen. »Also, im Buch der Richter, Kapitel 19, Vers 24, da steht, dass ein Gastgeber seinen Freund vor dem wütenden Mob beschützen will, indem er seine jungfräuliche Tochter und die Nebenfrau des Gastes als Gegenleistung anbietet. *Die möget ihr zuschanden machen und tun, was euch gefällt*«, zitierte Ludwig und musste sich räuspern. »Zu allen Zeiten gab es Pädophilie, Perversitäten und abscheuliche sexuelle Grausamkeiten, und das nicht nur im antiken Griechenland oder zur Zeit der Römer. Es war stets ein Privileg der Kaiser, Könige und der reichen Oberschicht. Nichts hat sich bis heute daran geändert. Kinder werden nach wie vor missbraucht. Als Arbeiter, Soldaten oder Ware und Lustobjekte. Die Fälle Dutroux in Belgien oder Natascha Kampusch und Josef Fritzl sind wohl jedem bekannt, das sind aber nur die, die es in die überregionalen Medien geschafft haben. Was sich im Laufe der Geschichte jedoch geändert hat, ist, dass Pädophilie heutzutage in allen Gesellschaftsschichten vorkommt. Sie ist eine Neigung beziehungsweise Störung in der Gefühls- und Gedankenwelt, was jedoch an sich erst mal nicht strafbar ist. Die Wissenschaft ist sich nicht ganz einig, welche Faktoren eine Rolle spielen: medizinische, psychische, entwicklungsbiologische und soziale Faktoren kommen infrage. Für uns ist wichtig, dass Pädophilie unabhängig vom Bildungsniveau oder der Zugehörigkeit zu einer sozialen Schicht auftritt. Sexuelle Unreife stellt den Pädophilen auf die Stufe von Kindern und sie sehen sich in einer gleichberechtigten Beziehung zu ihnen. Nicht alle, die Kinder sexuell missbrauchen, sind pädophil. Missbrauch erfolgt oft in gestörten sozialen Verhältnissen in Verbindung mit Alkohol oder Drogen und häuslicher Gewalt. Es gibt eigentlich ziemlich viele verschiedene Gründe, warum Kinder missbraucht werden.«

»Kann man Pädophile heilen und ist das überhaupt eine Krankheit?«, wollte Greiner wissen.

»Nein, Pädophilie ist nicht heilbar und auch keine Krankheit, sondern eine sexuelle Präferenz. Die kann man nicht ändern, genauso wenig wie Hetero- oder Homosexualität. Strafbar ist Pädophilie daher nur dann, wenn der juristische Tatbestand eintritt. Für Selbstreflektierende, die wissen, dass sie mit ihrer Neigung Kindern Schaden zufügen, gibt es verhaltenstherapeutische Ansätze. Sie lernen, entsprechende Situationen zu vermeiden, doch der Drang und die sexuelle Hingezogenheit zu Kindern bleibt ein Leben lang bestehen.« Ludwig sah verblüfft in die Runde, die ihm jetzt interessiert zuhörte. »Und was für uns von besonderer Wichtigkeit ist, dass sich der Pädophile grundlegend vom Psychopathen unterscheidet. Mit diesem Wissen sind wir in der Lage, die Motive des Täters besser verstehen zu können. Wenn wir unseren Täter fassen wollen, müssen wir uns in seine Gedankenwelt hineinversetzen und versuchen, so zu denken wie er, auch wenn das auf den ersten Blick unmöglich scheint und abschreckend ist. Aber letztlich ist er auch nur ein Täter. Je mehr wir über ihn in Erfahrung bringen, desto näher kommen wir ihm.« Ludwig wunderte sich, dass er gar nicht unterbrochen wurde. Es war aber vermutlich noch zu früh für die Kollegen, schon Fragen zu stellen. Das Thema war wie ein Hundehaufen, in den man unabsichtlich reingetreten war – man wollte es nur schnell abwischen, nicht auch noch darin rumstochern. Das brauchte seine Zeit … »Ihr wisst ja, dass ich keine psychologische Ausbildung oder dergleichen habe, deswegen sind meine Ausführungen sehr laienhaft. Aber ich habe versucht, mich in die Materie einzulesen. Mir hat das ganz gut geholfen. Danke, dass ihr mir zugehört habt.« Erleichtert, es hinter sich gebracht zu haben, nahm er Platz und trank erst mal einen großen Schluck Wasser.

Mulzer nickte anerkennend und sagte: »Danke, ich glaube, das war für uns alle hilfreich. Gut, dass du dich mit diesem … Thema beschäftigt hast. Ist dir sicher auch nicht leichtgefallen.«

Hofreiter, der neben ihm saß, stieß ihn in die Seite. »Gut gemacht, aber hast du nicht was vergessen?«

Verdutzt schaute Ludwig ihn an. »Was soll ich denn vergessen haben?«

»Na, deine Theorie von der medizinischen Vorbildung, von der du mir erzählt hast.«

»Ach ja richtig«, sagte er langsam. »Na ja, also ehrlich gesagt, bin ich nicht sicher, ob es relevant ist, aber ich vermute, dass der Täter über medizinische Kenntnisse verfügt.«

»Und wie kommst du darauf?«, fragte Greiner.

»Im Bericht über Mühlbauer stand das nicht, aber in dem über Hartl. Der wurde mit dem noch erigierten Penis erstickt. Das kriegt man ohne medizinische Kenntnisse nicht hin.«

»Das hat der Schorsch auch gesagt, als er das Ding rausgezogen hat«, meinte Schüsselbauer.

»Aber das geht doch gar nicht«, warf Mulzer ein. »Wenn der Penis ab ist, dann schrumpft er doch zusammen, oder nicht?«

»Doch, das geht wenn, man weiß wie. Dafür braucht man eine medizinische Ausbildung oder zumindest elementare Kenntnisse. Im Bericht ist es knapp erklärt. Man verwendet einen Kabelbinder, mit dem man das Blut im erigierten Penis staut. Das Kauterisieren der Wunde nach dem Abschneiden muss sofort erfolgen. Man könnte direkt neidisch werden von dem Ständer, den der da im Hals stecken lässt.« Ludwig räusperte sich verlegen, er hatte jetzt nicht wie ein Fan klingen wollen.

»Wie geht das mit dem Kauterisieren?«, wollte Greiner nun wissen.

»Dafür hat der den Campingkocher mitgebracht und ein scharfes Messer. Er bringt das Messer zum Glühen und dann muss es schnell gehen: Er zieht den Kabelbinder extrem stramm und schneidet ein Stück darunter mit dem glühenden Messer den Penis ab und drückt es direkt gegen die Gefäße des abgetrennten Teils. Die verschmurgeln, also kauterisieren, und das Blut bleibt in den Schwellkörpern des Penis. Danach kauterisiert er die Wunde am Opfer, damit der nicht verblutet, denn abbinden kann man nicht. Das Opfer wird von den Schmerzen vermutlich ohnmächtig, stirbt aber nicht. Alles spricht dafür, dass es sich so zugetragen hat. Und das wiederum bedeutet, dass der Täter sich damit auskennt. Ich tippe auf einen Arzt.« Ludwig schaute in die nachdenklichen Gesichter der Kollegen.

Hofreiter verzog schmerzhaft das Gesicht. »Wir haben also einen weiteren Ansatz.« Er stand auf und ging zum Flipchart. »Fassen wir noch mal zusammen. Wir haben es mit einem jungen Mann zu tun, etwa fünfundzwanzig Jahre alt, Personenbeschreibung liegt vor, ist aber nicht sehr hilfreich. Er tötete zuerst Xaver Mühlbauer, der vermutlich schwul war, das werden wir abklären, und ihn vermutlich als Kind missbraucht hat.

Danach tötet er die unbekannte Tote, die möglicherweise seine Mutter ist. Anschließend ermordet er Hartl. Er hat es auf Pädophile abgesehen, presst den Opfern möglicherweise weitere Namen ab und ritualisiert seine Morde. Der Tod der Opfer ist vermutlich sein Stimulus, sein Fetisch und für ihn wie eine Droge. Außerdem verfügt er über medizinische Kenntnisse. Er könnte Sanitäter oder Arzt sein.«

»Oder ein Medizinstudent«, warf Ludwig ein. Er hatte das Gefühl, von den anderen nun ernst genommen zu werden. Nun wurden sie vielleicht doch noch ein schlagkräftiges Team.

10

Der Tintenpisser

»Diese elenden Tintenpisser haben meine Botschaft ignoriert«, ärgerte er sich und warf die *Mittelbayerische* in die Ecke. »Ihr gottverdammten Ignoranten! Wie viele Kinder müssen noch leiden, bis ihr endlich reagiert?« Er schlug frustriert mit der Faust auf den Tisch. »Dann werde ich euch eben dazu zwingen«, zischte er und trank das Glas aus. Der zwölf Jahre alte Single Malt ging runter wie Öl und verursachte ein wohliges Gefühl in seinem Magen.

Was ihn am meisten ärgerte, war die Feigheit der Medien, die Öffentlichkeit über sein Tun aufzuklären. Natürlich konnte jeder im Internet über Prävention von Kindesmissbrauch nachlesen, aber wer machte das schon? Viele betroffene Eltern schwiegen lieber, als sich eine Blöße zu geben. Was würde der Nachbar denken, wenn …? Lieber ließen sie ihre Kinder leiden und machten sich damit zu Mitschuldigen. Selbst wenn die Jugendämter Bescheid wussten, taten sie zu wenig oder gar nichts, weil sie heillos überfordert waren. Er dachte an den unverschämt dreisten Missbrauchsfall in Lügde. 30 Kinder – auf einem Campingplatz! Unfassbar! Das zeigte doch nun wirklich jedem, dass diese Typen Narrenfreiheit hatten und die Behörden durch die Bank versagten! Die hatten sogar Beweise vernichtet. Was ihn ärgerte, war die Vermutung, dass auch die Eltern Täter sein konnten.

Und noch etwas machte ihn wütend: In den Medien las man nur von Missbrauchsfällen, wenn diese bereits erfolgt waren, aber kurz darauf von der nächsten Sensationsmeldung abgelöst wurden. Von den Schreien der gequälten Kinder hinter verschlossenen Türen oder im Verborgenen nahm kaum jemand Notiz. *Deswegen muss ich die Öffentlichkeit aufrütteln und dafür brauche ich die Presse!* »Ob ihr wollt oder nicht: Ich bin euer Werkzeug, ich das Phantom«, knurrte er. Beim Gedanken daran, was er mit diesen Monstern anzustellen gedachte, überkam ihn wieder dieses grandiose Gefühl, Herr über Leben und Tod zu sein. *Ist es der Geruch des Todes oder der Moment, wenn das Leben in ihren Augen erlischt? Ich bin bereit, aber einer nach dem anderen.* Er nickte Brandl zu. »Sie werden berühmt«, gurrte er. »Aber vorher werde ich die Presse zwingen, die Wahrheit zu berichten. Wie hieß dieser Schreiberling, der damals über den Kalvarienbergmord berichtet hat? Das ist ja auch ein guter Bekannter von meinem Freund Ludwig?« Nach kurzer Suche im Internet fand er den Zeitungsartikel. *Fritz Stangl ...*

***

Den ganzen Abend musste er sich auf der langweiligen Versammlung des Kirchbichler Faschingsvereins den Hintern plattsitzen. Die Wahl eines neuen Vorstandes und der Festumzug im kommenden Jahr wurden lautstark diskutiert. Die Versammlung ödete ihn zwar an, doch er wurde durch das anschließende Essen entschädigt – eine geviertelte Gans mit Knödeln und Rotkraut. Natürlich durfte der Schnaps danach nicht fehlen. In zwei Tagen war Redaktionsschluss also hatte sein Artikel im *Neuen Tag* noch Zeit bis morgen. Er hatte es sich, endlich daheim, auf der Couch bequem gemacht und schenkte sich noch einen Verdauungsschnaps ein. Drei Knödel und zwei Gänsekeulen wollten schließlich verdaut werden und der Blutwurz, mit seinen 50 Umdrehungen sollte ihm dabei helfen – würde er zwar nicht, aber es gab blödere Ausreden. Aufgedreht zappte er durch die TV-Programme. Irgendwie geisterte ihm der Mord in Kirchbichl im Kopf herum. Sein journalistischer Spürsinn sagte ihm, dass Ludwig ihm etwas Gravierendes verschwiegen hatte. Was war so schlimm, dass Ludwig es ihm vorenthielt? Das Programm war leider nicht dazu geeignet, ihn auf andere Gedanken zu bringen …

Plötzlich wurde sein Kopf ruckartig an den Haaren nach hinten gezogen und kalter Stahl drückte an seiner Kehle.

»An deiner Stelle würde ich mich jetzt nicht bewegen«, flüsterte eine heisere Stimme an seinem Ohr. »Du könntest dich verletzen – vielleicht sogar sterben.«

Trotzdem zuckte Fritz Stangl zusammen, sodass ein paar Blutstropfen seinen Hals hinunterliefen. Angst schnürte ihm die Kehle zu und sein Herz begann bis zum Hals hinauf zu pochen. Gleichzeitig jagte ein kalter Schauer über seinen Rücken.

»Ups, jetzt hätte ich dir beinahe die Kehle durchgeschnitten.« Der Fremde ließ seine Haare los. »Du musst besser aufpassen, Fritz.«

»Wer sind Sie und was wollen Sie?«, keuchte Stangl, als der Druck an seiner Kehle etwas nachließ. Er saß stocksteif auf der Couch und wagte kaum zu atmen.

»Nur eine kleine Gefälligkeit, die deinem Talent entspricht und dich vielleicht berühmt macht. Es könnte die Story deines Lebens werden … oder dein Ende – je nachdem, wie gut du es machst. Interessiert?«

Das konnte nur der Mörder sein, nach dem die Polizei so auffällig unauffällig fahndete. Sein Herz schlug ihm bis zu den Ohren, aber nicht mehr wegen des Messers an seiner Kehle. Kannte Ludwig den Mörder? War es das, was er verheimlichen wollte? Gab es eine Verbindung zwischen den Opfern? War der Kerl ein Serienkiller?

Fritz Stangl entspannte sich etwas. Hätte der Kerl ihn umbringen wollen, hätte er das längst getan. Er war hier, weil er eine Story lancieren wollte … *Ich soll die Wahrheit berichten!*, wurde ihm schlagartig klar. *Seine Wahrheit.* Aber egal, was es sein würde, es wäre *die* Story. Ein Exklusivinterview mit einem Serienmörder … Da er nur zwei Optionen hatte, fiel ihm die Entscheidung nicht schwer, dennoch fragte er trotzig: »Und wenn ich kein Interesse habe?« Er musste ja das Terrain abstecken.

Leises Lachen und der verstärkte Druck des Messers an seiner Kehle beantworteten die Frage. »Du liest doch Zeitung, oder? Wir werden jetzt Folgendes machen.« Anstelle des Messers spürte Fritz nun kalten Stahl an seiner Schläfe. »Nur für den Fall, dass du auf dumme Gedanken kommst.« Er ließ Fritz los und setzte sich in den Sessel gegenüber.

Neugierig starrte der Reporter auf die dunkel gekleidete Gestalt, während er sich mit einem Taschentuch über den Hals fuhr. »Sie sind das auf dem Phantombild …«

»So ist es. Und nun zum Geschäft.«

Als Fritz Stangl über den Draxler-Fall berichtete und Ludwig damit in den Fokus der Öffentlichkeit gerückt hatte, war er über Nacht zum journalistischen Star aufgestiegen. Die Zeitungen rissen sich um seine Artikel. Aber das Gedächtnis war leider kurzlebig und er hatte nach diesem Fall nicht nachlegen können, so war er wieder in die Anonymität eines kleinen Regionalreporters abgesunken. Nun saß seine zweite Chance vor ihm … Plötzlich war er ganz entspannt und eiskalt. Fast amüsiert wanderte sein Blick von der auf ihn gerichteten Pistole zu den gletscherblauen Augen, die ihn durchdringend ansahen. »Was kann ich für Sie tun?«

Mit dem Lauf der Pistole gab er Fritz zu verstehen, näher zu rücken, sodass sie sich Auge in Auge gegenübersaßen. »Du wirst einen Artikel schreiben und ihn, egal wie, im Neuen Tag, der Mittelbayerischen oder einem anderen Blatt platzieren. Von mir aus in der BILD. Du schreibst die Wahrheit über diese abartigen Monster, die ich getötet habe und darüber, was die Polizei der Öffentlichkeit verschweigt. Ich will, dass die Leute erfahren, was für Schweine das waren und wie ich sie bestraft habe.«

Und dann erzählte er Fritz haarklein, warum und wie er seine Opfer umgebracht hatte. Lediglich seine Mutter und die Sache mit dem sexuellen Aspekt ließ er aus.

Fritz schrieb wie im Rausch auf seinem Laptop mit. Die grausigen Details flossen ihm durch die Finger, ohne ihn zu berühren. Schockiert sein konnte er später.

»Nur zum besseren Verständnis«, fragte er, als er den Eindruck hatte, dass der Mann fertig war: »Wird es weitere Opfer geben? Wenn ja, wird diese … Erklärung kein Blatt drucken wollen. Es gibt da so etwas wie einen Ehrenkodex, eine Grenze, die nicht überschritten wird. Insbesondere dann, wenn die Polizei bestimmte Informationen nicht bekannt geben will.«

»Es reicht, wenn du schreibst, was ich dir erzählt habe. Du wirst dafür sorgen, dass es gedruckt wird.« Er deutete mit dem Lauf der Waffe auf Fritz' Unterleib.

»Schon gut«, meinte Fritz ergeben. »Werden Sie mich … auf dem Laufenden halten, über das, was Sie in nächster Zeit zu tun beabsichtigen? Auch wenn die Presse sich weigert, etwas zu drucken, so kann ich zumindest schon mal die Chronologie Ihres … Werkes vorbereiten. Nur für den Fall …«

»Jetzt werd' mal nicht unverschämt.« Er grinste böse. *Was für ein Idiot, denkt doch glatt, das würde jetzt eine Freundschaft fürs Leben.*

11

Brandl

»Bitte setzen Sie sich doch.« Brandl deutete auf den Stuhl. »Darf ich
Ihnen etwas anbieten? Wasser, Saft oder etwas Kräftigeres?« Er war
etwas irritiert, weil die Stimme am Telefon so erwachsen geklungen hatte, doch jetzt stand ein junger Mann mit kurzen blonden Haaren und
bernsteinfarbenen Augen vor ihm. Er sah irgendwie komisch aus –
künstlich. Wie verkleidet. Vielleicht einer von diesen schwulen Z-
Promis? Der weiße Schal um seinen Hals passte zu den weißen Sport-
schuhen und unterstrich diesen Eindruck. Was nicht zu dem Outfit passte, war die schwarze Arzttasche, die er bei sich trug.

»Sehr gerne. Ein Glas Mineralwasser vielleicht?«

Florians Miene verfinsterte sich, als er dem Makler hinterher sah. So
also sah ein unbescholtener Familienvater aus. Und hinter der schicken
Fassade mit Sommerhaus und BMW lauert ein Monster. Ob seine Frau
von seiner Veranlagung wusste? Lebten sie deshalb getrennt? Warum
hatte sie ihn dann nicht angezeigt?

»Kommen Sie«, rief Brandl. Er stand mit dem Glas an der offenen
Gartentür.

Sie setzten sich auf die Terrasse und genossen die letzten Strahlen
der untergehenden Sonne, die den Himmel mit einem feurigen Rot zu
überziehen begann, was einen weiteren sonnigen Tag versprach. Stö-
rend war nur, dass es früh dunkel wurde, sobald die Sonne hinterm
Horizont verschwand, und es sich schnell abkühlte. Florian hasste die
Winterzeit. Er blickte hinaus in diese Gartenidylle, während in den
Bäumen und Ziersträuchern die Amseln ein letztes Liedchen in den
heraufziehenden Abend trällerten, als würden sie zur Nachtruhe rufen.
Die streitsüchtigen Spatzen, die vor zehn Minuten noch umhergeflogen
waren, hatten sich bereits zur Ruhe begeben, lediglich eine getigerte
Katze pirschte auf der Suche nach einer Abendmahlzeit um die Büsche.
Wahrlich ein idyllischer Ort des Friedens und der Harmonie … *Warum
tue ich das überhaupt? Ich hätte mein Studium beenden und meinen*

Traum vom Kinderarzt verwirklichen können. Es gibt so viele traumatisierte Kinder – und was mache ich? Lasse mir vom Schicksal eine Rolle aufzwingen, die ich nie gewollt habe und in der ich nun gefangen bin. Dann fiel ihm wieder der eigentliche Grund ein und zauberte ein Lächeln auf sein Gesicht.

»Ich habe da ein Objekt, ein kleines Sommerhaus, aber es steht schon einige Zeit leer. Es liegt etwas abseits im Grünen, so wie Sie es sich wünschen.« Brandl zeigte auf den Prospekt. »Wir können hinfahren. Es liegt nicht weit von hier und wird Ihnen bestimmt gefallen.«

Er warf kurz einen Blick darauf. »Ja, das wäre mir recht.« Er setzte sein Glas ab. »Wir können mit meinem Wagen fahren.«

»Gerne. Ich hole nur schnell meinen Laptop.«

Sie verließen die befestigte Straße und folgten dem Feldweg, der zum Haus hinaufführte. Zu beiden Seiten erstreckten sich Wiesen und kleine Feldgehölze. Durch ein Waldstück erreichten sie schließlich ihr Ziel. Haus und Garten machten einen etwas heruntergekommenen Eindruck. Es gab keine Nachbarn und offenbar auch niemanden, der nach dem Rechten sah.

»Ausgezeichnet«, sagte Florian zufrieden. Er nahm seine Arzttasche und stieg aus.

***

Es war so einfach gewesen ... Und dann der Moment, als die Hormone wie flüssige Lava durch seine Adern pulsierten und er ekstatisch zum Höhepunkt kam.

Zufrieden mit seinem Werk schaute er verächtlich auf den Toten. Wie ähnlich sie sich doch waren, wenn sie dem Tod ins Antlitz blickten und um ihr erbärmliches Leben bettelten. Sie wurden regelrecht zu Singvögelchen, in der Hoffnung auf ein paar Zugeständnisse, und sei es nur ein bisschen weniger Schmerz.

Angewidert wandte er sich ab und widmete sich Brandls Laptop. Das Passwort hatte er bekommen, ebenso zwei neue Namen, die er seiner Liste hinzufügen konnte. Als er Brandls Dateisammlung sah, trieb es ihm die Tränen in die Augen. Die endlos vielen Bilder und Filme mit den Kleinsten der Kleinen in eindeutigen Positionen und dieser widerliche Abschaum, der sie missbrauchte und sich dabei filmen ließ ... Dass Brandl *nur* seine eigene Tochter missbraucht hatte, wie er versicherte, entschuldigte nichts. Früher oder später wäre es aber ohnehin ein anderes Mädchen geworden, Kinder wurden nun mal älter. In solchen Momenten vermeinte er, wieder den Schmerz zu spüren, als er selber penetriert wurde. Er erinnerte sich noch genau wie er geschrien und gebettelt hatte, weil es sich anfühlte, als würde er innerlich zerrissen.

Wenn der Schmierfink Stangl seine Sache gut macht, wird mein Wirken eine Diskussion und bessere Gesetze zum Schutz der Kinder auslösen. Ja, meine Taten werden Früchte tragen.

Er stellte den Laptop mit den geöffneten Dateien auf den Bauch des Toten. Dann reinigte er sein Messer, sammelte seine Utensilien ein und verstaute alles in seiner Tasche. Ohne sich noch einmal nach Brandl umzublicken, verließ er das Sommerhaus.

12

Auf dem Draxelhof

Für einen Dezembertag brannte die Mittagssonne ungewöhnlich heiß, sodass sich der Morgennebel wie ein Wattebausch über die Senken und Täler gelegt hatte. Lediglich die Kirchturmspitze ragte in den azurblauen Himmel über Kirchbichl.

Für Katharina und Ludwig sollte der Draxelhof ihr neues Zuhause sein. Ein Ort der Harmonie, an dem man eine Familie gründen, Träume verwirklichen und ein sorgenfreies Leben führen konnte. Doch was war das für ein Leben, wenn man ständig darum bangen musste? Düng Hùng hatte Ludwig beruhigen können, was die Russen betraf, aber damit hatte er lediglich eine kalkulierbare Komponente aus dem Spiel genommen. Wer war es? Wer hatte es auf Kathi abgesehen? Dass seit dem Anschlag nichts weiter passiert war, hatte nichts zu bedeuten. Der Täter würde sich natürlich Zeit lassen, bis die Vorsicht nachließ.

Ludwig saß auf der Bank vor dem Haus und blickte geistesabwesend auf den Wasserstrahl, der sich plätschernd in den hölzernen Trog ergoss. Klares kühles Nass, das aus einer Quelle hinterm Haus gespeist wurde und in dem Ludwig, besonders im Sommer, seine Bierflaschen kühlte. Auf den Streuobstwiesen scharrten die Hühner nach allerlei Gewürm, während im Teich die Enten und Gänse planschten. Die Sonne hatte den nächtlichen Raureif von den Wiesen geleckt und die Eisschicht im Teich aufgetaut. Falco, eine mittelgroße schwarz-weiße Promenadenmischung aus Labrador und Border Collie, rekelte sich vor seinen Füßen und blinzelte zwischendurch zu ihm auf.

»Tja, Hund müsste man sein«, murmelte Ludwig und ließ seinen Blick über die Wiesen und Felder schweifen, die bis zum Dorf hinunter abgeerntet waren. Auf einigen Äckern zeigte sich erstes Grün von Wintergerste und verdrängte ansonsten das triste Ackerbraun. Obwohl die meisten Obstbäume ihr Laub abgeworfen hatten, hingen einige noch voller Früchte. Es war ein gutes Obstjahr. Dahinter zogen sich die bewaldeten Hügel bis ins Tschechische.

Obwohl der Herbst zu Ende ging und die Sonne nur allmählich die Nachtkühle verdrängte, begann Ludwig zu schwitzen. Kathi war immer noch bei ihren Eltern, sodass er Zeit hatte, über alles nachzudenken. Darüber, wie er vor Monaten eine wesentlich ruhigere Kugel geschoben hatte, als er noch Drogenkuriere, Einbrecher und Verkehrssünder jagte. Manchmal mussten sie gegen häusliche Gewalt einschreiten. Es war ruhiger, ja, aber er fühlte sich unterfordert und wurde darüber geradezu depressiv. Ob es ungefährlicher war, als die Jagd nach einem Serienkiller, war eine ganz andere Frage, auf jeden Fall war es sinnloser. Er hatte so viele Einbrecher verhaftet, Drogen beschlagnahmt und gewalttätige Ehemänner abgeführt, aber nach wie vor wurden Frauen verprügelt, Häuser ausgeräumt und Deutschland von Prag aus mit Drogen überschwemmt. Wenn er im Fernsehen die von Cristal Meth abgewrackten Typen sah, überfiel ihn immer wieder diese grenzenlose Sinnlosigkeit. Er hatte sich damals alles Mögliche eingeworfen – Tranquilizer, Schlaftabletten, Antidepressiva – und natürlich gesoffen, wie ein Loch, um damit fertig zu werden. Das hatte ihn an den Rand des physischen Zusammenbruchs gebracht. Es hatte nicht viel gefehlt und er wäre komplett abgestürzt. Freddy war es, der ihn aus diesem Tiefen Loch herausgeholt und ihn überzeugt hatte, wie wichtig seine Arbeit doch eigentlich war. Sie hatten sich bei der Jagd kennengelernt. Wie sich herausstellte, gehörte Freddy eine sozialtherapeutische Rehaeinrichtung in Schönsee und lud Ludwig ein, mal vorbeizukommen. Daraus entwickelte sich nicht nur eine Freundschaft, sondern auch Ludwigs Ausstieg aus dem Teufelskreis aus Verzweiflung und Drogen. Was ihn damals am meisten ärgerte, waren die dreisten Einbrüche im Umland. Die Banden kamen über die Grenze, brachen in die Häuser ein und waren blitzschnell wieder verschwunden. Damals fühlte sich Ludwig vollkommen machtlos. Das war eine gefühlte Ewigkeit her, damals kannte er Kathi noch nicht.

Und heute hatte er wieder dieses Gefühl von Hilflosigkeit, weil sie keinen Schritt weiterkamen. Er fühlte sich regelrecht deprimiert. Das Phantom würde weitermorden und was hatten sie vorzuweisen? Nichts! Die Ermittlungen in Kirchbichl und Klapfhofen waren im Sande verlaufen. Außer DNA und Fingerabdrücke hatten sie nichts. Dieser verdammte Killer war wie ein Geist.

Ein Motorengeräusch ließ ihn hochschrecken. Hofreiter preschte auf den Hof und kam mit quietschenden Reifen zum Stehen. Aufgeregt sprang er aus dem Wagen und wedelte mit einem Blatt herum, während Falco ihm schwanzwedelnd entgegenlief.

»Wir haben es!«, rief er und blieb freudestrahlend vor Ludwig stehen. »Guck᾽ dir das an, total lebensecht, oder?«

»Erst mal Servus, Richard. Schön, dich zu sehen.« Er nahm ihm das Blatt aus der Hand. »Wow, ziemlich hübsch, was?«

»Du kanntest sie. Passt das?«

»Ich kannte sie ja nicht, als sie jung war, aber ich denke schon, dass das hinkommt.«

»Und weißt du, was das Beste ist? Er ist es!«

»Wer ist was?«

»Der Sohn. Das Sperma ist von ihrem Sohn. Weißt du, was wir jetzt machen?«

»Wir geben das an die Presse?«

»Auch. Und dann zeige ich dir, wie man ein Handy in die Tasche steckt, sodass man es immer dabei hat.«

Ludwig sah ihn verdattert an. Dann tastete er sich ab und stöhnte: »Das liegt, äh, drin, äh … das lädt.«

»So, Herr Superbulle, da schau her.« Grinsend holte er ein kleines flaches Ding aus der Tasche, das er Ludwig unter die Nase hielt. »Das nennt sich Powerbank. Das kostet nur zehn Euro oder so und passt in jede Tasche. Damit kann man leere Handys aufladen, ohne sie weglegen zu müssen. Standardausrüstung für Dörfler, die auf dem Laufenden bleiben wollen. Kannst du behalten. Noch mal komm ich nicht hier rausgefahren, nur um dich auf den neuesten Stand zu bringen.«

Ludwig rollte mit den Augen. »Ein Mal … außerdem bin ich außer Dienst.«

»Bist du bei der Mordkommission oder vom Ordnungsamt?«, rief Hofreiter über die Schulter, als er schon wieder zu seinem Wagen ging.

Ludwig starrte auf das kleine Gerät in seiner Hand. *Einmal blamieren für zehn Euro bitte ...*

13

»Seit wann vermissen sie ihren Mann, Frau Brandl?«, fragte Polizei-obermeister Herbert Meixner in der Polizeiinspektion Weiden.

»Seit ungefähr einer Woche. Ich glaube, ihm ist etwas zugestoßen. Für gewöhnlich ruft er dreimal die Woche wegen der Kinder an. Wir leben getrennt. Mein Mann wohnt in Schwarzenried, aber er geht weder ans Telefon noch ruft er an und bei sich zu Hause ist er auch nicht, ich war da.«

Meixner schrieb die Adresse auf und meinte: »Ich werde das umgehend an die Kollegen weiterleiten. Machen Sie sich keine Sorgen. In der Regel gibt es eine plausible Erklärung für so was.«

Die Kollegen fanden jedoch keine plausible Erklärung, dafür aber einen Schlosser, der sie in Brandls Haus ließ. Es bestand ausreichender Verdacht, dass ihm etwas zugestoßen sein könnte, weil sein Wagen vor dem Haus stand. Sie fanden Brandl zwar nicht, dafür aber den Verkaufsprospekt für das Sommerhaus. Die Streife fuhr dort vorbei und entdeckte durchs Fenster den Toten.

Nun starrten die Ermittler Edelseer und Schärl von der Polizeiinspektion Cham entsetzt auf die verstümmelte Leiche. Ihnen war sofort klar, dass es das Phantom war, die Dienststellen im Umland waren alle informiert worden.

»Wer verständigt seine Frau?«, fragte Schärl gequält.

14

»Und Sie sind sich ganz sicher, dass das Franziska Seltenreich ist?«, fragte Hofreiter und tippte auf das Bild.

»Ja, ich kenne sie. Sie war eine schwierige, um es mal vorsichtig auszudrücken, asoziale Person. Sie war ständig betrunken und wurde öfter von der Polizei aufgegriffen. Es wurde gemunkelt, dass sie sich mit Prostitution und Gelegenheitsjobs über Wasser hielt. Wissen Sie, damals gab es einen Klub in der Stadt, aber der wurde zugemacht, weil Drogen im Spiel waren. Und dann ist sie plötzlich verschwunden. Das ist ungefähr fünfzehn Jahre her«, meinte die Mitarbeiterin vom Jugendamt Waldmünchen. Sie hatte Franziskas Bild in der Zeitung erkannt und die Polizei verständigt.

Ludwig und Hofreiter sahen sich an. Endlich! War das der erhoffte Durchbruch? »

War sie verheiratet? Was ist mit den Kindern?«, fragte Ludwig.

»Soviel ich weiß, war sie nicht verheiratet. Sie hatte einen Sohn. Als der nicht mehr zur Schule kam, haben wir nachgesehen und ihn völlig verwahrlost und traumatisiert in der Wohnung gefunden. Die ärztliche Untersuchung ergab, dass er körperlich schwer misshandelt wurde. Er hatte viele Narben und Brandmale am Körper.«

»Warum hat das Jugendamt nicht schon früher eingegriffen und ihr den Jungen weggenommen?«, fragte Ludwig und fühlte, wie seine Zornesader anschwoll.

»Es gab keine Hinweise, dass der Junge misshandelt wurde. Weder im Kindergarten noch in der Schule zeigte er Auffälligkeiten, außer, dass er ein ruhiger, introvertierter Junge war«, sagte die Frau mit einem Blick in die Akte.

»Wissen Sie was aus ihm geworden ist?«, fragte Hofreiter, der sich auch nur mühsam beherrschte.

»Florian kam in die Obhut seiner Großmutter. Warum wollen Sie das überhaupt wissen?«

Heureka! Das Phantom hatte einen Namen: Florian Seltenreich!

»Sie werden verstehen, dass wir über laufenden Ermittlungen keine Auskunft geben können«, meinte Hofreiter säuerlich. »Eine Frage noch: War der Junge in einem Fußballverein oder so? Gibt es Ansprechpartner? Jemanden aus der Zeit, der ihn gekannt haben könnte?« Dass Xaver Mühlbauer als Fußballtrainer gearbeitet hatte, wussten sie schon. Es wäre auch kein Problem, anhand der Akten herauszufinden, ob er Florian Seltenreich kannte, aber so ging es vielleicht schneller.

»Der Stoiber Alois ist Vorstand im hiesigen Fußballverein, der müsste es wissen.«

»Okay. Und wissen Sie, wo Florian jetzt wohnt?«, fragte Ludwig.

»Woher denn. Wir sind das Jugendamt, der ist doch längst erwachsen. Aber vielleicht wohnt er noch im Haus seiner Oma? Ich kann Ihnen die Adresse geben.«

Als sie draußen waren, rief Hofreiter sofort seine Dienststelle an. Während des Gesprächs ging er unruhig auf und ab, sodass Ludwig sich erst mal in den Wagen setzte.

Als Hofreiter fertig war, stieg auch er ein. »Der Staatsanwalt hat uns grünes Licht gegeben und der Richter den Haftbefehl unterschrieben. Ich habe ein SEK von Nürnberg angefordert, weil die Münchner im Einsatz sind. Die brauchen ungefähr eineinhalb Stunden, bis sie vor Ort sind. Bis dahin haben wir Zeit, mit dem Vorstand vom Verein zu reden.« Er drehte sich zu Ludwig und durchbohrte ihn mit Blicken. »Du hast es geahnt, oder?«

»Was meinst du?«

»Dass der Täter von Mühlbauer missbraucht wurde. Seit wann weißt du es?«

»Gar nichts weiß ich, und du auch nicht. Es war nichts als eine Ahnung. Ich hab halt eins und eins zusammengezählt. Das mit seiner Mutter hatte nur indirekt damit zu tun. Ich bin überzeugt, dass er sie umgebracht hat, weil er ihr die Schuld für sein verkorkstes Leben gegeben hat … und weil sie ihn verlassen hat. Den Mühlbauer hat er aus Rache und die Mut-

105

ter vermutlich aus Hass umgebracht. Aber mit Mühlbauer hat alles angefangen. Und das mit dem Onanieren ist wohl seiner psychopathischen Entwicklung geschuldet. Was auch immer damals passiert ist, für ihn war das der Auslöser.«

»Na dann mal los, damit wir nicht zu spät kommen.«

»Hofreiter, Kriminalpolizei.« Er hielt dem Mann seinen Ausweis hin. »Und das ist mein Kollege Hiermeier. Wir hätten ein paar Fragen.«

»Die Herren sind von der Kriminalpolizei?« Alois Stoiber schüttelte ihnen die Hand. »Was kann ich für Sie tun?«

Ludwig mochte den sportlichen und gut aussehende älteren Herrn, der sie mit wachen Augen ansah. Wenn seine Theorie stimmte, würde es für Stoiber gleich ziemlich unangenehm werden.

»Können Sie uns etwas über Xaver Mühlbauer sagen? Gab es Unregelmäßigkeiten oder besondere Vorkommnisse während seiner Zeit im Verein?«

Stoiber wurde sichtlich rot und druckste herum.

»War Xaver Mühlbauer der Trainer von Florian Seltenreich? Gab es Auffälligkeiten?«, bohrte Hofreiter weiter.

»Soweit ich weiß … ja. Uns ist erst spät aufgefallen, dass überproportional viele von Mühlbauers Jungs den Verein überraschend verließen. Und dann kamen wir auch drauf, dass es da zu … na ja, zu Verhaltensauffälligkeiten kam, also einige der Jungs haben sich halt verändert, haben die anderen erzählt. Beweisen konnten wir nichts, die Kinder haben kein Wort gesagt, auch ihren Eltern nicht, und wir wollten da nicht … keiner wollte da … Also das hätte ja einen Riesenwirbel gegeben. Mir wäre das wurscht gewesen, aber die Leute halt … Also haben wir uns von Mühlbauer getrennt, in der Hoffnung, dass damit die Sache erledigt wäre.« Beschämt schaute er zu Boden.

»Sie wussten, dass Mühlbauer pädophil war und die Jungen missbraucht hat, und haben nichts unternommen?«, stellte Hofreiter trocken fest.

»Gott bewahre! Gewusst? Nein! Wir hatten lediglich einen vagen Verdacht und wie gesagt wollte niemand darüber sprechen. Sie kennen die Leut' doch! Über so was spricht man nicht. Da konnte ich doch dann auch nichts machen.«

»Hat Florian auch Auffälligkeiten gezeigt?«, fragte Ludwig.

»Na der war eigentlich schon immer verschlossen. Der hatte wenig oder gar keinen Kontakt zu den anderen, außer zum Mühlbauer. Aber der hat auch plötzlich den Verein verlassen, war einfach von einem Tag auf den anderen weg.«

»Wir sind hier fertig«, sagte Hofreiter und ging grußlos.

Ludwig sah noch einmal auf den nicht mehr sehr gesund wirkenden Vereinsvorsitzenden herab und ging dann ebenfalls.

***

»Vorwärts und aufrücken!«, flüsterte der Einsatzleiter ins Headset.

Vorsichtig näherte sich das Sondereinsatzkommando dem Haus.

»Bereit«, kam die Meldung.

Dann der Befehl: »Zugriff!«

Acht schwarz gekleidete Gestalten in Hightechausrüstung mit gezückten Waffen brachen die Tür auf und stürmten das Haus.

Nach und nach kamen die Bestätigungen: »Sauber!«

Der Vogel war ausgeflogen.

»Okay, ihr könnt abziehen. Danke, Kollegen.« Hofreiter steckte seine Waffe ins Holster und winkte Horst von der Spurensicherung, den er ebenfalls angefordert hatte. Der Rest der Spusi würde erst später eintreffen. »Du kannst jetzt anfangen, Horst.«

Sie ließen ihm den Vortritt und folgten ihm, als er sie hereinwinkte. Offenbar gab es nichts, was sie zertrampeln konnten.

Der Mief eines ganzen Jahrhunderts schlug ihnen entgegen. Aber obwohl es muffig roch, machte alles einen sauberen und aufgeräumten Eindruck.

Hofreiter entdeckte die Computeranlage und pfiff bewundernd. »Filmreif, würde ich sagen. So stelle ich mir den Spielplatz eines Hackers vor.«

Im Eingang hörte man, wie weitere Kriminaltechniker sich ans Werk machten. Das war dann doch überraschend schnell gegangen.

Ludwig inspizierte das Badezimmer und bemerkte gleich die diversen Haarfärbemittel, Schminke, Perücken, Wasserstoffperoxid … »Da schau her, ein Verkleidungskünstler!«, brummte er. »Richard, komm' mal her.«

Verblüfft schaute der auf das Sammelsurium. »Wow, ein richtiges Chamäleon, der Junge.«

Als einer der Techniker in der Tür stand, machten sie ihm bereitwillig Platz und gingen zurück ins Wohnzimmer, wo auch ein teuer aussehender Laptop stand.

»Wieso ist der denn aufgeklappt?«, wunderte sich Ludwig.

»Hm?«, machte Hofreiter.

Horst trat zu ihnen und schubste sie unwirsch beiseite. »Herrgott, der verdammte Kerl schaut uns zu!« Er deutete auf die kleine Kameralinse über dem Bildschirm. »Ich wette, der Laptop streamt das direkt auf sein Handy oder so.« Er klappte wütend den Laptop zu. »Man glaubt es nicht, aber der Kerl ist wirklich mit allen Wassern gewaschen. Ich lass das sofort auswerten, vielleicht finden wir was Brauchbares.«

»Seinen Standort?«, fragte Ludwig hoffnungsvoll.

»Möglich, aber der wird da ja nicht auf euch warten.«

»Hast du sonst schon was gefunden?«, wollte Hofreiter wissen.

»Nein. Außer eine Unmenge von Büchern über Informatik sieht es ganz danach aus, als würde er Medizin oder Psychologie studieren.«

»Wusst' ich's doch«, meinte Ludwig. »Na ja, den kriegen wir schon. Zumindest wissen wir ja jetzt, dass er sein Aussehen verändert.« Dann kam Ludwig ein Gedanke: »Richard, wir sollten die Überwachungskameras des Supermarktes und der Tankstelle in Waldmünchen überprüfen. Möglich, dass wir sein jetziges Aussehen auf einer der Aufnahmen haben. Außerdem sollten wir versuchen herauszufinden, ob es an der Schule noch einen Lehrer gibt, bei dem er Unterricht hatte. So lange ist das nicht her. Und vielleicht ist da ja das nächste Opfer zu finden. Wenn der weiß, dass wir ihm auf der Spur sind, kommt er jetzt vielleicht in seine heiße Phase.«

Hofreiter schaute ihn entsetzt an. »Ach Scheiße«, sagte er nur.

***

Staatsanwalt Joost van Brink, ledig, 52 Jahre alt, groß, schlank und gut aussehend, mit hellblonden gewellten Haaren, konnte seine niederländischen Wurzeln nicht verleugnen. Die Eltern waren nach München gezogen, wo er aufwuchs. Sein Jurastudium absolvierte er mit Bravour und ging in den Staatsdienst. Jahre später wurde er nach Regensburg versetzt. Das *Phantom* war sein Fall und seit Wochen verfolgte er mit besonderem Interesse die Ermittlungsergebnisse, die auf seinem Schreibtisch landeten.

Er legte den Hörer auf und lehnte sich zufrieden zurück. Gott sei Dank! Sie hatten das Phantom – zumindest seine Identität war bekannt. Endlich! Jetzt war es nur noch eine Frage der Zeit, bis sie diesen Verrückten zu fassen bekämen. Noch nie war es ihm so leicht gefallen, einen Haftbefehl beim Haftrichter zu beantragen. Es fühlte sich an, als würde ihm ein Stein vom Herzen fallen. All die Wochen der Ungewissheit, wen das Phantom als Nächsten töten würde, hatte an seinen Nerven gezehrt. Was ihm jedoch am meisten Kopfzerbrechen bereitete: Woher bezog der Kerl sein Wissen über die Pädophilenszene? *Natürlich von den Opfern*, die er grausam gefoltert hatte, wurde ihm schlagartig klar. Was wäre, wenn …? Bei dem Gedanken kroch ihm die Angst in die Eingeweide und sein Herz begann wild zu pochen. Nein, das durfte nicht passieren. Inständig hoffte er, der Spuk möge bald vorüber sein.

Kurzentschlossen griff er in die unterste Schublade seines Schreibtisches und holte eine Flasche Cognac samt Glas hervor. In letzter Zeit blieb er immer öfter nach Feierabend im Büro und genehmigte sich einen, weil Angst und Ungewissheit ihn innerlich zu zerfressen drohten. Doch heute wollte er auf den Teilerfolg trinken, was natürlich nicht bei dem einen Glas blieb.

Er war eingenickt. Es war bereits weit nach Mitternacht. Er hatte von seinem letzten Thailandurlaub geträumt, den er über eine Reise nach Indien verschleiert hatte. Von Indien aus war er nach einem kurzen Aufenthalt weiter nach Bangkok geflogen und … Augenblicklich geriet er in Hochstimmung und vergessen war das Phantom. Er holte seinen privaten Laptop aus seinem Aktenkoffer und gab das sehr lange Passwort ein … Falsch! *Verdammt* … Sicherheit war ja schön und gut, aber manchmal, besonders nach ein paar Drinks zu viel … Noch mal. Falsch! Noch ein Versuch. *Scheiße!* Er konzentrierte sich und diesmal klappte es. Er rief sofort die Passwortverwaltung auf und gab ein wesentlich kürzeres Passwort ein, ohne Sonderzeichen und so lästigem Schnickschnack. Das konnte er ja später wieder ändern, aber in dieser stressigen Phase, wollte er nicht immer mit dem ellenlangen Code genervt werden. Damit er es nicht vergaß, schickte er sich auf seinem Privathandy selbst eine Nachricht, in der er das neue Passwort notierte.

15

Regensburg zur Vorweihnachtszeit
Die Donau hatte ihren Tiefstand erreicht. Wo sich früher ihre Wasser mit Getöse zwischen den Brückenpfeilern hindurchzwängten und gefährliche Strudel bildeten, flossen sie jetzt träge dahin. Nach dem extrem heißen Sommer hatten die wenigen Regenfälle und Gewitter es nicht geschafft, den Pegel wieder ansteigen zu lassen, sodass die Schifffahrt eingeschränkt blieb. Jetzt, im Dezember, hatten sich Mensch und Natur von der mörderischen Hitze des heißen Sommers erholt, aber echte Erleichterung brachte es nicht.

Florian war das egal. Er saß in der historischen *Wurstkuchl* neben der *Steinernen Brücke* und faltete die *Mittelbayerische* zusammen. Amüsiert beobachtete er die vielen Touristen, die trotz der Kälte mit ihren Würsten einen freien Platz auf den Holzbänken zu ergattern versuchten, andere blätterten in ihren Reiseführern.

Die *Wurstkuchl* galt weltweit als ältester Familienbetrieb seiner Art. Während des Baus der *Steinernen Brücke* etwa von 1135 bis 1146 fungierte sie als Baubüro, nach der Fertigstellung wurde sie zur *Garküche auf dem Kranchen*. Seit 850 Jahren versorgte sie Einheimische und Touristen mit frischen Produkten, die weit über das Angebot von Bratwürsten hinausgingen. Bratwürste wurden erst ab Mitte des 19. Jahrhunderts verkauft, davor gesottenes Fleisch. Als die Kellnerin mit Bratwürsten, Kraut und einem *Schwarzer Kipferl* kam, ließ er es sich ungeniert schmecken.

Er hatte Glück gehabt, dass das neue Semester vor einigen Wochen begonnen hatte und er dadurch etwas kürzer treten musste. Nur dadurch war er dem Zugriff der Polizei entgangen. Wie gut, dass er sein Haus überwachte. Der Verlust seines Heims schmerzte ihn, aber er war der Polizei immer noch um einiges voraus. Der Laptop nutzte ihnen auch nichts, denn er hatte die Festplatte mit neuester Technik verschlüsselt – ohne Passwort war die Festplatte wertlos. Aber dafür wusste er jetzt, wer ihm auf den Fersen war: die Kommissare Hofreiter und Hiermeier. *An mir werdet ihr euch die Zähne ausbeißen*, dachte er belustigt.

Das Sauerkraut war einfach köstlich! Er war oft hier und genoss die Stunden zwischen den vielen Touristen mit ihren Fotoapparaten, die eilig Würstchen mit Kraut in sich hineinstopften, schnell ein paar Bilder von der Brücke schossen, um anschließend eilig in Richtung Dom zu entschwinden. Er hatte von Japanern gehört – oder waren es Chinesen? –, die es schafften, in vierzehn Tagen die meisten Sehenswürdigkeiten Europas abzuklappern. Doch für ihn war es die Anonymität, die er genoss, in der er aufging und in der er sich auf seine nächste Aufgabe konzentrieren konnte.

Dass er damals in der WG unterkam, stellte sich nun als weiterer Glücksfall heraus. Früher waren sie zu viert, aber vor ein paar Monaten hatte sich Maximilian nach Florida abgesetzt. Jetzt lebten sie zu dritt in dem Haus aus der Jahrhundertwende am Arnulfsplatz. Gleich um die Ecke, vielleicht eine Gehminute entfernt, befand sich die Traditionsbrauerei-Gaststätte *Kneitinger*, die für ihr Bockbier und bayerische Schmankerln bekannt war. Für ihn war es optimal, weil er nur wenig Minuten zur Uni hatte. Mit seinen beiden Kommilitoninnen verstand er sich gut. Keiner stellte Fragen und jeder ging seiner Wege – eine reine Zweckgemeinschaft. Doch das war jetzt vorbei, denn die beiden lasen auch Nachrichten. *Dumm gelaufen, trotz allem*, ärgerte er sich. Er hatte nicht damit gerechnet, dass sie ihm so schnell auf die Schliche kommen würden. *Die beiden Bullen sind wirklich gut. Ich sollte sie nicht unterschätzen.*

Sein Blick fiel auf die zusammengefaltete Zeitung. Eine ziemliche Dreistigkeit von Stangl, dass er das noch nicht auf die Reihe gebracht hatte. Natürlich wollte die Polizei die Wahrheit deckeln, weil sie Angst hatten, Angst vor der Bevölkerung, dass sie mit der Wahrheit nicht umgehen könnte. Was für ein Unsinn! Warum verstanden sie nicht, was für einen Dienst er der Gesellschaft erwies? War die Angst vor der Wahrheit größer, als die Gefahr, die ihren Kindern drohte? Lange würde er nicht mehr warten. Es wurde wohl Zeit, den Druck auf den Tintenpisser zu erhöhen und ihm einen weiteren Besuch abzustatten.

Als ein Gast versehentlich gegen seinen Tisch stieß, wurde er aus seinen Gedanken gerissen. Verwundert schaute er nach oben, wo der Wind bedrohlich düstere Wolkenbänke auftürmte und die Sonne verschluckt hatte, sodass die Donau als pechschwarzes Band dahinfloss. Jeden Moment konnte der Himmel seine Schleusen öffnen.

Eilig winkte er der Kellnerin. Er hatte noch etwas zu erledigen …

***

Luca Petrelli, 42 Jahre alt, auffallend groß, von schlanker Statur und ansprechend südländischem Aussehen, war ein Halbitaliener, nach dem sich die Frauen umdrehten. Seine Mutter hatte sich bei einem Italienurlaub in seinen Vater verliebt und ihn geheiratet. Es war Liebe auf dem ersten Blick gewesen. Im Jahr darauf kam der kleine Luca zur Welt. Als er sechs Jahre alt war, kehrte sie mit Luca nach Deutschland zurück. Ihr Wunsch war es, dem Jungen eine gute Ausbildung zu ermöglichen. Er sollte es einmal besser haben, als sie. Trotz zweier Jobs blieb ihr genug Zeit, sich um ihn zu kümmern. Luca vergötterte und verehrte seine Mutter wie eine Heilige. Als er zwölf Jahre alt war, starb sie überraschend. Für den Jungen brach eine Welt zusammen. Seine Tante kümmerte sich liebevoll um ihn, konnte ihm aber nicht die Mutter ersetzen. Zu tief hatte sich das Trauma des Verlustes in seine Psyche eingebrannt. Nach dem Abitur und anschließendem Studium arbeitete Luca ein paar Jahre in einer Bank in Weiden. Später zog er in die Nähe von Hirschau, wo er sich ein Haus kaufte.

Die gelegentlichen Affären mit Frauen empfand er als unbefriedigend und irgendwann ahnte er, dass mit ihm etwas nicht stimmte. Es war dieser unstillbare Drang, der ihn zu kleinen Mädchen hinzog. Doch im ländlich geprägten Umfeld war es unmöglich, dieser Neigung nachzugehen. Jürgen Petzolt, ein Studienfreund, Gleichgesinnter und erfolgreicher Geschäftsmann hatte ihm mit dem Darknet bekannt gemacht. Was er dort zu sehen bekam, stachelte seine Begierde beinahe ins Unermessliche und war doch nur ein Abklatsch dessen, was ihm seine Fantasie vorgaukelte. Es musste etwas geschehen.

Da allgemein bekannt war, dass Thailand ein Eldorado für Sex-Touristen war, wo man für Geld alles kaufen konnte, fuhr er zweimal im Jahr dorthin und *kaufte* sich ein Mädchen. Anfangs waren sie zwischen zwölf und vierzehn Jahren alt, doch mit der Zeit wurde er immer gieriger. Je jünger die Mädchen, desto größer sein Lustgewinn. Und da alles eine Frage des Preises war, verlor er seine letzten Hemmungen. Ab da tauchte er immer tiefer ein in den Sumpf menschlicher Abgründe. In seiner verschobenen Wahrnehmung machte es keinen Unterschied, dass es unschuldige Kinder waren, die er missbrauchte. Im Gegenteil, nur zu ihnen fühlte er sich hingezogen, weil er selbst wieder zum Kind wurde – zumindest was seine Sexualität betraf. Sein schlechtes Gewissen versuchte er zu besänftigen, er würde ja dafür bezahlen, etwas Gutes tun. Schließlich lebte die Familie von seinem Geld, obwohl sie nur einen Bruchteil davon bekam. Spätestens im Flieger verblassten die Schreie seiner gepeinigten Opfer. Es war wie ein Fluch, der auf ihm lastete, weil dieser unsägliche Trieb ihn beherrschte.

Mit der Zeit akzeptierte er es, pädophil zu sein, und hatte jedes Unrechtsbewusstsein verloren. Durch Zufall lernte er Berthold Brandl kennen; sie waren in Bangkok im gleichen Hotel abgestiegen. Was ihre Neigungen betraf, fühlten sie sich seelenverwandt und konnten sich stundenlang darüber austauschen. Brandl kannte Yvonnes Vater, der ihm seine Tochter für 3.500 Euro angeboten hatte, aber im letzten Moment einen Rückzieher machte. Außerdem bot er seine Tochter bei einer Versteigerung an. *Warum nicht ich?*, fragte sich Luca. Das würde die Langeweile bis zum nächsten Urlaub verkürzen. Er wusste genau, in welchem Forum und Chatroom er sich einloggen musste. Das Höchstgebot für Yvonne lag gerade bei 5.800 Euro, weiter steigend. Und da die Gelegenheit günstig war und seine Fantasie anstachelte, entschloss er sich kurzerhand, mitzubieten.

16

Die Überwachungskameras des Supermarktes und der Tankstelle hatten nichts gebracht. Ludwig und Hofreiter hatten sich mehr davon versprochen, ebenso von dem Gespräch mit dem Vorstandsfritzen des Vereins. Sie wurden vom Studiendirektor des Further Gymnasiums begrüßt, einem distinguierten älteren Herrn, der Florian vor Jahren unterrichtet hatte.

»Oh ja, ich erinnere mich noch gut an den Schüler. Hochintelligent, unauffällig aber etwas introvertiert. Hat als Jahrgangsbester mit einer glatten Eins abgeschlossen. Ein wirklich bemerkenswerter Schüler, der es einmal zu etwas Außergewöhnlichem bringen wird.«

»Wissen Sie, was aus ihm geworden ist oder ob er ein Studium begonnen hat und welches?«, fragte Hofreiter.

»Was danach aus ihm geworden ist, weiß ich nicht. Nach dem Abitur verlieren sich die Spuren unserer Schüler, weil sie in der Regel mit ihrem Studium beginnen. Aber ich könnte mir vorstellen, dass er sich an der Uni Regensburg immatrikuliert hat.«

Es gab ein Foto vom Abi-Ball. Ein unscheinbarer blasser junger Mann mit halblangen dunkelbraunen Haaren, mit dem sie aber nichts anfangen konnten – ein Allerweltsgesicht. Ludwig beschlich das Gefühl, eine Nadel im Heuhaufen suchen zu müssen. Zumindest hatten sie jetzt einen neuen Ansatz: Wo und was studierte Florian? Er war sich sicher, dass es ein Medizinstudium war. Regensburg würde sich anbieten, denn damals war Florians Welt noch in Ordnung.

Lange brauchten sie nicht, um herauszufinden, dass sich Florian mit seinem richtigen Namen an der Uni in Regensburg immatrikuliert hatte. Aber das war mehr als fünf Jahre her, in der Zwischenzeit konnte sich vieles geändert haben. Vor allem sein Aussehen. Wenn Ludwig richtig rechnete, musste sich Florian im zehnten Semester befinden und kurz vor dem *Hammerexamen* stehen. Bei seiner Intelligenz war es sogar möglich, dass er sein Studium bereits abgeschlossen und irgendwo eine Assistentenstelle angenommen hatte. Verflixt – zu viele Optionen.

Die Universität bestand aus unzähligen modernen Gebäuden aus Sichtbeton und wurde in Systembauweise errichtet. Zwischen den Wegen oder zum Campus hin sah man Werke namhafter Künstler. Mit seinen elf Fakultäten und 199 Lehrstühlen war sie die viertgrößte Universität Bayerns. Trotz der über 22.000 eingeschriebenen Studenten für das Wintersemester gelang es ihnen, nach kurzer Auswertung des Vorlesungsverzeichnisses, den richtigen Hörsaal zu finden, in dem über Medizin gelehrt wurde. Vielleicht hatten sie ja Glück.

Obwohl brechend voll, fanden sie noch zwei freie Plätze im Hörsaal, in dem Studenten verschiedenster Nationen, jeden Alters und Aussehens andächtig den Ausführungen ihres Professors lauschten, für Hofreiter und Ludwig waren das jedoch böhmische Dörfer. Unauffällig unterzogen sie die Anwesenden einer optischen Überprüfung, doch niemand passte auf die vage Beschreibung von Florian. War er überhaupt anwesend? Wie sah er heute aus? Enttäuscht schauten sie sich an und nickten.

Auf halben Wege hinaus schweifte Ludwigs Blick ein letztes Mal über die Anwesenden und für den Bruchteil einer Sekunde trafen sich seine Blicke und die eines Studenten. Ludwig wusste nicht, was es war: die kurzen blonden Haare, der braune Teint oder die wasserblauen Augen, die ihn kurz streiften … Nein, das war nicht Florian. Trotzdem konnte er sich des Gefühls nicht erwehren, dieses Gesicht schon einmal gesehen zu haben. Und plötzlich spürte er wieder dieses Kribbeln im Bauch …

Er wurde von Hofreiter abgelenkt, der ihn fragte, ob er noch eine Idee habe, weil er mit seinem Latein am Ende sei.

In den letzten Jahren konnte so vieles passiert sein. Florian könnte vor ihnen stehen und sie würden ihn nicht erkennen. Dass Florian noch Vorlesungen besuchte, war unwahrscheinlich, schließlich war er ein gesuchter Mörder. Er wusste nicht, was er Hofreiter sagen sollte, der ihn fragend ansah.

»Das war eh nur ein schwacher Versuch. Jetzt bleibt uns nichts anderes übrig, als abzuwarten, bis er einen gravierenden Fehler macht.«

»Du meinst, dass wir auf sein nächstes Opfer warten müssen. Ist es das, was du meinst?«

Resigniert zuckte Ludwig mit den Schultern. »Sieht ganz danach aus. Wir müssen unbedingt herausfinden, wie Florian heute aussieht und ob er überhaupt noch so heißt. Ich könnte mir vorstellen, dass er eine ganz neue Identität angenommen hat.« Insgeheim hatte er eine Idee, konnte aber Hofreiter nichts sagen.

***

»Nun komm endlich ins Bett, Schatz, wie lange willst du dir diese grässlichen Bilder noch anschauen?«, schimpfte Kathi.

Sie strickte an einem Schal für Ludwig. Der Kachelofen verströmte wohlige Wärme, während draußen ein Gewitter tobte. Sie war schon seit ein paar Tagen wieder zurück, so richtig konnte sie sich nicht damit anfreunden, die Konsequenz an den Tag zu legen, die sie sich vorgenommen hatte. Sie wollte ihr Kind unbedingt mit Ludwig, dem Vater des Kleinen großziehen. Wind peitschte den Regen gegen die Fensterscheiben und bei jedem Donner zuckte Kathi zusammen. Blitze tauchten den Hof sekundenlang in helles Licht, sodass sie jedes Mal Angst bekam, der nächste könnte ins Haus einschlagen. Ludwig starrte wie hypnotisiert auf die Tatortfotos, als würde er darauf warten, dass die Bilder zu ihm sprachen. Verstohlen blinzelte sie zu ihm rüber. War das noch ihr Mann, den sie vor Monaten kennen und lieben gelernt hatte? Seit er mit Hofreiter zusammenarbeitete, war er ein anderer Mensch. Ihr machten diese verstümmelten Toten Angst. Natürlich musste den jemand aufhalten, aber warum ausgerechnet Ludwig?

»Kommst du, Schatz?«, versuchte sie es noch mal.

»Geh’ schon mal vor, ich komme gleich nach.«

Sie wusste genau, dass Ludwig so lange aufbleiben würde, bis ihm vor Müdigkeit die Augen zufielen und resignierte. Ob Hofreiter auch eine Frau hatte? Wie die wohl damit umging?

Sein Laptop gab ein kurzes Piepsen von sich – eine neue E-Mail:

Hallo Ludwig!

Ich darf Dich doch so nennen, da wir sozusagen eine Beziehung eingegangen sind. Du willst mich an meinem sinnvollen Wirken hindern, obwohl mein Beitrag der Gesellschaft von großem Nutzen ist. Ich will damit fortfahren. Jetzt fragst Du Dich, warum? Nur eine kleine Bitte, eine Gefälligkeit sozusagen: Ich will, dass mein Bekennerschreiben in der Mittelbayerischen abgedruckt wird, weil meine Arbeit hier in der Oberpfalz ihren Anfang genommen hat – ein Heimspiel sozusagen. Du hast ja keine Ahnung, wie viele Kinderschänder hier ihr Unwesen treiben. Wer, außer mir, wäre imstande, ihnen Einhalt zu gebieten? Ich frage Dich: Warum haben die Kinder keine Lobby, die sie beschützt? Die Eltern nicht, die Ämter nicht und auch nicht die Justiz. Ich will es Dir sagen: Weil keiner mehr Zeit für sie hat und es niemanden tatsächlich interessiert. Und deshalb will ich die Öffentlichkeit aufrütteln. Und Du wirst mir dabei helfen. Gelingt Dir das nicht, stirbt innerhalb einer Woche ein weiterer Kinderschänder. Damit Du nicht mit leeren Händen dastehst, schließlich beruht jede Beziehung auf dem Prinzip von Geben und Nehmen, kann ich Dir Folgendes sagen: Es wird ein Bankangestellter sein, der 50 Kilometer im Umkreis von Weiden wohnt. Finde ihn! Bis zu meiner Rückkehr aus südlichen Gefilden wünsche ich Dir viel Erfolg bei der Suche.

Das Phantom

»Mein Gott! Du perfides Arschloch!«, keuchte Ludwig geschockt. Augenblicklich war seine Müdigkeit verflogen.

Wieder und wieder las er die Mail, bis die Buchstaben vor seinen Augen zu verschwimmen begannen. Wie hatte der Mistkerl es geschafft, seine Mailadresse rauszufinden? Ein weiterer Mord? Wer war das nächste Opfer? Fragen, auf die er Antworten finden musste. Was Florian verlangte, war indes unmöglich. Sollte er antworten und erklären, dass das nicht ging? Lieber nicht. Erst mal so tun, als hätte er die Mail noch gar nicht bekommen.

Er klappe hastig den Laptop zu und lehnte sich zurück. Wo war die Nachricht hinter der Nachricht, die eigentliche Botschaft? Da war was, er war sich sicher … nur ein Gefühl zwar, aber … Und plötzlich wusste er, was Florian ihm mitteilen wollte: *Du und ich spielen jetzt ein Spiel …*

Ludwig spürte eine plötzliche Enge in der Brust. Was war das denn jetzt schon wieder? Reichte ihm das Morden nicht mehr? Brauchte er jetzt schon dieses Spiel mit den Ermittlern? Wurde er von Allmachtsfantasien getrieben? Hielt er sich für Gott? Das mit dem Bekennerschreiben war unglaubwürdig und paradox zugleich, geradezu lächerlich, denn es gab andere Möglichkeiten, an die Öffentlichkeit zu gehen, wozu gab es denn das Internet? Er hätte sein Statement auf ein paar Dutzend facebook-Seiten posten können, einen anonymen Zugang konnte er sich ja wohl problemlos verschaffen. Für jemanden, der nicht erwischt werden wollte, wäre das die nahe liegendste Lösung gewesen. Aber so … Konnte es sein, dass sich Florian tatsächlich für unbesiegbar hielt? War das Gefühl von Macht und Herr über Leben und Tod zu sein nachhaltiger als der sexuelle Lustgewinn beim Töten? Oder war es beides? Denn, ja, was nützte es, wenn es niemanden gab, der seine Macht anerkannte, ihn darin bestätigte, mit dem er sich messen konnte? *Hat er mich jetzt dazu auserkoren?*

Ludwig wurde zusehends mulmiger. Bis jetzt hatte Seltenreich im Verborgenen agiert, doch nun brauchte er eine Bühne mit dazugehörendem Publikum, dessen Aufmerksamkeit er sich sicher sein konnte. Und um keinen Zweifel aufkommen zu lassen kündigte er einen weiteren Mord an.

Ludwig konnte nur mit dem Kopf schütteln. Florian hatte ihn zum Protagonisten in einem perfiden Spiel gemacht, in dem es nur einen Sieger geben durfte: ihn selbst. Ab jetzt hieß es: Polizei gegen Florian Seltenreich. Und um der Polizei ein Gesicht zu geben, hatte er sich Ludwig ausgesucht. Genau, was Kathi so gefürchtet hatte. Wieder hatte er einen Irren an den Hacken, der es auf ihn abgesehen hatte. Mit dieser Mail hatte Seltenreich seinen ersten Zug gemacht und das Spiel eröffnet und ein neues Kapitel aufgeschlagen. Aber bei jedem Spiel werden Fehler gemacht. *Ich glaube, du hast gerade den ersten Fehler gemacht. Du willst spielen, Florian Seltenreich? Dann lass uns spielen.*

***

Im Konferenzraum des Präsidiums in Amberg saßen die Kommissare Hofreiter, Mulzer, Schüsselbauer, Greiner und Hiermeier zusammen. Nachdem die Sonderkommission zwischenzeitlich fast 20 Mann zählte, hatte Hofreiter sie nun wieder verkleinert. Allzu viel gab es nicht mehr zu ermitteln, sie waren bereits in der Fahndungsphase. Allerdings war ihnen kein Erfolg beschieden. Seltenreich war wie vom Erdboden verschluckt. Grund des Treffens war nun die von ihm geforderte Veröffentlichung seines Bekennerschreibens.

»Das können wir nicht machen«, meinte Hofreiter. »Keine Verhandlungen mit Erpressern. An dem Grundsatz wird nicht gerüttelt.«

»Also ganz ehrlich, mich würd's nicht weiter jucken, wenn noch ein paar Kinderschänder ins Gras beißen, aber die Scheiße wird über uns zusammenschwappen, wenn wir da stur bleiben. Die werden uns das hinterher so auslegen, dass wir nur deshalb nicht auf die Forderung Seltenreichs eingegangen sind, weil wir wollten, dass der weiter Pädophile umbringt.« Greiner verschränkte die Arme und sah in die Runde.

Alle sahen sich gequält an.

»Da hast du schon recht«, meinte Hofreiter, »trotzdem können wir es nicht machen. Und der Chefredakteur von der Mittelbayrischen würde sich auch weigern, hat er mir gesagt. Ich hab ihn vorhin nach seiner Meinung gefragt.«

»Ja und?«, wollte Schüsselbauer wissen.

»Der sieht das so wie wir. In der Bevölkerung würden sich möglicherweise kontroverse Meinungen bilden, vielleicht würde das Phantom bejubelt werden, dass endlich jemand etwas gegen die Pädokriminellen unternimmt, es könnte aber genauso gut zu chaotischen Reaktionen kommen, von Denunziationen bis Lynchjustiz. Und er will dann hinterher nicht der Buhmann sein. Die anderen Chefredakteure würden es auch nicht machen wollen, meint er.« Hofreiter nickte Ludwig zu.

Der hielt kurz sein Handy hoch: »Ich habe gestern Nacht eine Mail von Seltenreich bekommen.« Er hatte sie vom Laptop auf sein Handy geladen.

Alle starrten ihn an.

»Die Techniker haben schon geguckt, nicht zurückverfolgbar, alles anonym. Der kennt sich aus.« Er las die Nachricht vor.

Greiner war der Erste, der sich von seinem Schreck erholte: »Und wie verfahren wir jetzt weiter? Soll das ein Spiel werden? Ein Banker? Die gibt's doch wie Sand am Meer. Wie sollen wir den in so kurzer Zeit ausfindig machen?«

Schüsselbauer nickte. »Hört sich nicht so an, als sollten wir den wirklich finden. Der verarscht uns nur.«

»Was meinst du, Ludwig?«, sagte Hofreiter. »Erzähl es ihnen.«

Ludwig räusperte sich: »Ich glaube, dass Seltenreich über seine ursprünglichen Motive, sich an Pädophilen zu rächen oder meinetwegen auch der Gesellschaft einen Gefallen zu tun, hinausgewachsen ist, weil er eine neue Erfahrung gemacht hat. Seine Opfer sind ihm inzwischen wohl völlig egal. Ihm fehlen jegliche Empathie und Schuldbewusstsein und die Opfer dienen ihm lediglich als Mittel zum Zweck, so wie man Gegenstände benutzt oder ein Hemd, was seiner psychopathischen Persönlichkeit geschuldet ist. Eigentlich könnte er irgendwen töten, wäre für ihn wohl kein Unterschied. Aber er hätte wohl gerne öffentliche Anerkennung, daher bleibt er vermutlich weiter bei den Pädophilen. Er schwimmt im Grunde auf einer Erfolgswelle, aber nun ist ihm das zu wenig. Er hält sich für unüberwindbar, gottgleich sozusagen, und wird von Allmachtsfantasien getrieben. Das Töten erfüllt zwar nach wie vor seinen Zweck, auch der sexuelle Kick dabei, doch nun plant er etwas Größeres, eben ein Spiel. So wie in den Kinoblockbustern. Ihr wisst schon, Sieben, Hannibal Lecter, so in der Art. Und dafür braucht er nicht nur Publikum, sondern auch adäquate Mitspieler. Und das, liebe Kollegen, sind wir!«

»Was für ein Spiel?«, fragte Mulzer.

»Ein Spiel, das beweist, dass er uns überlegen ist. Uns allen. Wir stehen stellvertreten für die Polizei, den Staat, im Grunde für die ganze Welt. Wenn er uns besiegt, ist er unbesiegbar. Wir haben es hier mit der kranken Weltsicht eines Irren zu tun, der möglicherweise gerade heiß läuft. Er bestimmt die Regeln und bedient seinen Größenwahn. Er hat offiziell mich als Gegner ausgesucht, mit dem er sich messen will. Warum, weiß ich nicht. Ich vermute, dass er den Fall Draxler in den Medien verfolgt hat und in mir jetzt ein prominentes Aushängeschild sieht. Aber ich bin für ihn dennoch nur das Gesicht vom gesamten Polizeiapparat. Seltenreich ist, wie wir wissen, hochintelligent, befasst sich mit Informatik, Psychologie, Medizin und beobachtet vermutlich jeden unserer Schritte. Diese Mail ist quasi sein erster Zug, die Spieleröffnung sozusagen, wie beim Schach. Der Quatsch mit der Zeitung ist nur ein Vorwand, um uns irrezuführen, weil er vermutlich genau weiß, dass nichts davon gedruckt wird. Ich bin überzeugt, dass er bereits einen anderen Weg gefunden hat, seine Botschaft an die Öffentlichkeit zu bringen. Hoffen wir mal, dass es nicht allzu schlimm wird.«

Ludwig gönnte sich eine kurze Pause, dann fuhr er fort: »Und jetzt zur Mail selber: Sie enthält mehr Informationen, als auf den ersten Blick zu erkennen ist. Die bloße Aussage, sein nächstes Opfer sei ein Bankangestellter, stellt uns scheinbar vor unüberwindliche Hindernisse, das wäre zeitlich nicht zu schaffen – und das weiß er natürlich. Dazu der Hinweis mit den südlichen Gefilden, die einen Urlaub oder eine Phase des Untertauchens andeuten. Aber keiner würde in Urlaub fahren, wenn er innerhalb einer Woche einen Mord begehen will, einen Mord, der doch einiges an Planung voraussetzt. Ich denke, er möchte uns damit etwas anderes mitteilen: Ich glaube, dass die Person, die er töten will, entweder einen südländischen Namen hat oder ein Südländer ist. Und hier beginnt das Spiel. Er will, dass wir seine kleinen Rätsel knacken, uns ganz auf ihn einlassen. Sein Spiel, seine Regeln.«

Gemurmel machte sich breit.

»Also, Kollegen«, übernahm Hofreiter, »wir haben nicht mal eine Woche Zeit, diesen Bankangestellten zu finden. Spanier, Italiener oder einfach nur jemand mit südländischem Namen. Wir setzen alle verfügbaren Kräfte ein und durchforsten die Personallisten aller Banken im Umkreis. Sollten wir ihn wirklich finden, sehen wir weiter. Vielleicht kann man den Täter ja in eine Falle locken.

Ludwig war nicht wohl bei dem Gedanken, sich auf das Spiel einzulassen. Andererseits würde eine Weigerung auch nichts bringen, Seltenreich würde auf jeden Fall weitermorden. Indem sie Kontakt hielten, kamen sie ihm vielleicht näher …

17

Luca Petrelli starrte auf die Auktionsseite. Mit jedem weiteren Angebot, das abgegeben wurde, stieg seine Verzweiflung. Es hatte sein kleines Mädchen werden sollen, aber die Gebote hatten fast die 10.000er-Marke erreicht. Für ein kleines Mädchen! Waren die denn völlig irre? Scheinbar spielte Geld keine Rolle. Sie hatten ihn rausgedrängt.

Plötzlich überkamen Luca Zweifel und er empfand – zum ersten Mal seit langer Zeit – Schuldgefühle. Was er hier erlebte, überstieg das Maß dessen, woran er sich und sein Gewissen gewöhnt hatte.

Der kurze Moment verging und der Zorn auf die Geldsäcke, die ihm sein Mädchen streitig machten, gewann die Oberhand. Er war raus, so viel konnte er nicht mal ansatzweise bezahlen, wozu auch, dafür konnte er es in Thailand so richtig krachen lassen, also warum hier so viel Geld ausgeben?

Aber es war seine Kleine … Er starrte auf das Bild. Ja, sie gehörte ihm. Er musste sie einfach haben … Vielleicht konnte er ja mit dem Anbieter des Mädchens einen Deal aushandeln? Er öffnete im Chatroom des Forums ein Separee und lud den Anbieter der Kleinen, *Torquatus,* zum Gespräch ein. Nach anfänglicher Vorsicht einigten sie sich: alle drei Monate 2.500 Euro für ein Treffen. Na also! In 14 Tagen sollte das erste Treffen stattfinden. Das Bieten auf das Mädchen ging zwar weiter, aber das war nicht mehr sein Problem, schließlich war die Kleine nicht für den einmaligen Gebrauch gedacht, das war klar. Hauptsache er hatte seinen Deal.

Zufrieden lehnte er sich zurück. Das Ganze hatte ihn dermaßen in Erregung versetzt, dass er sich Erleichterung verschaffen musste. Mit geschlossenen Augen gab er sich der Vorstellung hin, wie er mit der Kleinen ein paar schöne Stunden verbringen würde …

Als er fertig war, packte er den Laptop weg und beschloss, bei Luigi auf eine Pizza und ein Glas Chianti vorbeizuschauen. Die *Trattoria Lazise* war seine Lieblingspizzeria, weil das italienische Flair ihn an seinen Vater erinnerte, der im Veneto am Gardasee ein Weingut besaß.

»Luigi, eine Riva Bella und das Übliche, per favore.«

»Si, Luca, kommt sofort.«

Luigi verschwand pfeifend in der Küche, während Luca den Gitarren- und Mandolinenklängen lauschte, die Luigi aufgelegt hatte. Sie erinnerten ihn an unbeschwerte Kindertage im Veneto, wie er mit seinem Freund Guiseppe durch die Weingärten seines Vaters tollte und am Wochenende die ganze Familie zum Baden an den Gardasee fuhren. Luigi stammte aus Lazise und wenn gerade nichts los war, saßen sie zusammen und schwelgten in unbeschwerten Kindheitserinnerungen.

Es war früh am Abend und nur wenige Tische besetzt. Luca spülte gerade den letzten Bissen mit Wein runter, als der ganz in Schwarz gekleidet junge Bursche mit dem ebenfalls schwarzen Pferdeschwanz sich unaufgefordert zu ihm setzte. Luca wollte schon protestieren, doch die stechend blauen Augen ließen ihn verstummen. Ein ganz mieses Gefühl machte sich von seiner Magengrube aus auf den Weg nach oben.

»Ich soll dich von einem gemeinsamen Freund grüßen: Torquatus«, sagte der Fremde.

Auf einen Schlag kam es Luca vor, als säße der *Schwarze Mann* aus dem Kinderlied vor ihm. Er hatte dabei nie an einen Farbigen gedacht, sondern immer eine knochenbleiche Gestalt in zotteligem schwarzen Gewand vor Augen gehabt. Eine Mischung aus Gevatter Tod und einem Bestattungsunternehmer. Er hatte das Gefühl, als würde sich ein stählerner Ring um seine Brust legen und ihm die Luft abschnüren. Er wollte etwas sagen, brachte aber kein Wort heraus.

Florian beugte sich nach vorne, sodass sein Blick Luca förmlich durchbohrte. »Wir haben die gleichen Interessen und da dachte ich mir, dass wir uns darüber unterhalten sollten. Dein Angebot ist wirklich gut. Alle drei Monate …« Florian lehnte sich zurück. »Vielleicht können wir das Nützliche mit dem Angenehmen verbinden? Es würde den Preis halbieren und jeder käme auf seine Kosten. Was hältst du davon?«

Zutiefst verunsichert, versuchte Luca, aus diesem unheimlichen Kerl schlau zu werden. War das eine Falle der Polizei? Unwahrscheinlich, die hätten sicher nicht so dick aufgetragen und keine Gruselfigur geschickt. Aber woher wusste der Typ von seinem Angebot? Die Info konnte er doch nur von *Torquatus* selbst haben. War er es womöglich selbst? Er konnte keinen klaren Gedanken fassen. Schließlich nickte er.

»Ich sehe, wir verstehen uns. Wie wäre es, wenn wir uns bei dir zu Hause weiterunterhalten?«

18

»Ich habe ihn!« Ewald stand in der Tür des Konferenzraumes und wedelte aufgeregt mit einem Zettel.

Auf Ludwigs Bitten hin hatte Hofreiter Ewald in die Ermittlungsgruppe geholt, weil er ein Computerfreak war und ihre IT-Lücke schließen sollte. Hofreiter erhoffte sich dadurch, mit Seltenreich auf Augenhöhe zu sein, zumindest was das betraf.

Seit Tagen hatten alle zur Verfügung stehenden Kollegen eine Sonderschicht gefahren und die Banken und Filialen im Umkreis abgeklappert. Jetzt war Sonntagmorgen und ihnen lief die Zeit davon. Niemand glaubte mehr an einen Erfolg – bis Ewald hereingeschneit kam.

»Wer ist es?«, fragte Hofreiter sofort, während alle Augen gespannt an Ewalds Lippen hingen.

»Luca Petrelli! Er arbeitet in einer Bankfiliale in Hirschau und wohnt etwas außerhalb. Ich habe die Daten ausgewertet, die mir die Kollegen geliefert haben, und miteinander abgeglichen. Er ist der Einzige mit italienisch klingendem Namen, ein Halbitaliener. Das ist unser Mann – hundertprozentig!« Und dann stahl sich ein Lächeln auf sein Gesicht, als hätte er einen Sechser im Lotto gelandet.

»Gut gemacht, Ewald, wirklich gut. Ich hoffe nur, wir kommen nicht zu spät.« Anerkennend klopfte ihm Hofreiter auf die Schulter.

Ewald sah ihn mit großen Augen und gerötetem Gesicht an.

Sogar die Kollegen sparten nicht mit Lob: »War bestimmt ein hartes Stück Arbeit.«

Ewald war zutiefst gerührt. Mit so viel Anerkennung hatte er nicht gerechnet. Endlich erkannten sie seine Fähigkeiten. Das Lob war wie Balsam auf seiner Seele.

»Worauf warten wir noch?«, polterte Hofreiter. »Die Adresse, Ewald, schließlich haben wir keine Zeit zu verlieren«, wurde er abrupt aus seinem Hochgefühl gerissen.

»Mensch, gib Gas, Richard!«

Leichter Nieselregen hatte eingesetzt und Nebel behinderte die Sicht. Hofreiter war bei Ludwig eingestiegen und zeigte sich von seiner ungeduldigen Seite. Aber auch Ludwig wollte nicht zu spät kommen. Sich noch mal überschlagen wollte er allerdings auch nicht.

Am Monte Kaolino vorbei erreichten sie schließlich Hirschau. Sie verließen die Hauptstraße und fuhren hinauf in die Neubausiedlung, die sich malerisch unterhalb des Hügels ausbreitete. Dahinter begann der Wald. Rechts und links der Straße standen schmucke Einfamilienhäuser, deren Vorgärten von Sträuchern, Koniferen und Obstbäumen geziert wurden. Vor der Nummer 9 stiegen sie aus und eilten die Stufen hinauf.

Verwundert hielt Ludwig inne. Die Haustür war nur angelehnt. Sie zogen ihre Pistolen und entsicherten sie. Auf das SEK konnten sie diesmal nicht warten, es war Gefahr in Verzug.

»Herr Petrelli! Hier ist die Polizei. Bitte melden Sie sich!«, rief Ludwig.

Doch alles blieb stumm. Durch die Ritzen der heruntergelassenen Rollos drang spärliches Tageslicht und verbreitete eine beinahe gespenstische Atmosphäre, die durch die Stille noch verstärkt wurde. Ludwig erkannte, dass sie zu spät kamen. »Dieser Schweinehund hat gesagt, wir hätten bis Sonntag Zeit«, keuchte er und trat dann die Tür auf.

Sie stürmten mit den Waffen im Anschlag hinein, sicherten jeden Raum und standen dann gemeinsam vor der Schlafzimmertür. Sie starrten erschüttert auf das grauenvolle Szenario, das sich ihnen bot. Allein vom Geruch konnte einem schlecht werden.

»Oh Gott …! Daran werde ich mich nie gewöhnen. Der ist mindestens seit gestern tot«, konstatierte Hofreiter.

»Der Schweinehund hat seinen Modus geändert«, schimpfte Ludwig.

In der Tat hatte der Mörder den Toten diesmal mit ausgestreckten Beinen und abgewinkelten Armen auf dem Bett drapiert. Der Kopf, mit einem Kissen abgestützt, war zur Seite und nach oben ausgerichtet, sodass er wie der *Gekreuzigte* aussah. Obwohl Ludwig nicht sehr religiös war, erinnerte ihn der Blick des Toten sofort an das Leiden Christi. Seltenreich hatte sich das Bild als Vorlage genommen, wie Jesus zu seinem Vater aufblickt und um Vergebung für die Sünden der Menschheit bittet. *Vater vergib ihnen, denn sie wissen nicht was sie tun ...* Ja, genau dieser Ausdruck war es, den er in den Augen des Toten sah. »Er hat uns wieder ausgetrickst«, sagte Ludwig müde. »Und seinen Modus Operandi hat er auch geändert. Das beunruhigt mich am meisten.«

Hofreiter wusste genau, was in Ludwig vor sich ging und wie er sich fühlte. Diese Ohnmacht, die einem urplötzlich befiel, wenn man erkannte, dass der Täter einem immer einen Schritt voraus war, kannte er nur zu gut, denn damals war es ihm genauso ergangen. Doch damals hatte er nicht resigniert und … damals … daran wollte er jetzt nicht denken.

»Der Todeszeitpunkt war Samstagnacht so gegen ein Uhr, vielleicht etwas später, sagte Marlies. Sie waren praktisch hinter der Leiche hergefahren und hatten die Rechtsmedizinerin mehr oder weniger genötigt, alles stehen und liegen zu lassen, um sich sofort dem aktuellen Fall zu widmen. Marlies war entsprechend genervt: »Wie ihr sicher selber bemerkt habt, hat er seine Vorgehensweise dahingehend geändert, dass er die Leiche wie ein Kreuz ausgerichtet hat.« Sie sah die beiden an, als hätten sie was ausgefressen. »Außerdem hat er die Augäpfel herausgetrennt und wieder eingesetzt.«

»Warum denn das?«, fragte Ludwig verblüfft.

»Das hat wohl mit der Totenstarre zu tun. Er hat sie vorher herausgenommen und später so eingesetzt, dass dieser Blick entsteht, sonst sähe es eben anders aus. Er wollte genau diesen Blick, nehme ich an. Sieht aus wie eines dieser Bilder in der Kirche, oder?«

Hofreiter beugte sich über die Leiche. »Wie ein Büßer, richtig gruselig. Gibt es noch andere Spuren? Sperma? Was ist mit seinem Penis?« Der Unterleib war mit einem Tuch bedeckt.

»Alles wie gehabt. Er hat ihm den Penis in den Hals geschoben. Es ist derselbe Täter, wenn ihr das wissen wollt …«

»Ja, gut … danke«, knurrte Hofreiter und stieß Ludwig an, der gedankenverloren auf die Leiche starrte.

Marlies nickte nur und zog das Tuch über den Kopf des Toten.

»Vielleicht hat Horst irgendwas Brauchbares entdeckt«, meinte Hofreiter und wandte sich um.

Ludwig folgte ihm langsam. Er kam nicht darüber hinweg, dass sich Florian an keinerlei Abmachungen hielt: Das passte nicht zu dem Bild eines Täters, der mit der Polizei spielt. Geben und nehmen war die Devise, er gab verlässliche Informationen und die Polizei reagierte. Er hingegen verachte sie nur. Es gab keinen Grund, sein perfides Spiel weiter mitzuspielen. Und was hatte es mit seiner geänderten Vorgehensweise auf sich? Was wollte er damit beweisen? Dass er gar nicht irre war? Das war natürlich Quatsch, der war so irre, wie man nur sein konnte. Aber auf was konnte man sich jetzt noch verlassen? *Auf nichts,* konstatierte er. Er fühlte sich unendlich müde, ausgelaugt und maßlos enttäuscht. Florian war ihnen voraus, tatsächlich sogar überlegen. Ihnen blieb nichts anderes übrig, als abzuwarten, was als Nächstes passieren würde. Grauenvoll!

Er schreckte auf, als er bemerkte, dass sie bei Horst waren.

»Wir sind soweit fertig, aber ich muss euch noch was zeigen«, sagte der gerade.

»Ich schau mir diese Sauereien auf keinen Fall an«, winkte Hofreiter ab.

»Ihr sollt nur mal kurz reinschauen, keine Bilder oder so. Es ist eine Seite im Darknet. Der Killer hat uns bewusst diese Seite im Forum offengelassen. Da läuft im Chat ein Countdown, so was wie eine Versteigerung. Da wird auf ein achtjähriges Mädchen geboten, aktuell sind wir bei zwölftausend Euro. Der Anbieter nennt sich *Torquatus*. Ich rate mal, das hat ihm der Tote unter Folter verraten. Der Killer beschafft uns relevante Informationen auf illegale Weise.«

Ludwig stöhne, Hofreiter rieb sich nur die Augen.

»Soll ich den Laptop ans BKA schicken oder soll sich Ewald damit befassen? Kann sein, dass er Glück hat, oder? Wegschicken können wir ihn immer noch. Ewald wäre jedenfalls schneller, das BKA hat eine Warteliste.«

Allein der Gedanke, dass die Versteigerung zu Ende ging, ohne dass sie etwas dagegen unternehmen konnten, bereitete Ludwig Unbehagen. Von der Versteigerung bis zum Missbrauch würde wie viel Zeit vergehen? Wie auch immer, sie wären zu langsam, viel zu langsam … Florian wäre schneller. *Muss ich mich deswegen schämen? Nein, diese Schweine gehören bestraft. Aber so …?*

***

Es war Montagmorgen. Kathi hatte mit Übelkeit zu kämpfen und eine geradezu perverse Vorliebe für Saures entwickelt. Nichts war vor ihr sicher: Zitronen, Essiggurken … nicht mal der Grapefruitsaft, den sie wie Wasser trank.

»Hoffentlich schlägt sich das nicht auf unser Baby nieder, sonst wird es Veganer oder Schlimmeres«, meinte Ludwig und wollte eigentlich lustig sein.

»Hauptsache kein Polizist«, erwiderte sie nur. »Musst du wieder los?

»Ja«, sagte er nur, weil ihm nichts Besseres einfiel. »Ich bin am frühen Nachmittag zurück. Der heutige Abend gehört uns dreien – großes Ehrenwort.« Er stand auf und küsste sie zum Abschied, bevor ihr noch etwas Bissiges einfiel.

Während die Kollegen Verwandte, Nachbarn und Arbeitskollegen von Petrelli befragten, ging Ludwig einer spontanen Eingebung nach. Es gab nur drei *Italiener* in Hirschau, wie er im Internet eruiert hatte. Vielleicht war Petrelli dort gewesen, vielleicht hatte man den Täter dort gesehen, vielleicht …

Er machte sich auf den Weg und klapperte die Läden ab. Den Anfang machte er mit der *Trattoria Lazise*. Der Besitzer, Luigi Salvani, kam gerade vom Großmarkt zurück, als Ludwig eintraf. Er erklärte ihm, was vorgefallen war und nahm mit einer Mischung aus Bedauern und Freude wahr, wie erschrocken der Mann auf Petrellis Tod reagierte.

»Und sie können sich noch genau an den Mann erinnern, mit dem sich Herr Petrelli getroffen hat?«

»Natürlich! An dem Abend war nicht viel los«, meinte Luigi. »Der Typ ist hereinspaziert und hat sich sofort an Lucas Tisch gesetzt. Der war mir gleich so unheimlich.«

Schwarze Kleidung, dunkle Haare und stechender Blick – die Beschreibung passte auf Florians übliche Maskerade, nichts was Ludwig nicht schon wusste. »Hat er etwas gegessen oder getrunken oder haben sie sich nur unterhalten?«

»Der hat sich noch eine Pizza bestellt. Sie haben sich recht angeregt unterhalten.«

»Was für einen Eindruck machte Petrelli? Er war doch Stammgast hier, oder? Hatte er Angst oder war er irgendwie anderes? Sie kannten ihn doch?«

»Ja, ich kannte ihn ganz gut. Angst? Nein, er war entspannt, vielleicht etwas aufgedreht, als freue er sich auf etwas. Als der Typ kam, machte Luka einen überraschten Eindruck, aber je länger sie sich unterhielten, umso entspannter wurde er.«

»Wann sind die beiden gegangen?«

»So gegen zehn.«

»Vielen Dank«, sagte Ludwig und ließ den etwas verblüfften Pizzabäcker einfach stehen.

Was zum Teufel hatte Florian dazu bewogen, von seinem bisherigen Modus Operandi abzuweichen? War er einem religiösen Wahn verfallen? Sah er sich nun auf einmal als Helfer Gottes, um die Sündigen zu bestrafen? Wenn dem so war, ging es nicht mehr nur um Bestrafung. Sie sollten für ihre Taten *büßen*. Ludwig war allerdings nach wie vor überzeugt, dass das alles nur Makulatur war und Florian es ausschließlich um Macht ging. Er wollte sie nur verwirren, um das Spiel zu beleben. Das war die eigentliche Verrücktheit, der Fetisch. Serienkiller hatten ja wohl immer irgend so ein Ding, ein Ritual oder was auch immer, das für sie wichtig war. Er hatte gedacht, bei Florian wäre es das Abtrennen des Penis' mit dem nachfolgenden Onanieren, aber scheinbar war es das gar nicht, sondern das Machtspiel an sich. Das würde sein ganzes Täterprofil über den Haufen werfen.

Er setzte sich in den Wagen und steckte den Schlüssel ins Schloss. Hatte er auch eine Macke? Hielt er sich für einen Überflieger, nur weil ihm hier auf dem platten Land zu diesem Thema keiner das Wasser reichen konnte? Es war doch alles nur aus Zeitschriften und ein paar Büchern angelesen, er war weit davon entfernt ein echter Profiler zu sein.

Er öffnete das Fenster, irgendwie wurde ihm das alles zu eng. Hofreiter hofierte ihn wie einen Experten aus der Großstadt, der er aber nicht war. Da lastete etwas viel Verantwortung auf seinen Schultern und das nutzte Seltenreich womöglich aus. Ja? War er eine Marionette? *Der Depp vom Killer?*

Ludwig spürte, wie ihm Röte ins Gesicht schoss. Zornesröte? Verlegenheit? Angst? Er wusste es nicht und wollte es auch gar nicht wissen. Stattdessen startete er den Motor und fuhr mit quietschenden Reifen los.

19

Sein Handy klingelte. Es lag auf der Anrichte. »Kannst du mal rangehen, Kathi?« Ludwig stand im Bad und putzte sich die Zähne.

»Da ist ein Florian, der dich sprechen will«, rief sie.

Wie elektrisiert ließ Ludwig die Zahnbürste fallen, spukte aus und wischte sich über den Mund. Es gab nur einen Florian, der um diese Zeit anrufen würde …

»Du hast gesagt, wir hätten bis Sonntag Zeit. Warum hältst du dich nicht an den Deal? Wir hätten Petrelli geschnappt und aus dem Verkehr gezogen, du gottverdammtes Arschloch!«, schrie Ludwig. »Was soll der Schmarrn ihn wie ein Büßer aussehen zu lassen? Denkst du, wir sind Idioten? Das Ganze ist doch ein Witz! Wenn du nichts Besseres auf Lager hast, können wir gleich damit aufhören.« Ludwig hatte sich regelrecht in Rage geredet, während Florian geduldig zuhörte, bis Ludwig mit seiner Tirade fertig war.

»Einen Deal? Ludwig, Ludwig, wo bleiben deine Manieren? Was für einen Deal meinst du? Den mit meinem Artikel, der nicht gedruckt wird? Du hast doch genau gewusst, dass die Schmierfinken sich weigern würden. Denen ist doch egal, was die Pädophilen treiben, Hauptsache, es treibt ihre Auflagen in die Höhe. Ich weiß nicht, warum sie mit der Wahrheit hinterm Berg halten und mit keinem Wort erwähnen, was für Monster das waren. Sie stellen es als banale Morde hin. Sie benutzen mich für ihren beschissenen Sensationsjournalismus und wenn ihr es seid, die Informationen zurückhaltet, werde ich dafür sorgen, dass sich das ändert. Warum, Ludwig, haltet ihr mit der Wahrheit hinterm Berg? Weil ihr Angst habt? Kennst du die Statistik über Kindesmissbrauch? Jedes fünfte Kind in Deutschland erfährt einen Missbrauch, egal in welcher Form. Ob körperlich, seelisch oder sexuell. Nein, so funktioniert das nicht. Wir haben keinen Deal, hast du kapiert?«

»Du verdammter Irrer hältst dich wohl für Gott? Willst mit mir wie mit einem dummen Jungen spielen? Und wie viele dabei draufgehen, ist dir völlig egal. Besitzt du wenigstens ein kleines bisschen Menschlichkeit?«

»Ach, Ludwig, du verstehst das falsch«, wollte er ihn unterbrechen, was ihm aber nicht gelang, denn Ludwig war auf 180:

»Du bist ein gottverdammter Psychopath und sonnst dich in Allmachtsfantasien, die nur in deinem kranken Hirn existieren. Sag mir, was passiert ist, dass du von deinem sexuellen Kick beim Töten plötzlich ins Religiöse abgedriftet bist. Musste Petrelli deshalb sterben?« Ludwig konnte kaum noch an sich halten. »Wehe, wenn ich dich zu fassen kriege, dann …«

Für einen kurzen Moment war Funkstille. Als er schon dachte, Florian hätte aufgelegt, hörte er ihn sagen: »Ach, Ludwig, jetzt beruhige dich und komm wieder runter. Ich habe sie doch nicht umgebracht. Erlöst habe ich sie, weil sie es verdient hatten. Meine Botschaft mit dem Laptop habt ihr ja richtig interpretiert, oder?«

Außer sich vor Zorn brüllte Ludwig: »Was soll dann der ganze Scheiß? Ein Spiel ohne Regeln? So läuft das nicht. Glaub mir, ich werde dich erwischen, egal wie lange es dauert. Irgendwann machst du einen Fehler und dann bin ich zur Stelle. Und du wirst einen machen, das ist mal sicher!«

Kathi hatte alles mitangehört. Erschrocken hielt sie sich die Hand vor den Mund und sah Ludwig entsetzt an. Sie wollte etwas sagen, aber Ludwig winkte unwirsch ab.

»Neuer Deal?«, fragte Florian.

Ludwig war kurz vorm Explodieren, was seiner Hilflosigkeit geschuldet war, was Florian amüsierte. Aber ihn unterschätzen? Nein. Er hatte genug über ihn gehört, über seinen wachen Verstand, seine Kombinationsgabe und wie er die Dinge aus einer anderen Perspektive betrachtete. Ungefährlich war Ludwig nicht – aber war er auch ein würdiger Gegner? *Kann er sich mit mir messen?* Petrelli … Das war eine kriminalistische Glanzleistung.

»Was für ein neuer Deal?«, fragte Ludwig und bat Kathi, weiter zu schweigen. Am liebsten hätte er sie weggeschickt, doch dafür war es zu spät. Sie hatte bereits genug gehört.

»Okay, am Mittwoch um halb zwei landet in München eine Maschine aus Brüssel. An Bord ist ein Geschäftsmann, der anschließend mit dem Zug nach Regensburg fährt, wo er sich einen Mietwagen nimmt, um Torquatus zu treffen. Was er vorhat, brauche ich wohl nicht zu erklären. Er hat den 25.000-Euro-Jackpot gewonnen.«

»Wie, den Jackpot gewonnen?«, fragte Ludwig, obwohl er wusste, worum es ging: die Versteigerung im Darknet. *Oh Gott, in was für einer Welt leben wir?*

»Das ist eure Chance, den Missbrauch des Mädchens zu verhindern. Um Torquatus kümmere ich mich persönlich. Ihr werdet Yvonne, so heißt die Kleine, in eure Obhut nehmen und dafür sorgen, dass sie psychologische Betreuung erhält und später in eine Pflegefamilie kommt. Wenn ich fertig bin, ist Yvonne Vollwaise. Das ist der Deal.«

Vollwaise …? Das konnte nur bedeuten, dass Florian Yvonnes Eltern umbringen wollte. »Du willst sie töten, ist es das?«

»Oh ja, sie werden büßen. Doch bevor sie vor ihren Schöpfer treten, werde ich sie läutern. So wie Jesus Christus Schmerzen erleiden musste, um die Sünden dieser Welt auf sich zu nehmen, werden auch sie leiden. Petrelli hat regelrecht darum gebettelt, erlöst zu werden. Zuvor jedoch hat er gesungen wie ein Zeiserl – ein Lied von Abartigkeit und Verderbnis. Ich habe ihn vor dem Fegefeuer bewahrt, weil er bereut hat. Finde diesen Belgier, andernfalls werde ich ihn töten. Noch etwas: Grüß mir Ewald, der Dicke hat einiges auf dem Kasten. Pass gut auf ihn auf, denn du wirst ihn noch brauchen. Ansonsten macht ihr eure Sache wirklich gut.« Florians Lachen klang wie Hohn in Ludwigs Ohren – wie eine Demütigung. »Und noch etwas: Ich hoffe, dass es Kathi gut geht und es ein gesunder Junge wird. Aber bis dahin ist ja noch Zeit.«

Bevor Florian auflegte, hörte Ludwig ihn lachen und wusste, dass er ein falsches Spiel spielte. Dabei ertappte er sich, wie zwiegespalten er war. Mitleid empfand er nur für das kleine Mädchen. In seinen Augen hatten diese Monster den Tod verdient. Florian würde ein Fanal setzen und das war gut so.

Verärgert über seinen Sympathieausbruch versuchte er, sich abzulenken. Sie brauchten Zeit, die sie nicht hatten, und an Wunder glaubte er längst nicht mehr.

Und dann explodierte Kathi: »Wie kannst du das mit deinem Gewissen vereinbaren?«, schrie sie ihn an. Ihre Augen sprühten vor Zorn, aber da war noch etwas anderes: Enttäuschung! Und das machte ihm richtig Angst, weil er Kathi so noch nie erlebt hatte.

»Bitte beruhige dich doch. Du verstehst das nicht, Liebes. Wenn ich nicht tue, was er will, tötet er weiter und vielleicht sogar uns. Hast du seine Anspielung nicht bemerkt? Das ist die einzige Möglichkeit, wie wir das Mädchen retten und ihn vielleicht zur Strecke bringen können. Das ganze Team ist mit mir einer Meinung. Außerdem kann ich nichts dafür, dass er mich ausgesucht hat. Ich *muss* sein Spiel mitspielen. Bitte, Kathi …!« Er wollte sie in den Arm nehmen und ihr sagen, dass alles wieder gut werden würde, aber sie verweigerte sich ihm, stieß ihn regelrecht von sich.

»Nein, Ludwig, das verstehe ich ganz und gar nicht! Ich will es auch nicht verstehen.« Bebend vor Zorn drehte sie sich um und ließ ihn einfach stehen.

Er fragte sich, ob es jetzt eine gute Idee wäre, wenn sie wieder zu ihren Eltern fahren würde … Florian würde sie dort finden, keine Frage. Konnte er sie hier besser beschützen? Eigentlich nicht. Seine einzige Chance war es, Florian zu schnappen …

***

Nachdem er das Gespräch beendet hatte, klappte Florian seinen Laptop auf. Er hatte alle Daten von Torquatus: Namen, Wohnort und Datum des Treffens. *Den Belgier könnt ihr ruhig schnappen, aber ihr werdet ihm nichts nachweisen können*, stand für ihn fest. Priorität hat das Mädchen. *Bis die Bullen auf Trab kommen, habe ich diese widerliche Brut längst erledigt. Ich, das Werkzeug Gottes, ausersehen, das Böse in der Welt zu bestrafen. – Zumindest werde ich ihnen das weiszumachen versuchen. Vielleicht war es Schicksal, dass ich so viel erleiden musste, um gestärkt daraus hervorzugehen? Und die Belohnung? Oh ja, eine Erfahrung größer und schöner, als alles was ich jemals erleben durfte – eine Entschädigung sozusagen. Was das mit Gott zu tun hat? Nichts! Gäbe es einen Gott, würde er all die Scheußlichkeiten nicht zulassen.* Das war es doch, was sich jeder in seiner Verzweiflung fragte und worauf die Theologen mit ihrem Gesülze antworteten: ... *denn Gottes Wege sind unergründlich.* Opium fürs Volk. Es ging immer nur um Macht. *Ein wundervolles Gefühl. Drifte ich jetzt ab ins Philosophische? Bin ich schon wie sie? So wie jene, die von Gier getrieben sind? Allen voran die globalen Groß-Konzerne mit ihren Lobbyisten ... Politik ist doch nur das, was die Wirtschaft zulässt. Und da wäre noch der grenzenlose Individualismus, der ständig propagiert wird. Aber alles zusammen ist Teil der menschlichen Evolution und hat nichts mit Gott oder Religion und schon gar nichts mit mir zu tun. In mir wächst eine universelle Kraft, so machtvoll, dass ich über mich selbst hinauswachse. Sie pulsiert in meinen Adern und erhebt mich über alles und jeden wie bei einer Droge – und diese Droge heißt Tod und Macht. Nein, mit Gott hat das wahrlich nichts zu tun, weil es meinem Genius geschuldet ist. Gäbe es den Gott, von dem alle reden, würde er diese Scheußlichkeiten nicht zulassen. Aber es gab ihn nie. Er ist eine Erfindung, eine Mischung aus Trost für die Leidenden und der Knute der Herrschenden. Der Boden der menschlichen Entwicklungsgeschichte ist mit Blut im Namen Gottes getränkt ...* Aber jetzt war er da. Ab jetzt wurde der Boden auch in seinem Namen getränkt.

Treppstein lag in einem Talkessel, umgeben von Wäldern, Wiesen, Feldern und verstreut liegenden Bauernhöfen. Auf den Betrachter machte alles einen trostlosen Eindruck, gerade um diese Jahreszeit, wenn sich die Natur auf den Winter vorbereitete und alles Grau in Grau erscheinen ließ.

Das Haus, einige Kilometer von Regensburg entfernt, befand sich am Ende einer kleinen Arbeitersiedlung aus den 30er-Jahren. Viele Häuser standen leer und machten einen verwahrlosten Eindruck. Daran änderten die Plakate *Leerstandsoffensive* auch nichts. Es war ein schwacher Versuch der Gemeinden, sie neu zu beleben. Seit Jahren sah man sie überall in den Dörfern angeschlagen.

»Zieh dir gefälligst was über du elendes Miststück. Läufst rum wie eine Schlampe. Der Kunde muss jeden Augenblick eintreffen«, rief Kurt seiner Frau zu die, nur mit BH und Slip bekleidet, in der Küche mit Geschirr vom Vortag hantierte. »Und mach, verdammt noch mal, nicht so einen Krach.« 25.000 Euro für ein einziges Mal … Wie bekloppt waren diese perversen Spinner eigentlich? *Mir soll's recht sein. Yvonne ist die reinste Goldgrube, ein paar Mal und wir haben ausgesorgt.* Vergnügt rieb er sich die Hände. *Jetzt brauche ich erst mal einen Schluck.*

Fröhlich vor sich hin pfeifend nahm er einen kräftigen Schluck aus der Wodkaflasche.

Draußen hielt ein Auto. »Verdammt, der Wichser ist schon da,« murmelte er. »Geh und schließ das Kinderzimmer ab und zieh dir was Anständiges über«, rief er ihr zu. *Erst die Kohle, dann das Vergnügen …*

Kurt Greber, alias *Torquatus*, sah aus wie eine Vogelscheuche. Um die vierzig Jahre alt, im dreckigen Hemd mit Jogginghosen und einem Gesicht, aus dem die Säuferaugen blickten, schlurfte er zur Haustür und öffnete. Vor ihm stand ein Mann.

»Wir sind verabredet«, sagte das Phantom.

20

Von der *Sondereinheit Phantom* waren nur Hofreiter und Ludwig im Präsidium geblieben. Ungeduldig starrten sie aufs Telefon, während Schüsselbauer und Greiner in der Münchner Flughafenzentrale die Passagierlisten durchforsteten.

»Uns läuft die Zeit davon«, schimpfte Ludwig. »Diesmal hat es Seltenreich auf den oder die Verkäufer abgesehen. Uns überlässt er gnädigerweise den Kunden. Das ist nichts weiter als ein Köder, damit er sich in Ruhe mit den Eltern des Mädchens befassen kann.«

»Du meinst, dass die Eltern ihr eigenes Kind …?«

»Na wer soll es denn sonst sein«, knurrte Ludwig. »Ich gehe jede Wette ein, der hat Torquatus längst umgebracht.«

»Aber er kann doch nicht die Eltern umbringen und das Kind sich selbst überlassen?«

»Das wird er ganz bestimmt nicht. Er will es beschützen, also wird er dafür sorgen, dass wir sie finden. Glaub' mir, das ist nur eine Frage der Zeit, bis er sich meldet. Und bis dahin will er uns aus dem Weg haben. Wenn ich nur wüsste …«

Nach fünf Tassen Kaffee war Ludwig dermaßen aufgekratzt, dass ihn das untätige Herumsitzen beinahe verrückt machte. Hofreiter blätterte unterdessen nachdenklich in den Akten. Ludwig war nicht entgangen, dass Richard nicht ganz bei der Sache war. Irgendetwas schien ihn zu beschäftigen und es sah nicht danach aus, als würde es mit ihrem Fall zu tun haben. Ihm fiel auf, dass er eigentlich kaum etwas über Hofreiter wusste. Na egal, er wollte ihn ja auch nicht heiraten. Wichtig war jetzt nur, was der verdammte Seltenreich vorhatte. Ludwig konnte sich des Gefühls nicht erwehren, etwas Gravierendes übersehen zu haben.

Das Telefon klingelte und riss ihn aus seinen Überlegungen.

»Wir haben ihn«, rief Schüsselbauer aufgeregt. »Ein Simon De Klerk aus Belgien. Das ist definitiv unser Mann.« Hofreiter hatte auf laut gestellt, sodass Ludwig mithören konnte.

»Sicher?«, fragte Hofreiter.

»De Klerk hatte etwas mehr als fünfundzwanzigtausend Euro bei sich. Und wir haben eine Adresse!«

»Was für eine Adresse?«, fragte Hofreiter atemlos.

»Die des Verkäufers. Ein Kurt Greber, wohnhaft in Treppstein, Birkenweg acht. De Klerk hatte doch glatt einen Zettel in der Tasche. Und eine sauteure Kamera mit Stativ.«

»Auf gehts«, rief Ludwig und war schon halb aus der Tür. »Aufs SEK können wir nicht warten. Ich glaube sowieso, dass Seltenreich da längst fertig und über alle Berge ist.«

***

Als Hofreiter und Ludwig eintrafen, war das unterwegs von Hofreiter alarmierte SEK bereits abgezogen. *Ausnahmsweise waren die mal schneller*, dachte Ludwig grimmig. *Seit wir diesen Killer haben, sind wir plötzlich nicht mehr Provinz.* Lediglich die Spurensicherung sowie zwei Kommissare und Kollegen aus Regensburg waren noch anwesend. Haus und Gelände waren weiträumig abgesperrt.

Mit Erleichterung blickte Ludwig auf das etwa achtjährige Mädchen, das von einer Betreuerin des Jugendamtes aus dem Haus geführt wurde. In ihrem weißgeblümten Kleidchen, den weißen Socken und den roten Schuhen sowie der roten Blume in ihrem blond gelockten Haar sah sie aus wie eine Prinzessin aus einem Märchenfilm. Wie ein verängstigtes Tier irrten ihre Augen umher, während ihr kleines Händchen das der Betreuerin krampfhaft umklammert hielt. Ludwig wollte es schier das Herz zerreißen, so sehr berührte ihn der Anblick. Am liebsten wäre er hingegangen, um es in den Arm zu nehmen und zu trösten, aber ihm war klar, dass die Kleine von Männern wahrscheinlich erst mal mehr als genug hatte.

»Wie kann Gott zulassen, dass so ein unschuldiges Geschöpf in die Abgründe menschlicher Perversionen gestoßen wird?« Ohne eine Antwort abzuwarten drehte sich Hofreiter um und ging eilig ins Haus.

Ludwig stutzte nur kurz, dann folgte er ihm.

Hofreiter wischte sich verstohlen über die feuchtgewordenen Augen, als er Ludwig den Rücken zugekehrt hatte. Der Anblick der Kleinen spülte mit Macht die schmerzlichen Erinnerungen wieder hoch, die er seit Jahren zu vergessen versuchte: Marieluise! Damals wohnten sie in einem schmucken Haus in Bogenhausen. Marie war zehn, ein fröhliches und aufgewecktes Kind – ihr Sonnenschein. Richard hatte Marie zu einem Kindergeburtstag zu einer Freundin gefahren, die nur ein paar Straßen weiter wohnte. Es war Fasching, sie hatte sich als Piratenbraut kostümiert. Zu Hause hatte er sich dann mit Susanne gestritten und sich deshalb verspätet. Als er Marie abholen wollte, hatte sie sich, warum auch immer, alleine auf den Heimweg gemacht, war dort jedoch nie angekommen. Damals arbeitete er noch als Mordermittler in München. Die tagelangen Bemühungen der Kollegen, Marie zu finden, waren im Sande verlaufen. Selbst die Spürhunde konnten sie nicht finden, es hatte zwischenzeitlich auch heftig geschneit. Es wurde angenommen, dass sie in ein Auto gestiegen oder gezerrt worden war. Es gab keine Zeugen, die Befragungen der Anwohner hatten nichts gebracht. Marie blieb verschwunden. Lange hatte er gebraucht, darüber hinwegzukommen, und nie die Hoffnung aufgegeben, sie doch noch zu finden. Seine Ehe war über den Verlust zerbrochen. Er hatte einen Verdacht, aber zu vage, um ihm auch nur nachzugehen, mehr ein Gefühl, ein Bohren im Hinterkopf, das ihn fertigzumachen drohte … Er wollte schon den Dienst quittieren, doch sein Chef sorgte dafür, dass er nach Amberg versetzt wurde. In der Oberpfalz hoffte Hofreiter, ein neues Leben beginnen zu können, weit weg von dem Geschehen und den Scheußlichkeiten der Großstadt. Damals war er noch ein gläubiger Mensch und hatte es nach langem Kampf geschafft, mit seinem Herrgott Frieden zu schließen. Bis heute hatte er weiter an das Gute im Menschen geglaubt und daran, mit seiner Arbeit der Gesellschaft einen sinnvollen Dienst zu erweisen, sie vor all dem Schmutz beschützen zu können. Aber das Band zu Gott war nun doch noch zerrissen und die Stimme in seinem Hinterkopf, die beständig erwähnte, dass Seltenreich viel erfolgreicher war als er, was den *Schmutz* betraf, wollte einfach nicht aufhören, ihn zu quälen. Es war wie ein Krebsgeschwür in seinem Kopf, das wuchs und wuchs, bis …

Er schrak aus seinen Gedanken hoch und nahm die Räumlichkeiten bewusst war. Irgendetwas stimmte hier nicht: Er hatte eine finstere Bude erwartet, ein verlottertes Sodom und Gomorra, ein passendes Abbild der verkommenen Unmenschen, die hier hausten. Stattdessen fand er sich in einem modernen, geradezu geschmackvollen Ambiente wieder. Die Küche war in Weiß gehalten, mit Edelstahlgeräten und sauber aufgeräumt, das Wohnzimmer war dezent und nicht ganz billig eingerichtet. Die beiden Ermittler sahen sich irritiert an.

Im Schlafzimmer empfing sie der Bereitschaftsarzt. Die Leute von der Spusi in ihren *Ganzkörperkondomen*, wie Ludwig gerne spottete, waren noch überall schwer beschäftigt. Offenbar gab es eine Menge Spuren zu sichern. Es gab eigentlich keinen Grund, den Leuten im Weg zu stehen, daher winkte Ludwig den Arzt in den Flur.

»Können sie uns schon was sagen? Todeszeitpunkt oder Abweichungen von den anderen Fällen? Sie sind doch informiert, oder?«, fragte Hofreiter.

»Natürlich nicht. Man kann ja schlecht jeden Bereitschaftsarzt mit der Akte ausstatten. Die Kollegen«, er wies mit der Hand auf die KTUler, »haben es mir aber schon grob umrissen. Getötet wurden sie vor rund vierundzwanzig Stunden. Die Laborergebnisse werden vermutlich zeigen, dass sie betäubt wurden. Ich vermute mal, mit Liquid Ecstasy, aber das ist schwer nachzuweisen, weil es bereits nach Stunden vom Körper abgebaut wird. Das ist diese verdammte Vergewaltigungsdroge, die ein Opfer willenlos macht bis hin zur Bewusstlosigkeit. Bei Überdosierung stirbt man an Atemlähmung. Sieht ganz danach aus, als wäre sie hier zum Einsatz gekommen.« Er wies ins Wohnzimmer, wo auf der Couch und auf dem Boden Gläser und eine Sektflasche lagen, als wären die fröhlichen Zecher vom Blitz getroffen worden. »Muss ziemlich stark gewesen sein, dass die ihren teuren Teppich eingesaut haben.«

»Hmm«, machte Ludwig und hatte das spontane Bedürfnis, seine Schuhe extra gründlich auf dem hellen Flor abzutreten. Er ging zurück zum Schlafzimmer und sah den Kollegen über die Schultern. Es war im Groben wie bei Petrelli, nur dass es zwei Leichen waren. Beide nackt. Sie lagen auf dem Rücken, die Frau unten, der Mann rücklings auf ihr. Arme und Beine bildeten ein Kreuz. Ihr Köpfe, mit den weit aufgerissenen Mündern, waren mit Kissen ausgerichtet, sie sahen seitlich nach oben.

»Sind die Augen …?«, fragte Ludwig gequält.

»Ja«, sagte der Arzt. »Entnommen und wieder eingesetzt.«

»Wie sind sie gestorben? Wie es aussieht, hat der Mann seinen Penis noch. Wurde die Frau vergewaltigt?«

»Also der Mann wurde vermutlich langsam erwürgt, mit einer Garrotte oder so, würde ich sagen.«

Einer der KTUler stand auf und nickte ihnen zu. »Die Frau war vermutlich da gefesselt.« Er deutete zu einem Stuhl in der Ecke, an dem noch ein bisschen Klebeband hing, und dann auf die Fesselspuren an Armen und Beinen der Frau. »Der Mann lehnte offenbar am Kopfende des Bettes, während der Täter ihn vor ihren Augen von hinten strangulierte.« Der Arzt sah etwas hilflos drein. »Das hier muss Stunden gedauert haben. Einfach schrecklich! Ich habe schon viel gesehen, aber das übertrifft alles.«

»Was ist mit der Frau? Wie hat er sie getötet?«, fragte Hofreiter.

»Der Täter hat es fertiggebracht, sie mit Geldscheinen zu ersticken. Er hat sie ihr in den Hals gesteckt. Fragen Sie mich bloß nicht, wie er das angestellt hat. Das müssen Ihre Rechtsmediziner rauskriegen. Ich stelle hier lediglich eine unnatürliche Todesursache fest.«

Ludwig und Hofreiter nickten synchron.

»Im Wohnzimmerschrank haben wir zigtausende Euros gefunden«, sagte ein anderer KTUler, der von hinten an sie herangetreten war. Von Banken halten die wohl nichts.«

»Jaja, die Zinsflaute«, brummte Hofreiter.

»Und was ist mit dem Mädchen?«, fragte Ludwig.

»Die war die ganze Zeit in ihrem Zimmer eingeschlossen.«

»Gibt es Spermaspuren auf den Leichen?«, wollte Hofreiter von dem Arzt wissen.

»Ja, auf beiden.«

»Also hat er nicht alles geändert.« Ludwig verspürte plötzlich ein entsetzliches Jucken am ganzen Körper.

»Ist dem Mädchen etwas passiert?«, fragte Hofreiter.

»Nein. Die ist ein bisschen weggetreten. Hat kaum reagiert, als wir die Tür aufgemacht haben. Sie hat wohl jemand … etwas anderes erwartet. Na jedenfalls ist die schwer traumatisiert und hat kein einziges Wort gesprochen. Wenn ich daran denke, was sie bereits alles durchgemacht haben muss …« Der KTUler schüttelte sich.

»Fand der frühere Missbrauch des Mädchens hier im Haus statt? Ich gehe davon aus, dass sie öfters missbraucht wurde«, fragte Ludwig. »Lässt sich das feststellen?«

»Schaut euch das Kinderzimmer an, dann wisst ihr Bescheid«, meinte der KTUler nur.

Was sie zu sehen bekamen, war kein Kinderzimmer. *Liebeshöhle* wäre der passendere Ausdruck. Darin war ein breites Himmelbett, drapiert mit bunten Kissen und Plüschtieren sowie einem Beistelltisch, auf dem Toiletten- und Reinigungsartikel und andere Utensilien lagen. Wofür war klar. Alles war in zartem Rosa gehalten. Die Decke zierte ein mit Tuch bespannter dunkelblauer Himmel, übersäht mit silbernen Sternen. Vor dem mit einer Außenjalousie verschlossenen Fenster hing ein halb offener Vorhang mit dem Mann im Mond darauf, der eine Laterne in der Hand hielt.

Nachdem sie sich das eine Weile schweigend angesehen hatten, ging Hofreiter einfach.

Ludwig folgte ihm nach einer kurzen Schrecksekunde. »Ich frage mich, wie lange das Kind das schon über sich ergehen lassen musste.«

Hofreiter zwirbelt an seinem Bart herum.

»Ich fürchte, ich fange langsam an, den Kerl zu verstehen«, meinte Ludwig bedrückt.

Hofreiter nickte nur. Er ging in die Küche, während Ludwig unschlüssig herumstand, als wüsste er nicht genau, was ihn überhaupt noch an diesem Ort hielt. Eine Spur zu Seltenreich würden sie hier nicht finden, das war klar. Alles andere konnten sie erst mal der Spusi überlassen.

In der Küche fiel Hofreiters Blick auf die Pinnwand mit den Notizzetteln. Er starrte gedankenverloren darauf. Auf einem standen vier Namen. Er steckte ihn ein.

»Komm«, sagte er zu Ludwig und ging.

Draußen fragte er: »Hast du eine Ahnung, wie es jetzt weitergeht? Wird's noch schlimmer? Wird Seltenreich noch irrer? Läuft der am Ende Amok?«

»Ich habe keine Ahnung, dazu müsstest du wohl einen richtigen Fachmann fragen, ich bin ja nur Hobbypsychologe. Ob der jetzt in eine Überhitzungsphase kommt … na ja, ich glaube eher nicht. Das wirkt auf uns nur durchgeknallt, aber das ist ja letztlich alles Kalkül. Also nein, ich denke, der ist noch genauso besonnen wie anfangs. Er treibt es halt nur auf die Spitze, aber durchdrehen wird der noch nicht. Mein Gefühl sagt mir, dass ich bald eine Nachricht von Seltenreich bekomme – sein nächster Zug. Wir sind schließlich mitten im Spiel.« Er schluckte trocken und stieg in den Wagen. Wieder war da dieser Gedanke, etwas übersehen zu haben, ein Puzzleteilchen?

Richard riss ihn aus seinen Überlegungen: »Vielleicht hilft uns die Auswertung von De Klerks Laptop weiter und führt uns zu seinem nächsten Opfer.«

»Unwahrscheinlich. Seltenreich sorgt dafür, dass wir nur die Infos kriegen, die wir kriegen sollen. Wir sind im Grunde komplett auf seine Informationen angewiesen. Aber jeder psychopathische Serienmörder will früher oder später gefasst werden. Spätestens wenn er seines Katz- und Mausspiels überdrüssig geworden ist und glaubt, dass ihm niemand mehr gewachsen ist. Zumindest sagt das die Statistik. Ich habe mich darüber schlaugemacht, besonders, was die Serienmörder in Amerika betrifft. Da gibt es einige, die im Verborgenen über Jahre hinweg, nur um des Mordens willen, töten und durch Zufall gefasst werden. Sie alle hatten einen Grund für ihre Taten. Aber am gefährlichsten sind die Psychopathen, die spielen wollen, nur um herauszufinden, ob sie gefasst werden. In der Regel sind sie hochintelligent und perfektionieren ihre perfiden Morde, bis sie sich zu langweilen beginnen. Das Töten ist dabei nebensächlich. Es ist das Gefühl von Macht, das sie antreibt, denn alles andere ist Beiwerk und bedeutet ihnen nichts. Und das ist der Moment, wo sie Fehler machen, einfach deshalb, weil sie Fehler machen *wollen*. Und sei es unterbewusst. Und mit so einem haben wir's zu tun, Richard. Seltenreich hat mehrere Phasen durchlaufen: sexuelle, religiöse und nun befriedigt ihn nur noch eines – seine Machtgelüste auszuleben. Alles, was wir bisher erlebt haben, gehörte zu seinem Spiel und ist lediglich Beiwerk auf dem Weg zu seiner Vervollkommnung. Aus seiner Sicht steht er kurz davor und tief in seinem Unterbewusstsein regt sich der Wunsch, dem Ganzen ein Ende setzen zu wollen. Das ist so ähnlich wie bei Selbstmördern. Was an der Sache etwas irritiert, ist die Geschwindigkeit, mit der er die Phasen durchläuft, als würde er den psychopathischen Serienkiller nur spielen. Ich denke aber, es ist anders, als Medizinstudent kennt er sich mit Psychologie vermutlich auch ganz gut aus und weiß, wie ein Serienkiller tickt. Vielleicht versucht er, seiner Vorstellung eines Super-Serienkillers zu entsprechen.«

»Klingt immer verdrehter. Und wieso Selbstmörder?«

»Der wahre Selbstmörder versucht nicht, im letzten Moment an seinem Tun gehindert oder rechtzeitig gefunden zu werden. Ihm gehen auch keine mehr oder weniger deutlichen Hilferufe voraus. Er zieht einfach Bilanz, rechnet Positives und Negatives seines Lebens gegeneinander auf und macht einen Strich drunter. Im negativen Fall ist die logische Konsequenz der Suizid – basta! So einfach funktioniert das. Und bei Seltenreich wird es am Schluss nicht anders sein, allenfalls die Art und Weise. Und bis er soweit ist und den entscheidenden Fehler macht, müssen wir möglicherweise warten. Eines ist sicher: Der Showdown ist unausweichlich, denn wir haben seine Identität, er ist auf der Flucht beziehungsweise untergetaucht. Das ist für niemanden ein langfristiges Konzept, also hatte er sein Ende von Anfang an miteingeplant. Bewusst oder unbewusst. Noch etwas, worin er uns überlegen ist: Er hat nichts zu verlieren.

Und an seiner steilen Entwicklungskurve kann man sehen, mit was für einem Finale wir rechnen müssen.« Und wieder war da dieser Gedanke, den er einfach nicht festhalten konnte. Der sich in den hintersten Winkeln seiner Gehirnwindungen verborgen hielt … *Ist es möglich, dass er mich für seinen Showdown miteinbeziehen will?*, durchfuhr es ihn plötzlich. Oh Gott, was würde aus Kathi und dem Baby werden?

»Also meinst du, es bleibt uns nichts anderes übrig, als zu warten, bis er sich bei dir meldet? Scheiß drauf! Es kann nicht sein, dass wir einem Irren gegenüber machtlos sind. Der ist ja nun kein Superhirn oder so, sondern nur ein Student. Komm, den kriegen wir schon.« Er wandte sich zum Wagen um.

Ludwig schob die Hände in die Taschen und sah ihn ernst an. »Nein, Richard, ich komme nicht mit. Weil ich nicht mehr kann und will. Ich glaube, Seltenreich will mich bis zum Schluss mit reinziehen und das geht mir zu weit. Ich habe Familie. Außerdem … Vor einem Jahr war ich noch ein stinknormaler Provinzpolizist und jetzt werde ich mit dem Schlimmsten konfrontiert, was Menschen sich gegenseitig antun können. Es ist etwas anderes, darüber zu lesen, oder … davor zu stehen. Verstehst du?«

Hofreiter verstand ihn nur zu gut. »Natürlich. Geht mir doch genauso. Ich habe so was in all meinen Jahren auch noch nicht erlebt. Aber irgendjemand muss den Mörder zur Strecke bringen und das sind in diesem Fall nun mal wir. Wenn du jetzt aussteigst, lässt du mich wie einen dummen Jungen im Regen stehen.« Unvermittelt fasste er Ludwig bei den Schultern. »Bitte, Ludwig, du bist der Einzige, dem ich zutraue, Seltenreich zu schnappen.«

Er wandte sich ab und wischte sich verstohlen eine Träne weg. Ludwigs Situation erinnerte ihn an seine eigene … Marie … All die Jahre hatte er geglaubt, darüber hinweggekommen zu sein, und nun holte ihn die Vergangenheit wieder ein und spülte mit Macht an die Oberfläche, was für immer verborgen bleiben sollte: Da war dieser Kerl, ein paar Straßen weiter, von dem jeder wusste, dass er pädophil war. Die *Sitte* hatte ihn seit Jahren auf dem Schirm, konnte ihm aber nie etwas nachweisen. Monatelang hatte er den Typ heimlich observiert, weil er sich sicher war, dass nur er Marie etwas angetan haben konnte. Und als er schon aufgeben wollte, kam ihm der Zufall zu Hilfe, als er zum hundertsten Male an dessen Haus vorbeiging. Im schmelzenden Schnee erkannte er etwas, das jeder andere übersehen hätte: einen silbernen Knopf von Maries Piratenbluse. Er lag wenige Meter hinter dem Gartentor in der Auffahrt des Vorgartens. Ihm war sofort klar, dass der Knopf als Indiz für eine Verurteilung nicht ausreichen würde. Eines Abends wurde der Mann dann von einem Auto überfahren. Fahrerflucht …

Er gab sich einen Ruck und meinte zu Ludwig: »Ich versteh dich ja, das ist hart, aber … wenn wir bei so was kneifen, was soll dann aus der Welt werden? Dann gewinnt das Böse. Soll dein Kind in so einer Welt leben, in der die Bösen herrschen, weil die Guten es nicht ertragen können?« Er wusste, dass das unfair war, aber er brauchte Ludwig. Außerdem stimmte es. »Also: Ich muss es wissen – bist du noch dabei?«

***

Simon De Klerk, ein gut aussehender Mittvierziger, etwa eins fünfundachtzig groß, mit dunkelgewelltem Haar und sonnengebräuntem Gesicht, grinste sie höhnisch an. Die Arroganz schlechthin fragte er, was sie ihm vorwarfen.

»Sie sind verheiratet, haben vier Kinder und sind Direktor einer renommierten Bank in Brüssel mit Filialen in der ganzen Welt. Unter anderem in Düsseldorf. Ist das richtig?«, fragte Hofreiter.

De Klerk nickte.

»Was wollten sie in München? Und warum haben sie ein Bahnticket nach Regensburg gelöst? Ach ja, und da wäre noch der Mietwagen. Wohin wollten Sie damit? Können Sie uns das erklären?«

»Sie wissen, dass ich mich nicht dazu äußern muss. Was werfen sie mir eigentlich vor? Dass ich ein bisschen Bargeld zu viel bei mir habe? Natürlich hätte ich das deklarieren müssen. Und weil ich's vergessen habe, halten sie mich widerrechtlich fest? Für mich sieht das nach Polizeiwillkür aus.« *Wissen sie von dem Treffen? Nein, das ist unmöglich.* »Also, was werfen Sie mir vor?«

Am liebsten hätte Ludwig in diese arrogante Visage geschlagen. Es war Yvonne, die seine Wut hochkochen ließ. Viel hätte nicht gefehlt und er wäre diesem überheblichen Schwein an die Gurgel gegangen.

Richard legte ihm beschwichtigend die Hand auf die Schulter. »Komm, lass gut sein.« Er wandte sich an De Klerk: »Sie kennen also die Familie Greber nicht? Torquatus und die kleine Yvonne auch nicht? Und woher haben sie dann die Anschrift der Grebers?« Hofreiter legte den Zettel auf den Tisch. »Haben Sie dafür eine Erklärung?«

De Klerk zuckte zusammen und wurde blass. Seine künstliche Fassade fiel wie ein Kartenhaus zusammen. »Wo … woher haben sie den?«, begann er zu stottern.

»Aus ihrem Jackett. Die Kollegen am Flughafen waren sehr gründlich. Wollen sie mit ihrem Anwalt telefonieren oder lieber mit uns kooperieren?«, fragte Ludwig. »Ach, da wäre noch ihr Laptop. Unsere Spezialisten haben eine Weile gebraucht, das Passwort zu knacken, und was glauben Sie, haben die gefunden?«

Hofreiter war mit dem Verlauf der Vernehmung zufrieden, doch was ihm Sorge bereitete, war Ludwig, der immer noch auf 180 war. Viel fehlte nicht, dass er …

Und schon passierte es: Ludwig schoss in die Höhe und beugte sich über den Tisch. Mit geschwollenen Zornesadern, die wie dicke Stränge an den Schläfen hervortraten, schrie er: »Sie sind ein gottverdammter Kinderschänder, ein Pädophiler. Sie … ich …«

Wenn Richard ihn nicht daran gehindert hätte, hätte Ludwig De Klerk gepackt, seine Nerven lagen blank. Die Wochen untätigen Zusehens, der permanente Misserfolg und die vielen Toten machten ihn fertig. Und nun saß dieses Schwein in seinen Armani-Klamotten vor ihm und tat so, als wäre das Ganze ein Spaß. *Nicht mit mir!* Am liebsten hätte er De Klerk den Hals umgedreht. Sie würden ihn laufenlassen müssen, spätestens wenn sein Anwalt intervenieren würde. Resigniert ließ er sich auf seinen Stuhl fallen. Entschuldigend schaute er die Kollegin an, die stumm zugesehen hatte. »Liegt wohl an meinem Temperament«, versuchte er seinen emotionalen Ausbruch herunterzuspielen.

»Sind Sie nun bereit, mit uns zu kooperieren?«, fragte Hofreiter. »Lügen hat ja wohl keinen Sinn mehr. Der Staatsanwalt wird auf jeden Fall einen Haftbefehl beantragen. Und wissen Sie was? Sie sollten uns dankbar sein, dass wir Sie davor bewahrt haben, ihre Absichten in die Tat umzusetzen.« Wohlweislich verschwieg er ihm den Tod der Grebers. Insgeheim verstand er Seltenreich. *Diese ekelhaften Grebers hatten tausendmal den Tod verdient, aber musste er sie auf so abscheuliche Weise umbringen? Es hätte doch genügt, sie ...*

De Klerk hatte sich von seinem Schock erholt. »Okay, ich kooperiere. Ich werde, im Beisein meines Anwaltes, zu den Vorwürfen Stellung nehmen.«

Am liebsten hätte Hofreiter *Heureka* gerufen.

Ein Kollege streckte den Kopf ins Vernehmungszimmer und raunte: »Der Chef will euch sprechen.«

»Wie, mitten in der Vernehmung?«

»Er hat gesagt *sofort* und dass es wichtig wäre.« Er verdrehte die Augen. »Ist ziemlich mies drauf …«

»Du bleibst hier und passt auf, bis wir zurück sind, Petra, und lass ihn seinen Anruf machen.«

Genervt verließen sie den Vernehmungsraum.

Während die beiden nach oben gingen, telefonierte De Klerk mit seinem Anwalt.

»Ich kann frühestens in zwei Stunden bei dir sein, Simon. Ich habe mit Joost gesprochen. Ob er einen Haftbefehl beim Haftrichter beantragen wird, konnte er mir nicht sagen, weil er noch die Vernehmung abwarten muss. Aber beruhige dich, so schlimm wird's nicht werden. Mach dir keine Sorgen.«

»Wie zum Teufel konnte das passieren?«, brüllte Hertle sofort, kaum dass sie in seinem Büro waren. Aufgebracht wedelte er mit einem Ausdruck herum. »Wie kommt dieser Kerl an meine Mailadresse?« Rüdiger Hertle, Kriminaloberrat auf dem Weg zur Pensionierung, aber immer noch eine imposante Erscheinung mit streng zurückgekämmtem Haar, hatte einen hochroten Kopf. »Ich soll eine Pressekonferenz abhalten und die gute Zusammenarbeit zwischen Polizei und Phantom öffentlich belobigen. Schließlich würde er ja unsere Arbeit machen. So eine bodenlose Unverschämtheit!« Ludwig hatte ernsthaft Sorge, dass Hertle jeden Moment einen Schlaganfall oder Herzinfarkt erleiden würde. »Und von welcher Zusammenarbeit redet der?«

Hofreiter schilderte in kurzen Sätzen den Fall Greber und wies darauf hin, dass Florian Seltenreich ein Hacker war, der sich problemlos E-Mail-Adressen und andere Informationen besorgen konnte, die nicht öffentlich zugänglich waren.

»So, die Polizei bekommt ihre Informationen also tatsächlich von einem gesuchten Serienmörder?« Er funkelte die beiden an.

»Er bedient sich illegaler Methoden, um an seine Kenntnisse zu gelangen. De Klerk kennt er vermutlich von seinem letzten Opfer, das er gefoltert hat. Das Dilemma ist uns wohl bewusst, aber dennoch hätten wir das nicht ignorieren können.«

»Sie konnten den Missbrauch eines Mädchens verhindern, weil sie mit dem Phantom zusammengearbeitet haben. – Ist das richtig?« Hertle war gefährlich leise.

»Ja und nein, Herr Kriminaloberrat«, sagte Ludwig beunruhigt. »Er hat sich an uns gewandt, nicht wir an ihn. Von Zusammenarbeit kann keine Rede sein, wir sind lediglich Hinweisen nachgegangen.«

»Und was genau meinen Sie damit, dass der ein Hacker ist? So einer wie im Film, der in jeden Computer reinkommt und solche Späßchen.«

Hofreiter und Ludwig warfen sich einen gequälten Blick zu.

»So ungefähr«, gab Hofreiter schließlich zu.

»Also der Herr Serienmörder kann mehr als wir, ist uns immer voraus und kann unsere Computer ausspionieren, sodass er auch immer weiß, was wir grad machen? Sehe ich das richtig?

»Ganz so ist es nicht, aber grob kann man das so sagen. Dass der jetzt aber jedes Telefon anzapfen kann oder Mails mitlesen, würde ich nicht sagen. Der ist nicht die NSA. Aber er hat mehr drauf, als wir. Für IT-Hilfe müssen wir das BKA anhauen.«

»Na ja, wir haben Ewald, einen Kollegen, der das auch ganz gut kann. Ist aber rein inoffiziell«, fügte Hofreiter hinzu.

Hertle stand auf und ging zum Fenster. Nachdenklich strich er sich übers Kinn. »Und was soll ich ihrer Meinung nach tun? Eine Pressekonferenz abhalten, damit der Kerl uns weiter an seinen illegal beschafften Informationen teilhaben lässt? Wissen Sie, was die Medien daraus machen werden? Das ist inakzeptabel.«

»Was hat Seltenreich denn angedroht, falls Sie die Pressekonferenz nicht abhalten?«, fragte Ludwig, der plötzlich ein unangenehmes Kribbeln im Bauch verspürte. Irgendetwas stimmte hier nicht. Das Ganze war eine Farce.

»Ansonsten steht uns wohl ein weiterer Mord ins Haus.«

»Was?«, rief Ludwig verblüfft. »Kann ich mal sehen?«

Wie elektrisiert schauten sich Ludwig und Hofreiter an. Sie wussten sofort, was das zu bedeuten hatte. Florian mordete nicht irgendjemanden, sondern Pädophile, und einer saß unten im Vernehmungsraum. Es mochte absurd erscheinen, aber genau das passte zu ihm.

Wie auf Kommando rannten sie zur Tür hinaus und ließen Hertle einfach stehen.

Mehrere Stufen auf einmal nehmend, hasteten sie in den ersten Stock hinunter, wichen Kollegen aus, schlitterten durch den Flur und rissen die Tür zum Vernehmungsraum auf …

De Klerk saß mit heruntergelassener Hose, den Kopf nach hinten gebeugt und mit gebrochenen Augen auf seinem Stuhl. Darunter eine Blutlache. Aus seinem Mund ragte ein Stück seines Penis und am Hals zeigten sich Würgemale.

Ludwig raufte sich die Haare und brüllte: »Das darf doch nicht wahr sein! Jetzt mordet er direkt unter unseren Augen! Und wo ist die Kollegin überhaupt? Die sollte doch aufpassen.« Dass Florian ihr etwas angetan haben könnte, glaubte er nicht. Angewidert deutete er auf De Klerks Beine. »Siehst du das, Richard?«

»Und ob, der hatte sogar Zeit, sich einen runterzuholen. So eine gottverdammte Sauerei! Was bezweckt dieser Scheißkerl damit?«

»Ist doch klar. Er will demonstrieren, wie machtlos wir sind. Sogar hier im Präsidium. Kannst du dir vorstellen, wie das sein Ego aufmotzt und seine Allmachtsfantasien befeuert? Das war sein nächster Zug und ich darf gar nicht daran denken, was er als Nächstes ausbrütet. Das Spiel nimmt an Fahrt auf und wir …«

»… müssen aufpassen, dass wir nicht überrollt werden«, ergänzte Hofreiter sarkastisch.

Im Präsidium war der Teufel los, erst Recht, als die Kollegen feststellten, dass sie keine Videos vom Täter hatten, weil die Kameras alle ausgeschaltet worden waren. Seltenreich hatte an alles gedacht und es geschafft, von seinem Handy oder Laptop aus ins Polizeinetzwerk einzudringen und die Kameras auszuschalten. Es war wohl doch um einiges schlimmer, als sie Hertle erzählt hatten.

Hertle hatte darauf bestanden, die Befragung der Kollegin in seinem Büro durchführen zu lassen. Ludwig wollte sich da ohnehin lieber zurückhalten. Der Schock beim Anblick des Toten hielt ihn jedoch nicht davon ab, die Durchsuchung des Gebäudes zu veranlassen.

Natürlich war das Phantom längst über alle Berge. Jetzt saß Hertle mit hochrotem Kopf und vor Zorn bebend hinter seinem Schreibtisch und verfolgte die Befragung durch seine Kommissare. Sein Zorn richtete sich nicht gegen die Beamtin, vielmehr gegen die Dreistigkeit, mit der dieser Mord in *seinem* Haus verübt wurde. Zeigte er doch, wie hilflos sie gegen das Phantom waren, was Ludwig durchaus verstehen konnte.

»Der Mann war in Uniform, jung, etwa dreißig Jahre alt, aber so genau weiß ich das nicht mehr. Groß, schlank, sehr bleich im Gesicht und mit dunklen Haaren, die unter der Uniformmütze hervorschauten«, erklärte sie.

»Was genau hat er zu dir gesagt«, fragte Hofreiter genervt.

»Er müsse den Gefangenen zum Erkennungsdienst bringen und ich solle unterdessen in der Cafeteria einen Kaffee trinken. Es würde nicht lange dauern und auf dem Rückweg würde er mir Bescheid geben. Ich könne dann die Bewachung fortführen.«

»Und wie lange warst du weg?«, fragte Ludwig.

»Vielleicht eine halbe Stunde. Dann habe ich beim Erkennungsdienst angerufen, wo der Kollege bleibt, aber die wussten von nichts.«

»Und sonst ist dir nichts aufgefallen?«

»Nein, außer dass er einen höflichen und sympathischen Eindruck machte. Was passiert nun mit mir?« Sie sah Hertle fragend an.

Der hatte sich mittlerweile beruhigt. »Sie haben nichts falsch gemacht. Jeder von uns hätte genauso gehandelt. Ich erwarte ihren Bericht morgen früh auf meinem Schreibtisch. Sie können jetzt gehen.«

Als sie das Büro verlassen hatte, wandte sich Hofreiter an seinen Chef: »Jetzt wissen Sie, mit was für einem intelligenten und eiskalten Killer wir's zu tun haben. Heute hat er uns gezeigt, was er drauf hat. Wir können froh sein, dass er es nur auf Pädophile abgesehen hat.« Sofort bemerkte er seinen Fauxpas. »Entschuldigung, ich meinte nur …«

»Schon gut, ich kann Sie verstehen. Der Vorfall macht uns allen zu schaffen. Sie müssen dieses Monster stoppen, egal was es kostet und wie viele Leute sie brauchen. Das ist kein Mensch, sondern eine Bestie in Menschengestalt. Sie müssen ihn aufhalten.«

21

Ein neuer Deal

Das ehemalige Forsthaus lag am Fuße des Eichelberges zwischen Hainsacker und Pielmühle. Es konnte nur über einen schmalen Forstweg erreicht werden. Der in der Nähe stehende Sendemast sorgte für einen guten Handyempfang, was hier in der Provinz nicht immer gegeben war.

Florian sonnte sich in seinem Erfolg, wie perfekt er das alles eingefädelt und durchgezogen hatte. Die Hinrichtung De Klerks mitten im Präsidium war eine Sensation. Irgendwann mussten sie es an die Medien weiterleiten, ob sie wollten oder nicht. Es war nur eine Frage der Zeit.

Ihm war bewusst, dass er sich verändert hatte. Nur kurz währte die Phase, da er von der überraschenden Lust am Tod getrieben wurde. Nun war er wieder bei seiner ursprünglichen Intention angekommen: der Bestrafung Pädophiler. Aus der ursprünglichen Rachsucht war nun viel mehr geworden, ein Feldzug, ein öffentlichkeitswirksames Fanal – er war sozusagen an seiner Aufgabe gewachsen. Und das bemerkenswert schnell, wie er sich selbst attestierte. Erfreulicherweise war der sexuelle Kick immer noch da, aber nicht mehr handlungsbestimmend. Er konnte seine Taten den Gegebenheiten anpassen, was nicht jeder Serienkiller von sich behaupten durfte. Jetzt ging es ums Spielen. Er würde die Polizei, den gesamten Justizapparat auf die Plätze verweisen. De Klerks Hinrichtung direkt vor ihren Nasen war nur der Anfang. Nur Ludwig brachte er etwas Respekt entgegen, soweit das gegenüber einem einfachen Dorfbullen überhaupt möglich war. Nicht dass Ludwig ihm das Wasser reichen konnte, aber seine emotionale Intelligenz und unkonventionelle Vorgehens- und Denkweise, nicht nur rational, auch mit dem Bauch, was die wenigstens konnten, fand er anerkennenswert. *Ist er mir schon so vertraut, dass ich mich zu ihm hingezogen fühle? Oder ist das womöglich Bewunderung?* Die Gedanken irritierten ihn, waren sie ihm doch gänzlich fremd und erschreckend zugleich. Dann schüttelte er den Kopf. Ludwig erfüllte letztlich nur seine Erwartungen als guter Spieler – mehr nicht. Oder war da doch mehr? Ohne Ludwig würden die Bullen wie blinde Hühner umhertappen und nach Körnchen picken. Für ein Spiel wäre da keiner geeignet.

Er lehnte sich zurück und verschränkte entspannt die Hände hinter dem Kopf. Auf seine geniale Idee mit der Mail war sogar Ludwig reingefallen. Natürlich hatte Hertle die beiden sofort zu sich zitiert, als er die Mail bekam, und ihm so freie Bahn bei De Klerk verschafft. Beim nächsten Mal würde zumindest Ludwig nicht mehr auf so einen plumpen Trick reinfallen.

***

Kathi schlief bereits und Ludwig wollte unbedingt den Krimi sehen, um sich abzulenken. In letzter Zeit verfolgten ihn immer öfter Albträume. Sie waren so real, dass er Angst hatte, Kathi davon zu erzählen, weil sie ihn bis ins Mark erschütterten. Besonders jener vor ein paar Tagen: Der Junge, den er im Arm hielt und der flehend zu ihm aufblickte, der ihm etwas sagen wollte … Aber er konnte ihn nicht verstehen, weil unaufhörlich Blut zwischen seinen Lippen herausfloss. Er strich ihm über die blonden Locken, wollte ihn trösten, doch dann verloren seine Augen ihren Glanz. Er glaubte, dass er sterben würde, doch plötzlich schlug das Grauen zu, als der Junge sich in eine Schimäre verwandelte, die ihn mit ihren toten Augen höhnisch angrinste. Aus ihrem mit messerscharfen spitzen Zähnen bewehrten Mund zischte sie: »Ich weiß, dass du es sein wirst …« Dann war er schweißgebadet aufgewacht, am ganzen Körper zitternd.

Die Träume ähnelten sich im Kontext. Jedes Mal fragte er sich, wer der kleine Junge war und was er ihm mitzuteilen versuchte. Und warum verwandelte er sich in ein Monster? Manchmal musste Kathi ihn wachrütteln, weil er schrie. Immer öfter versuchte er, die Dämonen in Alkohol zu ertränken. Aber nicht nur die Dämonen, auch die Bilder der verstümmelten Opfer. Wenn er die Augen schloss, sah er die kleine Yvonne vor sich. Ständig wurde er eingetaucht in ein Wechselbad der Gefühle. Er hatte Angst, verrückt zu werden.

Beinahe gierig starrte Ludwig auf die halb leere Whiskyflasche. Kurzentschlossen schenkte er sein Glas randvoll nach. Der Schluck rann brennend die Kehle hinunter und trieb ihm die Tränen in die Augen.

Warum suchen mich die Albträume heim? Der Junge … ist das Florian oder das Böse, das bereits von mir Besitz ergreift? Nichts als Fragen.

Das Handyklingeln riss ihn aus seinen Gedanken.

»Hast du schon geschlafen, Ludwig? Nein? Das ist gut, schließlich sind wir mitten im Spiel. Und? Wie gefällt es dir?«

Florians süffisante Stimme trieb ihn noch in den Wahnsinn. Am liebsten hätte er sein Handy an die Wand geworfen, wäre da nicht seine bohrende Neugierde und – wenn er ehrlich zu sich selbst war – das heimliche Verlangen, das Spiel gewinnen zu wollen. Oder war es die Faszination des Spieles an sich? *Bin ich bereits in Florians abstruse Welt eingetaucht? Empfinde ich bereits so etwas wie Solidarität? Ich weiß nicht mal, ob Kathi oder ich lebend aus diesem Spiel herauskommen …* Alles war möglich. Dass er Florian nur erwischen würde, wenn er auf sein Spiel eingimge, war längst zur Lüge mutiert. *Elender Heuchler!*, schrillte es in seinem Kopf.

Wutentbrannt schrie er: »Ich werde mich nicht mehr auf dein Spiel einlassen! Such dir einen anderen, der dir die Bestätigung für deinen Größenwahn liefert.«

»Oh, da bin ich anderer Meinung. Du und ich bilden eine Symbiose. Du kannst nicht aussteigen, weil du bereits zu tief drinsteckst. Du weißt doch, was eine Symbiose ist, oder?«

Trotzig erwiderte er: »Natürlich weiß ich das. Aber das ist deine Sichtweise der Dinge und sicher nicht die meine. Ich werde dich so oder so kriegen. Und nun verpiss dich einfach.« Er wollte das Gespräch beenden, aber irgendetwas hielt ihn zurück.

»Ich glaube, ich muss dir die Grundlagen einer Symbiose näherbringen, Ludwig: Es ist ein Geben, Nehmen und in Abhängigkeit von einander Leben, weil das eine ohne das andere nicht geht. Stirbt einer, stirbt auch der andere. Übrigens … im wievielten Monat ist denn Kathi? Im zweiten oder schon im dritten?«

Dieser Schlag hatte gesessen. Ludwigs Puls begann zu rasen und eine Hitzewelle jagte durch seinen Körper. Sein Kopf begann zu glühen. Er wollte schreien, ihm sagen, dass er ihn umbringen würde, stattdessen antwortete er: »Nein, das wagst du nicht – nicht Kathi.«

»Ich glaube, wir verstehen uns jetzt. Wäre auch zu schade, wenn deiner bezaubernden Frau etwas zustoßen würde. Natürlich will ich eurem Glück nicht im Wege stehen, es sei denn … Und noch etwas: Versuch erst gar nicht, Kathi zu verstecken. Ich würde sie finden. Vergiss das niemals.«

Ludwig, jetzt stocknüchtern und die Ruhe selbst, fragte: »Was willst du? Geht's dir wirklich nur darum, dieses Spiel bis zum Exzess durchzuziehen? Nur um zu beweisen, dass du besser bist als alle anderen? Für dich ist das Morden doch nur noch Mittel zum Zweck. Wenn du dir einen runterholst, ist das allenfalls Beiwerk und nicht mehr als deine Visitenkarte. Ja, du hast dich weiterentwickelt, bist zum Perfektionisten geworden, aber das ist dir nicht gut genug.«

»Ah … ich sehe, du kennst mich schon ziemlich gut. Du hast ja recht, es geht ums Spielen. Aber wie bei jedem Spiel muss es einen Sieger geben. Bis jetzt machst du deine Sache gut, aber bist du mir auch ebenbürtig? Kannst du verhindern, dass ich noch mehr Perverse umbringe? Es sind so viele, aber irgendjemand muss doch mal anfangen. Verstehst du das?«

»Gottverdammt, nein, das kann ich nicht! Du bist verrückt und einfach nur durchgeknallt! Und weißt du was? Du kannst nicht ewig so weitermachen.«

»Ja, ich weiß, aber vielleicht bist du es, der mich zur Strecke bringt, nicht irgendeine Pappnase von deinen Kollegen. Die sind viel zu sehr in ihrem Scheuklappendenken verhaftet, zu konservativ und in Konventionen gefangen. Sie können nicht um die Ecke denken, so wie du. Sollte es dir wider Erwarten gelingen, mich zu schnappen, wirst du berühmt werden. Du gehst als Super-Cop in die Oberpfälzer Annalen ein. Das wäre ein viel größeres Ding, als die Sache mit diesem Draxler damals. Du würdest berühmt werden. Genau aus diesem Grund habe ich dich ausgewählt. Na, wie hört sich das an?«

»Du kannst mich mal! Was verlangst du?« Intuitiv wusste er, dass es auf ein falsches Spiel hinauslaufen würde, egal was Florian ihm vorschlug. Wohl oder über musste er mitspielen, auch wenn er sich zum Handlanger machte. *Was bleibt mir denn anderes übrig?* Da war sie wieder – seine Doppelmoral. *Ja, ich will spielen*, gestand er sich ein.

»Ich sehe, wir verstehen uns jetzt. Und nun zu unserem Deal: Du hast eine Woche Zeit herauszufinden, wer als Nächster dran ist. Ein Tipp: Es ist einer aus euren eigenen Reihen und ein wirklich abartiges und pervertiertes Exemplar. Ach ja, ich habe noch was für euren Nerd, ein Bonbon sozusagen: Caligula! Du weißt schon, dieser verrückte römische Kaiser, der sein Pferd zum Konsul machen wollte – oder hat er? Egal, merk dir seinen Namen, der Dicke wird ihn noch brauchen. Bei diesem De Klerk habt ihr leider kläglich versagt. Wir hören uns.«

Verwirrt, dass Florian das Gespräch abrupt beendet hatte, ohne dass er noch etwas fragen konnte, saß Ludwig da. In seinem Kopf drehte sich alles, aber am schlimmsten war die unterschwellige Drohung gegen Kathi. *Ich brauche dringend einen Schluck, um runterzukommen. Gott sei Dank schläft Kathi ...*

»Komm doch ins Bett, Schatz«, wurde Ludwig wachgerüttelt.

Im Nachthemd und mit verwuschelten Haaren stand Kathi vor ihm. Falco lag neben ihm und schaute kurz auf.

»Und du hast auf der Couch nichts zu suchen. Runter mit dir.«

Es war vier Uhr morgens. Verärgert schaute sie auf die Whiskyflasche. Wenn das so weiterging ... Es wäre nicht die erste Ehe, die am Alkohol zerbrechen würde. Allein der Gedanke versetzte ihr einen Stich. Seit Ludwig für die Mordkommission arbeitete, war er ein anderer Mensch. Seine Fröhlichkeit und Ausgelassenheit waren verschwunden und mit ihm alles Liebenswerte und alles, was sie so sehr an ihm mochte. Ludwig war nur noch ein Schatten seiner selbst, den die Selbstzweifel plagten.

»Ich komme ja schon«, lallte er und rappelte sich auf. »Bin wohl eingenickt.« Sein schlechtes Gewissen regte sich, denn Kathis Blick sagte alles. Wie durch einen Dunstschleier geisterte noch immer Florians Drohung durch sein Hirn. Sie durfte auf keinen Fall davon erfahren.

22

»Ich brauche deine Hilfe, Richard. Können wir uns treffen?«

»Kein Problem, komm einfach ins Präsidium.«

»Nein, das geht nicht. Ich meine an einem neutralen Ort – nur wir zwei?«

Richard war sofort klar, dass Ludwig niemals so geheimnisvoll tun würde, wenn es nicht wichtig wäre. Ludwigs Niedergeschlagenheit kroch förmlich durchs Telefon und ließ ihn aufhorchen. »Ja, geht klar. Ich habe um vier einen Termin in Regensburg beim ermittelnden Staatsanwalt. Wie wär's, wenn wir uns im *Jade* in Nabburg treffen? Du kennst doch den Chinesen? Um halb zwölf? Das liegt doch auf deinem Weg.«

»Mein Gott, wie du aussiehst! Was ist denn passiert?«

Ludwig sah aus wie ein Häufchen Elend. Außerdem roch er nach Alkohol, was in letzter Zeit immer öfter vorkam. Da Richard selbst Tabletten nahm, um gegen den ganzen Irrsinn anzukämpfen, der ihn seit Wochen niederzuringen versuchte, ignorierte er es.

»Florian hat angerufen …« Ludwig fiel es schwer, weiterzusprechen. »… er wird Kathie umbringen, wenn ich nicht tue, was er verlangt.«

Und dann sprudelte es aus ihm heraus: wie die Angst ihm beinahe den Verstand raubte und dass er Florians Drohung ernst nahm, wie ihn die Albträume heimsuchten, die er in Alkohol zu ertränken versuchte, und wie ohnmächtig er sich fühlte, seit er in diesen Strudel von Abartigkeiten hineingezogen wurde …

Richard hörte voller Entsetzen zu, doch was ihn am meisten erschütterte, war die Drohung. »Mein Gott, was ist das für ein verdammter Scheiß? Hat er gesagt, was er will?«

Sie wurden unterbrochen, weil das Essen kam – für Richard Entenbrust auf Bratnudeln und für Ludwig *Acht Schätze des Glücks*. Beide Gerichte verströmten einen herrlichen Duft.

Während sie aßen, erzählte Ludwig weiter: von dem unbekannten Pädophilen aus ihrer Mitte und dem Ultimatum.

»Das ist doch total verrückt! Wie sollen wir in so kurzer Zeit herausfinden, wer das sein soll? Und was meint er damit, es wäre einer von uns? Wenn das stimmt, haben wir es mit Hunderten von Leuten zu tun. Ein Kollege aus der Ermittlungsgruppe oder aus dem Präsidium? Und wenn, aus welchem? Das ist doch total meschugge. Nein, Ludwig, das stemmen wir nicht. Wir müssen Kathi beschützen und Personenschutz beantragen. Oder hast du eine andere Idee?« Inständig hoffte er, Ludwig hätte eine. Gleichzeitig wusste er, dass das für Seltenreich kein Hindernis darstellen würde. *Mein Gott, Kathi ...*

»Weißt du, Richard, mir sind so viele Gedanken durch den Kopf gegangen ... Wieder und wieder habe ich über das Gespräch nachgedacht und bin zu keinem Ergebnis gekommen, weil mich die Angst im Würgegriff hielt und mich lähmte. Erst als mein Kopf wieder frei war, sind mir mehrere Dinge aufgefallen: zum einen der Hinweis auf De Klerk, dann der auf Ewald und schließlich dieses Wort: Caligula. Florian ist IT-Spezialist, also muss es was mit Computern zu tun haben, ein Passwort wahrscheinlich. Hier geht es nicht um einen x-beliebigen Pädophilen, deshalb habe ich dich um dieses vertrauliche Gespräch gebeten. Ich weiß nicht, wen er meint, aber wir müssen es herausfinden.«

Richard war sofort klar, was Ludwig nicht auszusprechen wagte. Mittlerweile war ihm der Appetit gründlich vergangen. Hinzu kam der quälende Gedanke, wie sie Kathi beschützen konnten. Frustriert schob er den halb leeren Teller von sich und schaute Ludwig an. »Warum ist das für Seltenreich so wichtig? Hast du eine Ahnung?«

»Mein Gefühl sagt mir, dass das sein Showdown werden könnte. Er ist fertig und will das Spiel beenden.«

»Du meinst, dass er sich danach stellen oder umbringen will?«

»Er ist auf der Flucht und sein Studium kann er auch nicht mehr beenden. Wenn er jemals vorhatte Arzt zu werden, ist das endgültig vorbei, weil er zum Serienmörder geworden ist. Und er weiß, dass er nicht ewig so weitermachen kann. Was bleibt ihm anderes übrig, als einen grandiosen Abgang zu inszenieren? Und ich soll ihm dabei helfen. Also müssen wir die Drohung ernst nehmen und wenn ich, respektive wir versagen, wird er nicht zögern, Kathie umzubringen.« Obwohl er sich unwohl fühlte, ließ Ludwig sich den letzten Bissen auf der Zunge zergehen.

Alkohol macht hungrig, dachte Hofreiter und meinte: »Glaubst du ernsthaft, wir haben eine Chance, ihn zu stoppen?« Er hatte nicht den geringsten Zweifel, dass Seltenreich seine Drohung wahr machen würde.

Ludwig schluckte seinen Bissen runter und sagte: »Ja, mein Gefühl sagt mir, dass er einen gravierenden Fehler gemacht hat, ich weiß nur noch nicht welchen. Vielleicht komme ich noch drauf. Es muss sich um ein hohes Tier handeln, um das die Presse einen riesigen Wirbel veranstalten würde. Das könnten wir nie und nimmer geheim halten, aber es gibt immer irgendwo ein Leck, durch das Informationen nach außen sickern. Da macht die Polizei keine Ausnahme. Damit hätte Florian sein Ziel erreicht, nämlich die Öffentlichkeit aufzurütteln. Florian geht davon aus, dass wir es nicht schaffen, und das, Richard, wäre Florians Fehler, auf den wir gewartet haben. Glaube ich zumindest.«

»Florian? Bist du schon so vertraut mit ihm? Egal, was macht dich so sicher? Oder ist das wieder so ein Bauchgefühl?«

Ludwig ging nicht darauf ein, stattdessen meinte er: »Der geht jetzt schon als Oberpfälzer Serienmörder in die Geschichte ein. Er will es zu Ende bringen, warum sonst hat er uns so viele Hinweise gegeben? Er will es so oder so zu Ende bringen. Vielleicht hat er einen Plan B oder setzt sich ins Ausland ab. Er ist ja ein Verwandlungskünstler und hat kein Problem, sich neue Papiere zu beschaffen, um sich eine neue Identität zuzulegen.«

Richard konnte Ludwigs Argumente nachvollziehen. Er bewunderte dessen analytischen Verstand, ohne den er sich hilflos vorkam. *Doch ich lerne und eines Tages ... Hätte ich damals Ludwig als Kollegen gehabt, wäre Marie vielleicht noch am Leben.* Seine Hand umklammerte den Zettel in seiner Jackentasche und zuckte zusammen, als hätte er glühende Kohlen angefasst. Assoziationen drohten ihn zu überwältigen. Bevor Ludwig etwas bemerkte, fragte er: »Was schlägst du vor?

»Wir müssen innerhalb der SOKO eine Sondereinheit bilden. Je weniger Bescheid wissen, desto besser.«

»An wen denkst du?«

»Du, Ewald und ich – sonst niemand! In Zukunft treffen wir uns bei Ewald. Während wir ermitteln, beschäftigst du die Kollegen. Sie dürfen nicht misstrauisch werden, damit sie uns nicht in die Quere kommen. Wenn das wirklich ein hohes Tier ist, wird man uns jede Menge Steine in den Weg legen. Du kennst doch den Spruch, dass keine Krähe der anderen ein Auge aushackt. Wir müssen das alleine durchziehen und bei De Klerk fangen wir an. Schließlich haben wir jetzt Zugriff auf alles.«

»Okay, wir setzen Ewald darauf an. Beruf, Einkommen, Steuerunterlagen, Gesprächsnachweise und was ganz wichtig ist: wohin er in den Urlaub geflogen ist und was er dort gemacht hat. Er muss sich De Klerks Laptop vornehmen. Caligula ist bestimmt ein Passwort. Diese Schweine kommunizieren über ihre Handys und schicken sich E-Mails. Das ist unsere Chance. Vielleicht finden wir was, wenn Ewald nur tief genug gräbt.«

Sie hingen einen Moment schweigend ihren Gedanken nach. In Hofreiters Kopf nahm ein sehr spezieller Gedanke immer konkretere Formen an: *Ich werde es tun ...* Seine Hand stahl sich erneut in seine Jackentasche und umklammerte den Zettel, doch diesmal fühlte es sich anders an – irgendwie richtig. *Ich muss es tun und – Gott stehe mir bei ...*

»Bezahlen, bitte!«

»Bekommst du das hin, Ewald?«, fragte Hofreiter.

Sie hatten ihm alles erzählt und nicht mal im Traum hätte er daran gedacht, so viel Aufmerksamkeit zu bekommen. Jetzt gehörte er zu einem *Spezialkommando*. Es fühlte sich an wie in einem James-Bond-Film – alles topsecret, was seinem Ego enormen Auftrieb verlieh. Das war jetzt *sein Fall,* obwohl ihm die Angst um Katharina beinahe den Verstand raubte. Etwas zu großspurig meinte er: »Ich werde De Klerk auseinanderpflücken: wann er aufs Klo gegangen ist, wer seine Freunde waren und mit wem er kommuniziert hat, einfach alles.« Dass er mächtig auftrumpfte, wusste er selbst, doch er wollte unbedingt beweisen, was er draufhatte. Zum ersten Mal fühlte er sich als vollwertiges Mitglied in einem Team, das seine Arbeit zu schätzen wusste. Zu lange hatte er sich als fünftes Rad am Wagen gefühlt, mit Ausnahme von Ludwig, der immer zu ihm gehalten hatte. *Ich werde mein Bestes geben und dir beweisen, wie gut ich bin. Ich werde dich nicht enttäuschen …*

Ludwig wusste nicht wieso, aber plötzlich erinnerte er sich an einen Bekannten, der einmal im Jahr nach Thailand flog und mit dem er ab und zu ein Bierchen trank. Hannes war ledig und bekam jedes Mal glänzende Augen, wenn er von Thailand schwärmte. Er litt an *Morbus Bechterew* und meinte, dass ihm die Wärme guttun würde: Sonne, Meer und Massagen. Natürlich meinte er die Vollmassagen mit *Abschluss*. Und dass er jedes Mal einen Trip nach Kambodscha machen musste, um sich mit Viagra einzudecken. So viel zur Vollmassage … Und plötzlich wusste Ludwig, wo sie ansetzen mussten: Thailand!

»Ewald, durchforste De Klerks Computer, ob du irgendwelche Buchungen für Flüge nach Thailand findest. Wenn ja, machst du Anfragen an den betreffenden Flughafen und forderst die Passagierliste an. Wir müssen wissen, ob und wann De Klerk nach Thailand geflogen ist. Hotels und so weiter. Ich weiß nicht warum, aber ich habe da so ein Gefühl, dass das wichtig ist.«

***

Für Seltenreich stand außer Frage, dass sie den elenden Kinderschänder finden würden und die Justiz die Beweisführung dann so verkomplizieren würde, dass er davonkam – dieses Beweismittel ist unzulässig, dies ist nicht korrekt, jenes nicht erlaubt … Aber das würde er niemals zulassen.

Plötzlich befielen ihn Zweifel. *Wie lange kann ich das noch durchhalten? Reicht die Zeit? Ein ewiger Gejagter zu sein oder den Rest meines Lebens im Gefängnis verbringen? Dann lieber ein schneller Tod mit einem furiosen Abgang.*

Unwillig über seine Selbstzweifel verwarf er die Gedanken. Noch war es nicht soweit, denn jetzt galt es auf dem Laufenden zu bleiben. Außerdem hatte er noch was zu erledigen.

Er stand auf und öffnete eine Flasche Wein. Dann fuhr er seinen Laptop hoch.

Eine knappe Stunde brauchte er, um den Trojaner zu kreieren und über einen offiziellen Polizei-Account per E-Mail zu verschicken. Sobald dieser den Link zu einer neuen Verwaltungsrichtlinie öffnete, würde es sich gleichzeitig auch den Trojaner runterladen. Ab da würde es ein Leichtes sein, Ewalds PC-Aktivitäten mitzuverfolgen. Die Vorstellung, sie könnten sein Spiel dominieren, wies er weit von sich.

23

Der Laptop

Ewald hatte sich De Klerks Laptop von der KTU bringen lassen. Vom stundenlangen Durchforsten der Ordner war er müde und wollte schon aufgeben, als er den versteckten Ordner fand. Endlich: Online-Buchungen von Flügen München-Bangkok und Hotels. Geduldig öffnete er Datei für Datei und wurde fündig: ein Luxushotel in Jomtien, einem Stadtteil von Pattaya. Ein Anruf bei *Thai-Airways* hatte genügt, um die Passagierliste des Fluges zu bekommen. Daten und Namen flimmerten vor seinen Augen vorbei, bis er stutzte: Joost van Brink? Das war doch der für den Phantom-Fall zuständige Staatsanwalt. Und der saß im gleichen Flieger? Ewald wurde plötzlich heiß, sein Puls begann zu rasen. Konnte es sein, dass … oder war das nur Zufall? Wenn sie sich kannten, hatte van Brink dann vielleicht auch kompromittierendes Material auf seinem PC? Natürlich nicht auf seinem dienstlichen, so blöd wäre der nicht. Es musste noch einen anderen geben. Inständig betete Ewald, er möge sich irren. Ein pädophiler Staatsanwalt und laut Seltenreich einer von der schlimmsten Sorte – nicht auszudenken! Nein, das musste absolut geheim bleiben. Ludwig hatte ihm erklärt, dass es um ein Spiel ging und Seltenreich mit falschen Karten spielen würde.

Und plötzlich erkannte Ewald was Seltenreich vorhatte: Sie sollten van Brink verhaften. Das also wäre der Showdown, von dem Ludwig immer gesprochen hatte. »Mein Gott, wie raffiniert«, entfuhr es Ewald. *Ich muss mich beeilen.* War da nicht dieser Politiker, der kinderpornografisches Material auf seinem PC gespeichert hatte? Der, als er aufflog, behauptete, es für seine Arbeit zu brauchen? Was für ein Unsinn! Geholfen hatte es ihm nichts, aber die Karriere war im Eimer.

Kurz entschlossen griff Ewald zum Hörer.

Sie trafen sich im Präsidium.

»Van Brink ist um die Zeit vor Gericht«, meinte Hofreiter. Er sah auf die Uhr. »Noch mindestens eine Stunde. Reicht das?«

Ewald nickte vorsichtig.

»Dann los.«

Van Brinks Büro war natürlich verschlossen, aber als gewiefter Ermittler konnte Ludwig ein harmloses Bürotürschloss mit einer Büroklammer schneller knacken, als die meisten anderen es mit einem Schlüssel öffnen würden. Unbemerkt gelangten sie hinein und schlossen die Tür hinter sich. Hofreiter blieb draußen und sorgte dafür, dass sie nicht gestört würden.

»Such nach einer verschlossenen Schubla… ah, hab schon«, brummte Ludwig und brachte wieder die Büroklammer zum Einsatz. Er nahm den Laptop heraus und reichte ihn Ewald.

Der klappte das Gerät auf. »Bingo. Passwortgesichert.« Er gab *Caligula* ein. »Bin drin!« Kurz überflog er die Dateien, steckte einen Stick in die Buchse und lud alles runter. »Ich bin soweit, jetzt nichts wie raus hier.«

Zurück im Büro öffnete Ewald Datei für Datei. Stöhnend drehte er den Monitor zu Ludwig. Die Bilder ließen ihm das Herz in die Hose sinken. Van Brink war tatsächlich ein Kinderschänder der allerübelsten Sorte. Jetzt gab es keinen Zweifel mehr: Van Brink und De Klerk kannten sich. Was ihn am meisten schockierte, war das Alter der Kinder. Van Brink bevorzugte Jungen *und* Mädchen – alle unter fünf Jahren – de Klerk nur Mädchen. Erschüttert lehnte er sich zurück. »Mein Gott, wir furchtbar.« Tränen tropften auf die Tastatur und dann wurde ihm schlecht. Vielleicht lag es an den Chips und den vielen Energydrinks, die er letzte Nacht in sich reingestopft hatte? Er musste aufs Klo.

Sie waren auf der richtigen Spur, nur wusste Ludwig noch nicht, wie sie das als zulässiges Beweismittel einbringen sollten. Aber das würde sich noch finden. Erst mal mussten sie einfach nur sicher sein, dass van Brink ihr Mann war, und daran gab es keinen Zweifel mehr.

Ewald kam zurück. Während Hofreiter und Ludwig noch überlegten, wie sie weiter verfahren sollten, lud Ewald alles auf einen USB-Stick. »Gott sei Dank, jetzt wir haben dich«, murmelte er erleichtert. »Reicht das, um dieses Schwein festzunageln?«, wandte er sich an die beiden, die jedoch resigniert mit den Köpfen schüttelten. Ewald stutzte und verstand die Welt nicht mehr.

»Du hast verdammt gute Arbeit gemacht, aber denk' doch mal nach«, meinte Hofreiter, dem Ewald leidtat.

»Das verstehe ich nicht. Wir haben doch alles auf dem Stick. Was brauchen wir denn noch?«

Beschwichtigend legte ihm Ludwig die Hand auf die Schulter. »Mit dem Material bekommen wir keinen Haftbefehl, weil das lediglich beweist, dass De Klerk und van Brink zufällig im selben Flieger und Hotel waren. Was die Bilder betrifft, würde er argumentieren, dass er sie für seinen Fall braucht. Kein Richter würde damit einen Haftbefehl ausstellen, allenfalls eine interne Untersuchung, und danach verläuft alles im Sand. Vergiss es. Außerdem würden die Oberen ihn beschützen und möglicherweise alles vertuschen. Wir bekommen einen Maulkorb verpasst und sind die Nestbeschmutzer, was so viel bedeutet, dass wir bei allen untendurch sind. Allein schon wegen des Medienrummels, den wir verursachen würden. Nein, Ewald, das reicht ganz und gar nicht.«

»Vielleicht hast du was übersehen«, warf Hofreiter ein. »Eine Datei mit Schriftverkehr zwischen den beiden, die beweist, dass sie pädophile Sextouristen sind. Irgendetwas in der Art? Schließlich sind die beiden Freunde und da schreibt man sich doch Mails. Diese Typen tauschen sich untereinander aus und prahlen mit ihren Erlebnissen, weil das kranke Arschlöcher sind. Sie denken nicht rational, wenn es um ihr abartiges Treiben geht. Nur dann hätten wir ihn.«

»Okay. Wie viel Zeit habe ich?«, fragte Ewald. Natürlich war er frustriert, aber bei genauerer Betrachtung konnte er ihren Argumenten folgen. *War die ganze Mühe umsonst und wird van Brink nur deshalb davonkommen, weil ich versagt habe? Nein, nein und noch mal nein! Ich weigere mich, das einfach hinzunehmen.*

»Nicht mehr viel. Solltest du tatsächlich noch was finden, muss es hieb- und stichfest sein. Und dann müssen wir Hertle informieren, der wiederum Häusler und dann geht's weiter an den Oberstaatsanwalt. Das braucht Zeit und ist so heikel und schmutzig, dass niemand was damit zu tun haben will. Im schlimmsten Fall schaltet sich der Staatssekretär im Ministerium ein. Vielleicht wird sogar gemauert. Nein – die werden mauern«, verbesserte sich Ludwig. »Als Letztes bliebe uns, uns anonym an die Presse zu wenden. Ich habe da so meine Verbindungen.«

Vor lauter Schreck rutschte Ewald beinahe das Herz in die Hose. »Gott bewahre! Das würde ich mich niemals trauen. Selbst wenn das anonym erfolgt, wissen die sofort, aus welcher Ecke das kommt. Nein, nicht mit mir!«, wehrte er entsetzt ab. Man konnte seine Angst nicht nur sehen, sondern sogar riechen, weil sein Kopf wie eine Tomate glühte und sich erste Schweißflecken auf seinem Hemd bildeten.

»Nun mach' dir nicht gleich in die Hose, das war doch nur so dahingesagt. Keiner von uns würde sich das trauen. Also, wie sieht's aus? Probierst du's noch mal?«

»Vielleicht, aber ich brauche Zeit.« Ihm fiel der Ordner ein, den er vergeblich zu öffnen versucht hatte. Plötzlich piepte seine Mailbox – eine neue Nachricht …

**

»Wow, sind die Jungs schnell«, murmelte Seltenreich anerkennend.

Dieser Nerd hatte echt was drauf. Der Trojaner auf Ewalds Laptop zeigte ihm, dass er online war. Von De Klerk wusste er, dass van Brink pädophil war, jedoch nicht, was für ein widerliches Subjekt. Das hatte er erst erfahren, als er in Ewalds Laptop surfte. Natürlich konnte der Dicke den Ordner mit den Dialogen nicht knacken, hatte er doch selbst Mühe damit gehabt. Er konnte sich gut vorstellen, wie überrascht sie jetzt auf seine Mail starren würden. Der Dicke brauchte einen Schubser:

Hallo Ewald, hallo ihr zwei,
    da wir quasi ein Team sind, finde ich es nur fair, euch etwas auf die Sprünge zu helfen. Ein Tipp für dich, Dicker! Zuvor jedoch ein Kompli-

ment, dass du so schnell unseren gemeinsamen »Interessenten« gefunden hast. Und weil ich davon ausgehe, dass dir ein wichtiges Detail entgangen ist, bin ich bereit, dir zu helfen.

Überrascht schaute Ewald auf den Text. »Oh Gott, das ist Seltenreich. Wie schafft er das nur?«

»Kannst du ihm antworten?«, fragte Ludwig aufgeregt.

»Was soll ich ihn denn fragen?«

»Frag ihn, was er mit dem Detail meint, und beeil dich gefälligst.« Am liebsten hätte er Ewald beiseitegeschoben, um selbst zu antworten.

Plötzlich flimmerten Zahlen und Buchstaben über den Monitor.

»Das ist der Name einer Datei«, keuchte Ewald. »Und noch eine Mail.«

Dort findet ihr den gesamten Schriftverkehr zwischen De Klerk und van Brink. Ohne den wären eure Bemühungen umsonst. Und nun führt zu Ende, was wir gemeinsam begonnen haben. Und du, Ludwig, vergiss nicht unseren Deal! Justitias Mühlen mahlen langsam – meine jedoch schnell.

Am liebsten hätte Ludwig seine Faust in den PC geschmettert und sich dabei vorgestellt, es wäre Florians Visage. Dieses arrogante Arschloch! Musste er ihn gerade jetzt an Kathi erinnern? Und da war sie wieder, die Angst, die ihm die Kehle zuschnürte.

»Kannst du mir sagen, wie das geht, Ewald? Kann Seltenreich sich in jeden PC hacken?«, fragte Hofreiter. »Oder uns über die Handys orten, womöglich abhören? Außerdem sind da noch die beschissenen Laptopkameras. Verdammt, ist dem Kerl gar nichts heilig?«

»Ja, wenn man über das entsprechende Know-how und Equipment verfügt, geht das. Informationen sind nichts anderes als Einsen und Nullen, die man richtig aneinanderreiht. Außerdem gibt es Viren, Trojaner und Würmer. Die letzten zwei sind PC-Programme die sich selbstständig per E-Mail oder über das Internet in PCs einnisten und verbreiten. Sie suchen automatisch nach Möglichkeiten, andere Rechner zu befallen. Man muss kein Informatiker sein, um das zu beherrschen. Seltenreich ist so was wie ein Autodidakt und hat sich selbst alles beigebracht, was nicht ungewöhnlich ist. Jetzt muss ich meine Systeme überprüfen. Der hat garantiert einen Trojaner auf meinen Rechner geschleust, dieser Mistkerl.«

»Aber du kannst dich doch auch in andere PCs hacken«, meinte Ludwig.

»Na ja, schon, aber so gut wie der bin ich noch lange nicht. Natürlich hab ich's jetzt leichter, die Datei zu finden, aber bis morgen Früh müsst ihr euch schon gedulden, bei den vielen Dateien, die jetzt durchsucht werden müssen.«

»Okay, dann treffen wir uns wieder bei dir so gegen zehn Uhr«, meinte Hofreiter. »Jetzt hängt alles von dir ab, Ewald. Also häng dich da rein, wir zählen auf dich.«

***

Hofreiter machte den Kollegen ordentlich Dampf. Befragungen von Nachbarn, möglichen Zeugen und Angehörigen et cetera, obwohl er genau wusste, dass es nichts bringen würde.

Auf dem Weg nach Oberviechtach dachte er nach. Sein Respekt Ewald gegenüber hatte rapide zugenommen, seit er gesehen hatte, über welche IT-Fähigkeiten er verfügte – ein echtes Talent auf falschem Posten. Vielleicht ließe sich das ändern? Er war froh, ihn im Team zu haben, denn ohne ihn wären sie nie so weit gekommen. Und jetzt war er gespannt, was er herausgefunden hatte.

Eine knappe Stunde später saßen sie zusammen. Was sie zu sehen bekamen, verschlug ihnen nicht nur die Sprache, es ließ sie beinahe den Glauben an die Menschheit verlieren. Erschüttert und angeekelt zugleich lasen sie die Auszüge aus dem E-Mailverkehr zwischen De Klerk und van Brink, wie sie sich über die Vorzüge der Mädchen und Jungen ausließen, was sie alles mit ihnen angestellt hatten und beim nächsten Urlaub auszuprobieren gedachten. Wie entartet musste man sein, sich den tiefsten Abgründen menschlicher Perversionen hinzugeben? Wo waren Ethik und Moral oder Mitleid mit den gequälten Kindern?, fragte sich Ludwig.

De Klerk hatte geschrieben: *War in Pattaya im Lotus ein paar Minuten mit dem Tuk-Tuk von Jomtien entfernt. Da kriegst du alles, was du dir wünschst. Ob Jungen oder Mädchen, Alter spielt keine Rolle, wenn du genug bezahlst – ein absoluter Traum. (...) Na, habe ich dir zu viel versprochen, Joost? Hab' so was noch nie erlebt – einfach fantastisch. Mich hat nur gestört, dass sie die Kleine zu stark unter Drogen gesetzt haben. Die hat nicht mal geschrien – trotzdem ein grandioser Kick.* Und Van Brink antwortete: *Ja, das ist mir auch schon passiert. Ich hab's mal mit zweien probiert. Musst du unbedingt versuchen.* Fassungslos und bleich im Gesicht, außer Ewald, der sich zurückgezogen hatte, weil er sich übergeben musste, lasen sie weiter.

Und je mehr Ludwig las, desto zorniger wurde er. »Jetzt haben wir das elende Dreckschwein«, brach es mit Gewalt aus ihm hervor.

Ludwig wollte sich einfach nicht beruhigen, bis Richard ihn an den Schultern packte und schüttelte: »Mensch, komm verdammt noch mal runter, wir brauchen einen klaren Kopf! Beruhig dich endlich. Jetzt haben wir ihn! Das ist purer Zündstoff, aber illegal beschafft. Damit bekommen wir weder einen Haftbefehl noch einen Durchsuchungsbeschluss.«

Ewald, noch ganz blass im Gesicht, war mittlerweile zurückgekehrt und schaute erschrocken Ludwig an, der wütend Richards Hand abstreifte.

»Ich soll mich beruhigen? Wie soll das denn gehen, wenn man das liest? In meinem ganzen Leben habe ich so was noch nicht erlebt. Natürlich sieht man im Fernsehen das eine oder andere Abartige oder liest darüber, aber solange es einen nicht persönlich betrifft, ist das wie Science Fiktion – ganz weit weg. Das hier ist die harte Realität, auf die keiner von uns vorbereitet ist. Und wisst ihr warum? Weil das keine Menschen sind, nicht mal Tiere, denn die machen so was nicht. Nur ein entartetes Hirn kann sich so was ausdenken. Und das Schlimmste ist, dass sie ungeschoren davonkommen. Ich frage mich. wer schlimmer ist: Jene, die ihre Kinder anbieten, oder … Nein, Richard, mir reicht's. Ich kann nicht mehr.« Wie ein Vulkanausbruch wurde alles an die Oberfläche gespült. Seine Albträume, die Zweifel und seine Versagensängste, aber am meisten die Angst um Kathi. »Ich will mit der Sache nichts mehr zu tun haben. Ich bin dabei, mich in diesem Sumpf zu verlieren. Kathi und ich sind mit den Nerven fertig, außerdem steht meine Ehe Spitze auf Knopf.« Dann rollten ihm ein paar Tränen die Wange hinunter.

Grenzenlose Hilflosigkeit hatte Ludwig erfasst. *Muss ich mich meiner Tränen schämen?*, fragte er sich. Er wandte sich an Ewald: »Ich bin nicht der coole Bulle, für den du mich hältst. Ich habe genauso viel Angst wie du oder jeder andere, der es mit einem psychopathischen Mörder zu tun hat.«

»Aber ich dachte …« Weiter kam Ewald nicht, weil Ludwig sich Richard zuwandte:

»Und du hast ständig versucht, mich zu überreden, zur Kripo zu wechseln. Okay, was habe ich davon? Ich werde physisch und psychisch aufgefressen. Könnt ihr das nicht verstehen?« Erleichtert fuhr er sich übers Gesicht. War es Unglaube oder Betroffenheit, die er in ihren Gesichtern sah?

Richard hatte sich als Erster gefasst. Dieser emotionale Ausbruch … Bisher kannte er Ludwig nur als starke Persönlichkeit. »Sorry, ich wusste nicht, dass es so schlimm um dich steht, aber du sollst wissen, dass wir dich brauchen. Du bist der Einzige, der diesen Verrückten stoppen kann. Wenn du trotzdem aussteigst, respektiere ich das.«

Bevor er noch etwas sagen konnte, wurde Ludwig von Ewald umarmt. »Du darfst jetzt nicht aufhören. Wenn dieses Monster weitermordet, wirst du dir ewig Vorwürfe machen. Für mich bleibst du immer der Held, der coole Bulle ohne Nerven, den nichts und niemand erschüttern kann. Egal wie du dich jetzt fühlst: Für mich hat sich nichts geändert. Bitte, Ludwig, wenn du jetzt aufgibst, dann …«

Ewalds Tränen benetzten Ludwigs Wange, der sich vorsichtig aus der Umklammerung löste. »Danke, ihr seid wirkliche Freunde.« Nein, er würde sie nicht in Stich lassen. Verlegen meinte er: »Jetzt brauche ich erst mal einen Kaffee.«

»Sind wir noch ein Team?«, fragte Richard, während Ewald in die Küche ging, um Kaffee zu holen.

Ludwig war kein Loser, vielleicht etwas angeschlagen, aber keiner, der einfach alles hinschmiss. *Eine Kämpfernatur*, gab er sich selbst die Antwort.

»Ja, ein Team. Und jetzt lasst uns Florian kräftig in den Arsch treten. Wir sind am Zug …«

Ewald kam mit Kaffee zurück und fragte: »Reicht das, was wir haben?«

»Ja, das reicht. Was wir allerdings nicht verhindern können ist, dass Seltenreich versuchen wird, van Brink zu töten. Ihm ist nicht an seiner Verurteilung gelegen. Außerdem kann er gar nicht anders. Aber wir werden ihm einen Strich durch die Rechnung machen und seinen Showdown gründlich versalzen. Wir haben nur ein Problem: Ohne Hertle kriegen wir das nicht geschaukelt. Wir müssen uns was ausdenken.«

***

»Mein Gott, wie furchtbar!« Aufgeregt strich sich Kriminaloberrat Hertle durchs Haar, während er Mail für Mail las. Je mehr er las, desto blasser wurde er. »Das ist ja entsetzlich, Hofreiter. Wie ist so was nur möglich? Van Brink … Ein Staatsanwalt! Und noch dazu der ermittelnde.« Angewidert zog er den Stick heraus. »Ich brauche Ihnen nicht zu erklären, wie brisant das Material ist. Wer hat noch Kenntnis davon und wie sind Sie an diese Informationen gekommen?«

Das war der Moment, vor dem sich Hofreiter gefürchtete hatte. Sie hatten Stunden damit verbracht, das Material entsprechend aufzubereiten und Seltenreichs E-Mail wegzulassen, sodass nur die relevanten Daten übrig blieben. Seine Erklärung musste plausibel klingen. Es kam darauf an, dass Hertle ihm Glauben schenkte. »Nur ich. Der Stick kam mit der Post. Später hat mich Seltenreich angerufen und eine Frist gesetzt, wir müssen gegen van Brink Klage erheben.«

»Was für eine Frist? Was passiert, wenn wir sie nicht einhalten oder Klage erheben?«

»Eine Woche, andernfalls würde er van Brink umbringen. Sie müssen ihn umgehend verhaften lassen.«

Hertle lief rot an und schnappte nach Luft. Er sah aus wie ein Fisch auf dem Trockenen: »Hofreiter, wissen Sie eigentlich, was passiert, wenn ich van Brink verhaften lasse? Wie soll ich erklären, woher dieses Material stammt? Ich müsste das nach Regensburg melden und die leiten das Belastungsmaterial zur Auswertung an das BKA Wiesbaden. Das zieht einen ganzen Rattenschwanz an Ermittlungen nach sich, angefangen bei uns. Das wird niemals als Beweismittel zugelassen und jeder Richter würde den Kopf schütteln. Hofreiter, das ist eine Bombe! Wenn die hochgeht, erschüttert das ganz Bayern – und nicht nur Bayern. Der gesamte Polizeiapparat in der Republik käme in Misskredit. Das würde ein Politikum werden und die Presse erst … Ich will mir die Schlagzeilen gar nicht ausmalen. Mein Gott, wir müssen diesen Verrückten aufhalten!«

Hofreiter sah zu, wie Hertle regelrecht in seinem Stuhl zusammenfiel. Wie ein Ballon, aus dem man die Luft abließ. Es schien, als wäre er von einem Moment auf den anderen um Jahre gealtert.

Mühsam nach Luft ringend fragte Hertle: »Was soll ich denn machen, Richard? Das ist eine einzige Katastrophe. Hast du eine Idee?« In seiner Verzweiflung verfiel er in das unter Polizisten übliche Du.

So hilflos und deprimiert hatte er seinen Chef noch nie erlebt. Hofreiter erkannte sofort, dass das eine Nummer zu groß für sie war und welche Kreise das in letzter Konsequenz nach sich ziehen würde. Obwohl selbst verunsichert, blieb ihm nichts anderes übrig, als die Sache weiter voranzutreiben. Am liebsten hätte er Hertle die ganze Geschichte erzählt, aber das konnte und durfte er nicht. Es würde alles verschlimmern und

Hertle gänzlich aus der Bahn werfen. Ihm blieb keine andere Wahl und Zeit hatten sie auch nicht. Würde Seltenreich seine Drohung wahr machen?

»Es gibt da noch ein Problem«, versuchte er vorsichtig, Hertle ihren Plan begreiflich zu machen.

»Wie? Kann's noch schlimmer kommen?«

»Was ist, wenn er versucht, van Brink in der U-Haft zu töten, wie er das mit De Klerk gemacht hat? Können Sie sich vorstellen was für einen Wirbel das verursacht, Chef? Ein Albtraum – und Sie mitten drin.«

Die Spannung stieg. Würde Hertle anbeißen oder war es das Aus für ihren Plan?

»Glaubst du?« Hertle war in seinem Stuhl zusammengesunken. Dieser sonst so integre und kompetente Mann schaute Hofreiter um eine Lösung bettelnd an.

»Ja, das glaube ich, weil es genau das wäre, wie er seine Überlegenheit am wirkungsvollsten demonstrieren kann. Schließlich ist ihm das schon einmal gelungen. Und glauben Sie mir: Er schafft das auch ein zweites Mal. Sobald er weiß, dass van Brink in U-Haft sitzt, ist der so gut wie tot.«

»Aber das ist ja schrecklich. Was können wir denn tun, um das zu verhindern?«

»Na ja, ich hätte da eine Idee …«

24

Im Gartenhaus

Joost van Brink hatte noch einmal ausführlich die Akten des Phantom-Falles studiert und war zu dem Entschluss gelangt, untertauchen zu müssen. Kurzerhand hatte er Urlaub genommen und war zu seinem Gartenhaus gefahren. Um diese Jahreszeit war die Gartenanlage geschlossen, hier würde ihn niemand suchen. Als leidenschaftlicher Kanu-Fahrer verbrachte er seine Freizeit hier, zumal die Anlage weit ab vom allgemeinen Trubel lag. Optimal als Versteck, zumindest bis sie das Phantom gefasst hatten.

Jetzt, da Simon tot war, fühlte er sich in seiner Stadtwohnung, in der Nähe des Domes, nicht mehr sicher. Er wusste, dass sich Seltenreich in Handys und PCs hacken konnte. Wie sonst hätte er Simon entlarven, unter den Augen der Polizei bestialisch ermorden und danach spurlos verschwinden können? Der Gedanke, ihm könnte das Gleiche passieren, hatte sich wie ein Virus in seinen Kopf eingenistet und trieb ihm den Angstschweiß auf die Stirn. *Ich brauche dringend einen Cognac, um mich zu beruhigen. Allein die Vorstellung ...*

Irgendwo musste der *Remy Martin* stehen. Mit dem Schwenker in der Hand ließ er sich in den Sessel fallen. Dass er durch die SOKO auffliegen könnte, glaubte er nicht. Die waren kaum einen Schritt weitergekommen. Bis auf Seltenreichs Namen hatten die nichts, doch der war immer noch auf freiem Fuß. Sobald jemand auf die Idee käme, Simones Computer einer genaueren Kontrolle zu unterziehen, würde es eng für ihn werden. Irgendwann würden sie die Verbindung zwischen De Klerk und ihm herstellen und kompromittierendes Material finden. Gott sei Dank hatte er bei sich alles auf seinem privaten Laptop und den hatte er bei sich. Trotzdem wäre seine Karriere mit einem Schlag beendet, vielleicht sogar Schlimmeres. Er war sich bewusst: Wenn Seltenreich ihn finden würde, wäre sein Leben keinen Pfifferling mehr wert.

Und jetzt beschlich ihn so eine Ahnung, als wäre das längst der Fall. *Gottverdammter Computerfreak! Welche Alternative habe ich denn?,* sinnierte er. *Ein langwieriger, demütigender Prozess und das Ende mei-*

ner Karriere oder gar der Tod? Ich tendiere zu Letzterem. Niemand wird mich mit abgeschnittenem Schwanz im Mund, erstickt und ausgeblutet wie ein Schwein, zu sehen bekommen. Allein die Vorstellung verursachte ihm Übelkeit und bestärkte ihn in seinem Entschluss.

Mit einem Zug leerte er sein Glas und schenkte sofort nach. Sein Blick wanderte zur Kommode hinüber, in der seine Pistole lag. Eine *Luger 9-Millimeter Parabellum.* Er hatte alles im Leben erreicht, nur eines nicht: eine Familie zu haben, für die es sich zu leben lohnt. *Und was mache ich? Lasse mich von meinen Trieben leiten und ficke kleine Kinder. Natürlich bin ich pädophil, aber habe ich mir das ausgesucht? Nein, mir wurde das in die Wiege gelegt. Ich, der Kriminelle zu überführen versucht, um sie ihrer gerechten Strafe zuzuführen – was für ein Narrativ. Bin ich ein Krimineller? Nein! Und soll ich dafür bezahlen? Auch nein! Was für ein Irrsinn! So kann und will ich nicht weiterleben. Egal was ich tue, irgendwann kommt alles ans Tageslicht,* verfiel er in Selbstmitleid. Verzweifelt stürzte er den Inhalt seines Glases runter.

Mit wackeligen Beinen ging er zur Kommode, nahm die Pistole heraus und ließ sich wieder in den Sessel fallen. »Gottverdammt, ich weiß nicht mal, wie man sich richtig erschießt«, lallte er.

Umständlich entsicherte er die Pistole und schob sich den Lauf in den Mund. Seine Hand zitterte so sehr, dass der Lauf gegen seine Zähne schlug. *So wird das nichts.* Er hielt sich die Pistole an die Schläfe, aber das verdammte Zittern wollte einfach nicht aufhören. *Wenn ich nicht richtig ziele, schieße ich mich vielleicht zum Krüppel. Für den Rest meines Lebens wie ein sabbernder Idiot im Rollstuhl sitzen und hilflos wie ein Säugling sein? Nein, auf keinen Fall.* Van Brink fing haltlos an zu weinen. Nicht allein die Angst war es, die ihn dazu bewog, seinem Leben ein Ende setzen zu wollen. Der Skandal und die Scham trieben ihn dazu. »Und jetzt bin ich auch noch ein jämmerlicher Feigling, zu feige, anständig abzutreten«, stammelt er.

Entmutigt legte er die Pistole auf den Tisch und goss sich noch ein Glas ein.

Als er es geleert hatte, trank er direkt aus der Flasche.

Irgendwann fiel sein Kopf nach hinten und die Flasche entglitt seinen Händen.

»Nicht doch, Joost, willst du mich um mein Vergnügen bringen, indem du so einen unwürdigen Abgang inszenierst?«, säuselte es an seinem Ohr. »Glaubst du, ich würde das zulassen?«

Wie durch dichten Nebel drangen die Worte in sein Bewusstsein. Er wollte schlafen und den Störenfried zurechtweisen, so wie Richter Hartwig das mit Unruhestiftern im Gerichtssaal zu tun pflegte. Doch irgendetwas in der Stimme lichtete den Nebel. Herrgott noch mal, wer ließ ihn denn da nicht in Ruhe? *Ich bin doch schon tot – zumindest geistig.*

Langsam driftete sein Geist in die Wirklichkeit zurück und als er den Kopf drehte, starrte er in Augen, die wie gletscherblaues Eis schimmerten. »Sie …? Sie sind das Phantom … Seltenreich, oder? Wie haben Sie mich gefunden?« Benommen setzte er sich auf und starrte vor sich hin. Endlich vorbei! Ihm wurde die Entscheidung abgenommen. »Werden Sie mich foltern und töten wie die anderen?«, kam es schwer über seine Lippen.

Seltenreich setzte sich ihm gegenüber und spielte mit Joost' Pistole. »Was ich hier mache? Das weißt du doch. Ich läutere Kinderschänder, mache sie zu Büßern und führe sie in den Schoß des Allmächtigen zurück, vorausgesetzt, sie bereuen ihre Taten. So einfach ist das. Du kennst doch die Aktenlage. Und wie ich dich gefunden habe? Du beleidigst meine Intelligenz.«

»Werden Sie mich mit meinem Schwanz ersticken und mir die Augen rausreißen, damit alle Welt erfährt, was ich getan habe?«, stammelte er.

»Ach, Joost, es geht doch nicht um dich, sondern um etwas viel Größeres. Obwohl du zur schlimmsten Sorte Abartiger gehörst und den Tod tausendmal verdient hast, ist heute dein Glückstag – na ja, wenn man das so nennen kann.«

»Wie, Sie wollen mich nicht töten?«, fragte er kleinlaut. *Ist es möglich, dass er mich verschont? Aber warum?*

»Nein, Joost, du bist eine wichtige Figur in meinem Spiel, und wenn du mitspielst, wirst du diesen Tag vielleicht überleben. Du brauchst nur zu tun, was ich dir sage. Andernfalls würdest du mein Spiel stören und ich müsste dich wie eine Schachfigur vom Brett nehmen. Und ja, ich würde dir den Schwanz abschneiden und dich damit ersticken. Glaub' mir, das ist ein wirklich unangenehmer Tod. Wenn du mitspielst, überlasse ich dich der Justiz und du hast die Chance, mit dem Leben davonzukommen. Was hältst du davon?«

Noch nie hatte Joost solche Angst verspürt, aber da war auch Erleichterung und die Hoffnung, doch noch mit heiler Haut davonzukommen. Möglicherweise nur eine Suspendierung, ein Disziplinarverfahren oder einfach nur die Entlassung. Alles besser als ein Selbstmord. Außerdem war niemand an einem Skandal gelegen. Er hätte Seltenreich alles versprochen, erst recht, als er in diese eiskalten Augen blickte, die ihn eindringlich musterten.

Stockend brach es aus ihm hervor: »Ich … ich werde alles tun, was Sie verlangen.«

»Eine weise Entscheidung, Joost, wirklich weise. Und da du Urlaub hast, wird dich in nächster Zeit niemand vermissen. Bleib einfach hier und tue nichts. Kein Kontakt zu irgendjemand. Gib mir dein Handy.«

»Es liegt auf der Anrichte.«

»Und wo ist dein Laptop?«

»Im Auto, es ist offen.« Jetzt bereute er es, seinen Laptop aus dem Büro mitgenommen zu haben. Vermutlich wusste Seltenreich längst, dass brisantes Material darauf war.

»Geh und hol ihn, aber bitte keine Dummheiten, sonst überleg ich's mir doch noch anders. Du kannst mir nicht davonlaufen oder dich vor mir verstecken. Die Konsequenzen kennst du ja. Also los!«

Florian steckte die Pistole in den Hosenbund. Angewidert blickte er van Brink hinterher und überlegte. Ludwig würde nicht lange brauchen, um van Brink zu finden, aber das gehörte zum Spiel. Dass sie ihn in den Medien als eiskaltes Monster hinstellten ebenfalls, aber das würde sich bald ändern. *Sie kennen zwar meinen Namen, wissen aber nicht, wie ich aussehe. Mir bleibt also Zeit genug fürs Finale, vorausgesetzt, dass Ludwig ... ja, was ...? Spüre ich da einen Hauch von Zweifel, das Spiel zu gewinnen? Dieses Team hat nichts mit dem tumben Polizeiapparat zu* *tun, der sich durch Kompetenzrangelei, Profilierungssucht und Inkompetenz auszeichnet. Die drei arbeiteten unkonventionell und in höchstem Maße professionell, was nicht zuletzt dem Dicken zu verdanken ist. Schließlich haben sie mit Bravour alle Aufgaben gelöst und sind mir dicht auf den Fersen – zu dicht für meinen Geschmac*k, konstatierte er.

Van Brink war zurückgekehrt und legte Handy und Laptop auf den Tisch.

»Setz dich.« Seltenreich deutet auf den Sessel.

Die Schweinereien auf dem Laptop kannte er bereits, weil er auch van Brinks Laptop mit einem Trojaner infiziert hatte. *Ich weiß, wer das Phantom ist*, hatte er van Brink eine Mail geschickt, die der natürlich geöffnet und ihm so Zugang zu seinem PC verschafft hatte. Wie naiv sie doch alle waren. Er klappte den Laptop auf und schrieb Ludwig eine Mail. Mal sehen, was du damit anfangen kannst, mein Freund, schmunzelte er.

»Wie lange muss ich hierbleiben?«, unterbrach ihn van Brink, der kreidebleich dasaß. Kalter Schweiß bedeckte seine Stirn. Vergeblich versuchte er, das Zittern seiner Hände zu verbergen. Jetzt, da er wieder Hoffnung schöpfte, fühlte er sich besser. *Warum soll ich mich jetzt noch umbringen? Seltenreich braucht mich*, ging es ihm durch den Kopf. Doch wofür konnte er sich beim besten Willen nicht vorstellen, denn bisher hatte er die Pädophilen jedes Mal getötet. *Warum sollte er gerade mich verschonen?*

Seltenreich schaute ihn an. »Ach Joost, ein paar Stunden vielleicht, dann wird dich jemand abholen. Was dann passiert, entzieht sich meiner Kenntnis. Ich vermute, dass deine Vorgesetzten versuchen werden, deine Taten zu vertuschen oder unter den Tisch zu kehren. Schließlich bist du ein hohes Tier bei Gericht und ein Justizskandal macht sich nicht gut. Aber ohne Federn zu lassen, wird das für dich nicht ausgehen. Zumindest wirst du weiterleben, außer …«

»Jaja, ich hab's kapiert.« Er sah zu, wie Seltenreich Handy, Laptop und Autoschlüssel nahm und genauso lautlos verschwand, wie er gekommen war.

25

Van Brink war spurlos verschwunden und das konnte nur eines bedeuten: Er hatte Angst. Hofreiter glaubte nicht, dass er sich ins Ausland abgesetzt hatte. Sie mussten ihn unbedingt vor Seltenreich finden. Er war froh, dass Hertle mitspielte, obwohl er sich anfangs unsicher war, denn das letzte Wort hatte Häusler. Hertle hatte sich bei ihm rückversichert, weil er sich geweigert hatte, die alleinige Verantwortung für ihr Vorhaben zu übernehmen. Anfangs hatte sich Häusler skeptisch, regelrecht abweisend gezeigt, doch nachdem sie über die möglichen Konsequenzen diskutiert hatten, zeigte er sich einsichtig und gab grünes Licht. »Ich will von van Brink ein Geständnis und seinen ausdrücklichen Wunsch, in Schutzhaft genommen zu werden – und das schriftlich«, hatte er verlangt. Die ganze Sache war vertrackt. Würde es Seltenreich gelingen, van Brink umbringen, wären sie aus dem Schneider. Würden sie ihn vorher schnappen, hatten sie hinterher eine Menge zu erklären, weil sie sich am Rande der Legalität bewegten. Der Plan war gut – alternativlos. »Findet van Brink …«, hatte Häusler gesagt und sie mehr oder weniger rausgeworfen.

Ludwig und Hofreiter standen hinter Ewald und beobachteten fasziniert, wie dieser blitzschnell durch van Brinks Dateien zappte, die er von dessen Laptop heruntergeladen hatte.

»Da, ich hab's!«, rief Ewald und markierte eine Zeile in van Brinks Kreditkartenabrechnung. »Van Brink besitzt ein Gartenhaus in einer Kleingartenanlage, für das er Pacht bezahlt. Flurstücknummer … Nee, das hilft nicht. Oder …« Ewald wechselte zum Internetbrowser und gab die Nummer ein. »Ha! Der Kleingartenverein ist online und akribisch, wie die nun mal so sind …«

»Mensch, wo ist das«, blaffte Hofreiter ungeduldig.

»In Regensburg. Kleingartenanlage Wiesengrund, Parzelle 182. Das ist ziemlich am Ende der Anlage.« Zufrieden drehte Ewald sich zu ihnen um.

»Gut gemacht, wirklich gute Arbeit«, klopfte ihm Hofreiter anerkennend auf die Schulter.

»Ich gehe jede Wette ein, dass van Brink dort Selbstmord begehen will«, meinte Ludwig. »Er steht mit dem Rücken an der Wand, sein Leben liegt in Scherben und das Phantom will seinen Schwanz.«

Ewald prustete los, dann schlug er sich erschrocken die Hand vor den Mund.

»Wenn wir ihn finden konnten, kann das Seltenreich auch. Also lasst uns keine Zeit verlieren.«

Sie brauchten eine knappe Stunde, um die Gartenanlage zu erreichen.

Auf den ersten Blick sah alles trostlos und verlassen aus, Gaststätte und Biergarten machten einen verwaisten Eindruck. Der zweite Blick galt dem Weg, der zu den Parzellen hinunterführte und von Hecken, Büschen und Bäumen gesäumt war. Linker Hand befand sich ein Parkplatz, auf dem ein Auto stand.

»Wow, was für ein Schlitten«, entfuhr es Ewald.

»Das ist bestimmt van Brinks Karre«, knurrte Ludwig. »Der Mann hat keine Familie, da kann man sich so ein Spielzeug leisten.«

Vorsichtig pirschten sich Hofreiter und Ludwig den Weg zu den Parzellen hinunter. Ewald ließen sie beim Wagen. »Einer muss aufpassen, dass der nicht abhaut«, hatte Ludwig ihm gesagt. Tatsächlich wollte er nicht, dass Ewald womöglich in die Schusslinie geriet.

Die Hütte lag am Ende der Anlage, versteckt hinter einer mannshohen Ligusterhecke. Bis auf das leise Flüstern der Pappeln, in denen der Wind spielte, rührte sich nichts. Durch die Lücken zwischen den Bäumen schimmerte das träge dahinfließende Band der Donau. Sie hatten das Tor in der Hecke erreicht und spähten zu dem Gartenhäuschen hinüber. Obwohl alles einen verlassenen Eindruck machte, sah man, dass hier eine pflegende Hand zugange war.

Mit entsicherten Pistolen pirschten sie sich ans Haus. Hofreiter gab Ludwig mit Handzeichen zu verstehen, dass er die Rückseite sichern solle, er selbst würde vorne reingehen.

Ludwig nickte und huschte geduckt um die Hütte herum.

Hofreiter stellte sich seitlich neben die Tür und drückte die Klinke hinunter. Die Tür ging auf. »Joost van Brink«, rief er, »hier ist die Polizei!«

»Ich bin hier«, kam es gedämpft aus dem Inneren.

Hofreiter wirbelte, die Waffe im Anschlag, herum und spähte hinein.

Van Brink saß auf der Couch und sah sie verwirrt an.

»Bitte bleiben sie sitzen und legen sie die Hände auf den Tisch, sodass ich sie sehen kann«, kommandierte Hofreiter, während Ludwig von seiner Runde um die Hütte zurückkam. Da es keinen Hinterausgang gab, der gesichert werden musste, kam er vorne rein. »Joost van Brink, ich verhafte Sie, wegen des dringenden Verdachts des Kindesmissbrauchs, dem Besitz von kinderpornografischem Material und …« Hofreiter leierte sein übliches Sprüchlein herunter, obwohl van Brink natürlich abwinkte, er kannte das ja.

Van Brink legte die Hände auf den Tisch und sah ihn fragend an. Was wussten sie? Warum waren sie schon hier? Was war das für eine Aufgabe, für die Seltenreich ihn brauchte? Er verstand nicht, was eigentlich los war.

»Besitzen Sie eine Waffe?«

»Die hat mir Seltenreich abgenommen. Was passiert nun mit mir?«

Hofreiter zuckte zusammen, fing sich aber gleich wieder. »Wir bringen Sie in Untersuchungshaft und dann werden sie dem Haftrichter vorgeführt. Sie kennen das doch. Es wird Anklage gegen Sie erhoben. Bitte stehen sie auf.« Er holte die Handschellen aus der Tasche, die er extra mitgebracht hatte.

Für einen kurzen Moment hielt Hofreiter inne und sah Ludwig an. Was stimmte hier nicht? Warum hatte Seltenreich van Brink am Leben gelassen? Und warum hatte van Brink sich nicht umgebracht? Das Ganze stank irgendwie zum Himmel.

Ludwig warf ihm einen eindringlichen Blick zu.

Hofreiter nickte. Sie hatten das schon besprochen. Van Brink hier zu töten, passte nicht ins Spiel. Es lief also tatsächlich darauf hinaus, ihn im

Präsidium oder in der U-Haft zu ermorden, obwohl sie durch De Klerk vorgewarnt waren. Das war die ultimative Herausforderung für Seltenreich. Er war also definitiv größenwahnsinnig geworden. Also das war er jetzt, der Showdown … Hofreiter wandte sich wieder van Brink zu, der sich mühsam erhob, als hätten ihn alle Kräfte verlassen. »Die Hände bitte …«

»Er wird mich in der Zelle töten?«, sagte van Brink auf einmal ruhig.

Ludwig und Hofreiter sahen sich kurz an.

»Wir werden das nicht zulassen«, meinte Hofreiter nur. »So einfach kommen Sie nicht davon.«

Van Brink lachte matt auf. »Ich bitte Sie … Sie fallen doch nicht auf dieses billige Spiel herein? Seltenreich hat mir das alles untergeschoben. Ich bin hergekommen, um erst mal aus der Schusslinie zu sein. Mit solchen Anschuldigungen am Bein hält man sich besser nicht in der Nähe der Polizei auf, da dreht schnell mal einer durch.«

Ludwig starrte den Staatsanwalt an – Ex-Staatsanwalt … nein, doch nicht, es galt wie immer die Unschuldsvermutung, bis zur Überführung … Also der Staatsanwalt hatte sich tatsächlich überlegt, sich rauszureden, wie sie schon befürchtet hatten. »Haben Sie sich das zurechtgelegt, während Sie auf uns gewartet haben oder hat Seltenreich Ihnen das in den Mund gelegt?«

»Er ist ein Monster …«

»Er hat es aber nur auf Pädokriminelle abgesehen.«

»Sie werden doch einem irren Killer nicht mehr vertrauen, als dem zuständigen Staatsanwalt? Der will mich nur kompromittieren, um die Ermittlungen zu erschweren. Ich war ihm zu dicht auf den Fersen und …«

»Na ja, soweit ich das sehe, wäre er besser beraten, wenn er mich und den Kollegen Hofreiter aus dem Spiel nehmen würde.«

»Und Ewald«, meinte Hofreiter leise.

»Es ändert jedenfalls nichts. Sie kommen in Haft. Um Seltenreich kümmern wir uns schon.«

»Einen Scheiß werden Sie!«, schrie van Brink auf einmal und machte einen Schritt auf Hofreiter zu, sodass der zurücksprang und die Waffe hob. »Der hat das alles schon geplant. Wir sind alle nur Figuren in seinem Spiel. Alles was Sie machen, hat er schon vorausgesehen!«

»Na, Sie kennen ihn ja scheinbar gut«, meinte Ludwig nur, trat hinter ihn und rammte ihm die Hand zwischen die Schulterblätter. »Los jetzt, wir werden erwartet.«

Häusler hatte dafür gesorgt, dass nur handverlesene Beamte für die Nachtschicht eingeteilt wurden. Er kannte sie alle persönlich und konnte sich darauf verlassen, dass sie dichthalten würden. Hiermeier und Hofreiter waren mit van Brink erst mal auf einen abgelegenen Parkplatz gefahren, der gut einsehbar war. Hätte Seltenreich sich genähert, hätten sie das bemerkt. Sie hatten dort mit ihm bis Mitternacht gewartet und ihn schon mal verhört, allerdings hatte er nichts Brauchbares gesagt. Er dachte tatsächlich, dass er aus der Sache noch mal heil rauskommen würde. Und so ganz unrecht hatte er damit nicht. Angesichts der IT-Fähigkeiten Seitenreichs konnte man gut argumentieren, dass dieser den Laptop des Staatsanwaltes präpariert hätte. Waren erst mal Zweifel an der Zulässigkeit der Beweise gestreut, ließe sich möglicherweise die gesamte Beweisführung rückwärts soweit aufrollen, dass alle Ermittlungsergebnisse für unzulässig erklärt würden. Dann könnten Augenzeugen aus Thailand auffahren, und es würde nichts mehr nützen. Häusler ballte die Faust in der Tasche. Vielleicht sollten sie doch einfach Seltenreich … Aber das kam natürlich nicht infrage. Womöglich hatte der das ja tatsächlich nur inszeniert.

Um Mitternacht brachten sie van Brink dann in die Untersuchungshaft. Alles wurde ordnungsgemäß protokolliert, doch statt in die Zelle führten sie ihn auf der anderen Seite des Gebäudes zu Ludwigs bereitstehendem Auto und brachten ihn weg. Es gab keine Möglichkeit für Seltenreich, sich das Versteck van Brinks durch einen Hack oder Nötigung zu beschaffen.

Am Ende gewinnt dann halt doch immer die Polizei, dachte Häusler.

***

Seltenreich hielt dem Pförtner seinen Ausweis hin, der einen kurzen Blick darauf warf und ihn durchwinkte. Er hatte sich als Mitglied von Hofreiters SOKO ausgewiesen. *Tja, preußisches Erbe halt*, musste er innerlich lachen.

Die Arrestzellen befanden sich im ersten Stock, wie er anhand der Baupläne herausgefunden hatte. Sie zu besorgen war ein leichtes. *Showdown ...* jubelte er innerlich.

Jetzt, kurz nach Dienstschluss, war kaum noch jemand auf den Fluren unterwegs. Oben angekommen, begegneten ihm lediglich zwei Beamte, die sich unterhielten und keine große Notiz von ihm zu nehmen schienen, bis sie auf gleiche Höhe mit ihm waren. Es war das kurze Aufblitzen in ihren Augen, als sie grüßten, was ihn stutzig machte. Ihm fiel auf, dass sie unter der Uniform schusssichere Westen trugen. Nichts deutete daraufhin, dass sie in einem Einsatz wären, was nur eines bedeuten konnte: *Das ist eine Falle!* Jetzt wusste er auch, warum er so wenige Leute gesehen hatte. Sogar draußen. *Gottverdammt, warum fällt mir das jetzt erst auf? Die haben garantiert draußen Scharfschützen postiert. Ludwig, Ludwig ... was bist du nur für ein ausgekochter Hund. Ein wirklich cleverer Zug, aber nicht gut genug. Wenn du glaubst, mich so leicht aus dem Spiel zu kicken, hast du dich getäuscht.* Sofort war ihm klar, dass van Brink gar nicht im Gebäude war. Nach dem Desaster mit De Klerk wären sie niemals dieses Risiko eingegangen. *Gott, was bin ich für ein Esel ...* Aber wie es seine Art war, hatte er einen Plan B: das Besucher-WC im Parterre.

Er machte auf dem Absatz kehrt und rannte los. Von oben und aus der Richtung des Einganges hörte er Stimmen und lautes Getrampel, das bedrohlich näherkam. Verdammt, sie waren ihm dicht auf den Fersen. Er schlitterte um die Ecke des Ganges und wäre beinahe gestürzt. Ein paar Meter noch und er stand er vor der Toilettentür. Geschafft. Kurz hielt er inne, um zu lauschen, dann riss er das Fenster auf und sprang ...

26

Der Schock

Der Morgen dämmerte bereits und die aufsteigende Nachtfeuchte hatte sich als Nebelbänke über die Niederungen gelegt. Der Coup war fehlgeschlagen und Florian entkommen. Bis in die frühen Morgenstunden waren sie im Präsidium geblieben, in der Hoffnung, dass die Fahndung erfolgreich sein würde.

Ludwig setzte Ewald zu Hause ab. Obwohl todmüde und ausgelaugt, freute er sich auf das Frühstück mit Kathi. *Und danach ... kann ich mir noch eine Mütze voll Schlaf gönnen*, freute er sich.

In der Hofeinfahrt kam ihm Falco schwanzwedelnd entgegengetrottet. »Na, alter Junge, wo ist denn Frauchen?« Er strich ihm durchs Fell.

Beim Anblick der offenstehenden Haustür stutzte er. Kathi würde niemals die Haustür offenlassen. Sein Magen krampfte sich zusammen. Er kannte dieses Gefühl, wenn etwas Unvorhergesehenes passierte. Die Vorahnung von etwas Schrecklichem befiel ihn wie ein tollwütiger Hund und versuchte sein Denken zu lähmen. Panisch rannte er ins Haus.

»Kathi ...?« In der Wohnstube war sie nicht.

Dann rannte er nach oben und blieb vor der offenen Schlafzimmertür wie erstarrt stehen. Von Kathi keine Spur. Auf dem Bett stand ihr aufgeklappter Laptop. Das Gefühl, als wäre er mit dem Kopf gegen ein Hindernis geprallt, wollte ihm schier den Verstand rauben.

»Nein, bitte nicht! »Nicht Kathiii ...!«, hallte sein gequälter Schrei durchs Haus.

27

Der Winter stand vor der Tür und es gab viel zu tun. Kathi hatte den ganzen Tag damit verbracht, alles zu erledigen. Die Enten und Gänse mussten eingefangen und zum Nachbarn gebracht werden, um sie zu schlachten, Obst und Gemüse mussten sortiert und einlagert und das Winterfutter für die Tiere bestellt werden. Vielleicht lag es an der Schwangerschaft, dass sie ständig müde war. Sie hatte sich früh hingelegt und war sofort in einen traumlosen Schlaf gefallen.

Sie wachte auf, weil sie keine Luft bekam. Ekliger Gestank stieg ihr in die Nase. Sie wollte schreien, aufbegehren, sich dagegen wehren, doch sternenlose Dunkelheit begann sie einzuhüllen.

Seltenreich nahm den Wattebausch von ihrem Mund und zog ihre Augenlider hoch. *Hoffentlich war die Dosis nicht zu stark, auf keinen Fall will ich ihr oder dem Kind schaden. Später gebe ich ihr ein leichtes Beruhigungsmittel*, nahm er sich vor. Vermutlich würde es nicht lange dauern, bis Ludwig sie fand. »Du bist wirklich gut. Hast van Brink gefunden, ihn vor mir versteckt und mir eine Falle gestellt«, murmelte er anerkennend. »Ein wahrhaft würdiger Gegner.« Und wieder begannen bohrende Zweifel an ihm zu nagen. *Bist du wirklich cleverer als ich? Unsinn ... Ursprünglich hatte ich nicht vor, Katharina zu entführen. Meine Drohung sollte lediglich unser Spiel etwas aufpeppen, aber nun hast du mich gezwungen, meine Drohung wahr zu machen. Ich will van Brink! Koste es, was es wolle! Und du weißt, wo er ist.* Behutsam hüllte er Kathi in eine Decke und trug sie aus dem Haus.

Draußen fiel sein Blick auf den Hund, der friedlich schlummernd dalag. *Das kommt davon, wenn man einem guten Stück Fleisch nicht widerstehen kann*, schmunzelte er. Lange würde er nicht schlafen. Dann legte er Kathi in den Fond seines Wagens und breitete eine Decke über sie.

***

Allmählich begann sich der Nebel in ihrem Kopf zu lichten. Orientierungslos irrten ihre Augen umher und blieben an der Decke mit den schwarzen Balken und Holzkassetten hängen, wanderten weiter zum Fenster, durch das spärliches Tageslicht fiel. Es roch muffig. Kathi versuchte, sich im Bett aufzurichten, war aber zu schwach. Außerdem war ihr schlecht. Der Speichel in ihrem Mund wurde immer mehr und das Gefühl, sich übergeben zu müssen, immer stärker. Erst jetzt realisierte sie, dass ihr Mund zugeklebt war. Panisch schüttelte sie den Kopf.

Seltenreich saß an ihrem Bett und hielt einen Eimer und ein Handtuch bereit. Er wusste um die Nachwirkungen des Äthers und wollte auf keinen Fall, dass sie an ihrem Erbrochenem erstickte. Mit einem Ruck riss er ihr das Klebeband herunter.

Erst jetzt realisierte Kathie, dass sie nicht allein war. Schon begann sie zu würgen und erbrach sich in den Eimer. Angewidert griff sie nach dem Tuch, das er ihr hinhielt, und wischte sich den Mund ab. »Sie sind Florian, oder?«, keuchte sie und versuchte, wieder zu Atem zu kommen.

»Könnte man so sagen. Aber du brauchst dir keine Sorgen zu machen, Katharina. Ich darf dich doch so nennen? Ludwig und ich sind schließlich gute Freunde.«

»Gute Freunde? Dass ich nicht lache. Sie sind ein gemeiner Mörder und Ludwig wäre der Letzte, der Sie als Freund bezeichnen würde.« Verstohlen schaute sie sich um, wollte herausfinden, wo genau sie sich befand. *Vielleicht kann ich in einem unbeobachteten Moment fliehen? Irgendwann würde er mal aufs Klo müssen …*

»Bitte, Katharina, vergiss es. Du kannst nicht fliehen.« Er hatte das Umherirren ihrer Augen bemerkt – den Blick zur Tür und dann in die Runde und schließlich zum Fenster. Es war so leicht, ihre Gedanken zu erraten. »Um es mal so auszudrücken … Ja, ich bin ein Mörder, aber wen habe ich denn getötet? Abschaum, Kinderschänder der schlimmsten Sorte, die hundertmal den Tod verdient haben. Kann es sein, dass du Mitleid mit ihnen hast? Ich habe lediglich der Justiz etwas vorgegriffen und das Verfahren abgekürzt. Oder wäre es dir lieber, dieser Auswurf unserer Gesellschaft ginge ein paar Jahre ins Gefängnis, um anschließend wieder auf die Gesellschaft losgelassen zu werden? Und wofür? Damit sie erneut ihre abartigen Triebe ausleben können? Denkst du gar nicht an die geschundenen Körper und Seelen dieser Kinder oder an die Angehörigen? Oder an jene Opfer, die sie, aus Angst erkannt zu werden, umbringen und anschließend wie Müll entsorgen? Ist das deine Sichtweise von Moral, Katharina Hiermeier? Bin ich deswegen ein schlechter Mensch? Willst du mich dafür verurteilen?

Kathie richtete sich auf und griff nach der Wasserflasche. Ihr Hals brannte von der Magensäure. Angewidert von so viel Überheblichkeit meinte sie: »Und Sie spielen Gott und nehmen das Recht in die eigenen Hände. Wer hat Sie dazu legitimiert, wenn nicht ihr krankes Hirn? Was wäre denn, wenn jeder so denken und handeln würde? Anarchie wäre die Folge, Chaos würde ausbrechen und den Menschen jegliche Option für ein friedliches Miteinander nehmen. Nein, in so einer Welt würde ich nicht leben wollen. Jede Gesellschaft braucht Regeln, an denen sich der Einzelne orientieren kann, denn das schafft Sicherheit und Frieden. Natürlich schwafeln die Politiker von einer freiheitlich-demokratischen Grundordnung und propagieren grenzenlosen Individualismus, außerdem gibt es in jeder Gesellschaft Randgruppen und abnorme Individuen. Aber wir leben in einem Rechtsstaat und deswegen fühle ich mich in dieser Gesellschaft wohl. Und Sie? Sie machen mir nur Angst, denn ihren Argumenten kann ich absolut nichts Positives abgewinnen. Sie sind und bleiben trotzdem ein Mörder, der neben Recht und Gesetz steht. Zumindest sehe *ich* das so.«

Ihr Monolog begann ihn zu amüsieren. Wahrlich eine mutige Frau ohne jegliche Angst und mit gesunder Weltanschauung, leider nicht der seinen. »Weißt du, dass die Mehrzahl der Menschen dumme blökende Schafe sind, die irgendwelchen Ideologien von sogenannten Heilsbringern hinterherhecheln? Päpsten, Kaisern, Königen oder sonstigen Spinnern, besonders den religiösen, die sie millionenfach auf die Schlachtfelder treiben, nur um einen sinnlosen Tod zu sterben? Seit Anbeginn der

Menschheit ist das so und wird sich auch in Zukunft nicht ändern. In jedem Kulturkreis legt die Gesellschaft fest, was Gut und Böse ist. Die Menschheit betrachtet sich als zivilisiert, aber was unterscheidet denn den Menschen vom Tier?« Da Kathi ihn verständnislos anschaute, fuhr Florian fort: »Ich will es dir sagen – einfach alles und nichts! Ein Beispiel: Wenn männliche Löwen oder Bären die Jungen einer potenziellen Partnerin töten, dann nur deshalb, um sie in Paarungsstimmung zu versetzen, um ihre eigenen Gene weiterzugeben. Das ist evolutionsbedingt und tief in ihren Genen verankert. Der Mensch dagegen tötet aus anderen Gründen. Wie wäre es mit Eifersucht, Hass, Neid, Gier und Habsucht oder einfach aus der Armut heraus. Und da gibt es noch die Religionen oder die vielen verschiedenen Ethnien oder der Rassenhass. Oder einfach nur eine verquere Ideologie, die ganze Massen begeistert. Für einen Genozid braucht es keine besonderen Gründe. In der Evolution gibt es nur ein Gesetz: Fressen und gefressen werden. Das gilt für den Menschen mehr denn je, nur anders. Was das mit den Pädophilen zu tun hat, die ich getötet habe, fragst du dich? Ich will es dir sagen. Was im Tierreich so gut wie gar nicht vorkommt, ist sexueller Missbrauch an Jungen oder Babys. Und wenn doch, ist es der Arterhaltung geschuldet. Nur der Mensch ist in der Lage, sich über die Naturgesetze zu erheben, weil er in der Lage ist, seine sexuell pervertierten Fantasien real umzusetzen. Ich rede von Kindern, Katharina, den Kleinsten der Kleinen, nicht von den anderen Abartigkeiten, die es sonst noch gibt. Ich glaube nicht, dass die Evolution das für uns Menschen vorgesehen hat. Die Spezies Mensch ist eine Missgeburt der Evolution, weil sie die einzige Spezies ist, die systematisch ihre eigene Existenzgrundlage zerstört. Und ich glaube, dass sie dabei ist, auf die eine oder andere Art ihren Fehler zu korrigieren. Und sie hat Zeit.«

»Das ist aber ziemlich weit hergeholt«, wandte Kathi ein.

»Ich sehe schon, ich fange an, dich zu langweilen. Was ich damit sagen will ist, dass nur das menschliche Gehirn zu solchen Abnormitäten fähig ist. Obwohl sich die Menschheit der Natur längst entsagt hat, sind wir dennoch ein Teil von ihr. Nach Tausenden von Jahren lebt unser archaisches Erbe in unseren Genen weiter. Die stärksten Triebe für Mensch und Tier sind der Selbsterhaltungs- und Fortpflanzungstrieb. Ersterer ist für die Menschheit nicht mehr ganz so relevant, der zweite dagegen die Ursache für all die sexuellen Varianten und Perversionen, die sich die Psyche auszudenken vermag. Wir können unseren Sexualtrieb in der heutigen Zeit, durch gesellschaftliche Normen und Regeln, nicht mehr wahllos praktizieren. Wir müssen unsere sexuellen Fantasien kompensieren, indem wir sie gedanklich ausleben. Eine ganze Pornoindustrie lebt davon. Aber da gibt es die Pervertierten, die einen Schritt weitergehen. Findest du nicht, dass unsere Moralvorstellungen der Realität hinterherhinken? Hast du mal darüber nachgedacht?« Vorsichtshalber hielt er Eimer und Tuch bereit, weil Katharina erneut zu würgen begann. Unbeirrt fuhr er fort: »Weißt du, Ludwig und ich haben sozusagen ein Agreement. Er kooperiert, weil er beschützen will, was er liebt, und ich brauche ihn, um die Gesellschaft wachzurütteln. Wir spielen ein Spiel, Katharina, das du nicht verstehst, und du bist ein Teil davon. Das war zwar ursprünglich nicht vorgesehen, aber du brauchst keine Angst zu haben. Dir und dem Baby wird nichts geschehen.«

Katharina unterdrückte ihren Brechreiz. Ohne auf seinen geistigen Exkurs einzugehen, schrie sie ihn an: »Sie halten mich gefangen, nur um ein Spiel zu spielen? Wie lange soll das denn gehen?«

»Das weiß ich nicht. Aber wie ich Ludwig kenne, wird er nicht lange brauchen, um dich zu finden. Er ist ein hervorragender Polizist, der Beste, den ich kenne, aber bis dahin bin ich weit weg und du kehrst in deine heile Welt zurück, als wäre nichts geschehen.« Seine stechendblauen Augen fixierten sie. »Hast du vor, Schwierigkeiten zu machen, Katharina?« Diese Frau war großartig und insgeheim beglückwünschte er Ludwig zu seiner Wahl.

Kathi fühlte sich besser und da sie sicher war, Florian würde ihr nichts antun, versuchte sie, mehr über ihn in Erfahrung zu bringen. »Von Ludwig weiß ich, dass sie Arzt werden wollen. Warum töten Sie Pädophile, anstatt sie der Justiz zu überlassen? Als Arzt hätten Sie viel mehr Möglichkeiten, Kindern zu helfen. Und nun sind Sie ein Mörder ohne jegliche Zukunftsperspektive. Ihnen ist doch klar, dass Sie früher oder später geschnappt werden. Was haben Sie dann tatsächlich erreicht? Nichts!« Fragend schaute sie ihn an.

»Ach, Katharina, du verstehst überhaupt nichts. Pädophilie, so wie ich sie verstehe, ist wie ein Krebsgeschwür. Es wächst im Verborgenen und erst, wenn es aufbricht, erkennt man, dass es zu spät ist, um es zu entfernen. Der Schaden ist angerichtet und Heilung nicht mehr möglich. Dieses Geschwür befällt unsere Gesellschaft und ist weiterverbreitet, als du ahnst. Die wenigen Fälle von Kindesmissbrauch, die bekannt werden, dienen lediglich den Medien als Aufreißer. Und die Justiz? Sie versagt genauso kläglich wie die Jugendämter, die heillos überlastet sind. Jedes Mal, wenn ich einen Kinderschänder töte, habe ich mehr Leid verhindert, als alle Präventivmaßnahmen, die propagiert werden. Obwohl jeder sie googeln kann, interessiert sich nicht wirklich jemand dafür. Interesse zeigen die Eltern erst, wenn in ihrem direkten Umfeld etwas passiert ist oder bekannt wird, dass sie mit einem verurteilten Kinderschänder Tür an Tür wohnen und ihre Kinder tagtäglich an dessen Haus vorbeigehen. Ich rüttle sie auf und das ist viel effektiver als jede Schlagzeile. Sie passen wieder auf, wenn ihre Kinder im Sandkasten spielen, in den Kindergarten oder zur Schule gehen. Und das, Katharina, vermögen weder Justiz noch Medien zu erreichen. Ich setze ein Zeichen! So einfach ist das.« Florian stand auf und brachte den Eimer raus.

Kathi dachte über seine Worte nach. Ganz von der Hand zu weisen waren seine Argumente nicht. Trotzdem hatte er nicht das Recht, sich über andere zu erheben oder sie zu töten. Ludwig hatte ihr zu erklären versucht, dass die Denk- und Handlungsweisen eines Psychopathen schwer nachvollziehbar seien. So erging es ihr jetzt auch. *Habe ich das Recht, Florian zu verurteilen?*, fragte sie sich. *Wie würde ich darüber denken, wenn man mein Kind missbraucht hätte? Sicher anders als jetzt. Nein, so was will ich mir gar nicht vorstellen.*

Erst jetzt wurde Kathi bewusst, warum Ludwig in letzter Zeit so verschlossen und abweisend war. Florian hatte ihn mit ihrer Entführung unter Druck gesetzt und ihm dieses unwürdige Spiel aufgezwungen und nun musste er mitspielen, ob er wollte oder nicht. Jetzt saß sie diesem Ungeheuer gegenüber und seine verschrobene selbstgerechte Denkweise machte ihr Angst. Angst, dass Florian Ludwig am Ende des Spieles töten würde.

Der Gedanke erschreckte sie dermaßen, dass ihr die Tränen in die Augen stiegen. Schnell wischte sie darüber, weil sie sich Florian gegenüber keine Blöße geben wollte – nicht diesem Ungeheuer. Und da sie nun selbst zu einem Teil des Spieles geworden war, entschloss sie sich, nachzugeben und seinen Wünschen nachzukommen. Kathi wusste, dass Ludwig alles tun würde, um sie aus dieser misslichen Lage zu befreien.

Als Florian zurückkehrte, meinte sie: »Ich werde nichts tun, was Sie verärgert. Sagen Sie mir, was Ludwig machen muss, damit dieses Spiel endet?«

Nein, sie hatte wirklich nichts verstanden, aber das war nicht wichtig. Wichtiger war, dass Ludwig ihn verstehen würde. Florian nahm Kathi das Tuch ab, umrundete das Bett und meinte: »Nicht viel, Katharina. Er muss dich nur finden.«

28

Die Suche

Hallo Ludwig,

ein grandioser Schachzug von dir, wahrlich unserem Spiel würdig. Ich komme mir vor wie Don Quichote, der vergeblich gegen Windmühlenflügel ankämpft. Miguel de Cervantes – solltest du lesen. Und nun mein letzter Zug: Finde Katharina and The Game is over. Ein ehrenvolles Patt sozusagen, denn es ist nur eine Frage der Zeit, bis ich van Brink finde. Das mit Katharina ist eine Sache zwischen dir und mir. Findest du sie nicht, habe ich gewonnen.

Florian

Nur langsam erkannte Ludwigs gequälter Verstand die Wahrheit hinter den Worten. Florian hatte Kathi entführt. *Eine Sache zwischen ihm und mir?* Ging es gar nicht um van Brink? Sollte das der Showdown werden? *Nein, das ist unmöglich, so kann ich mich nicht getäuscht haben.*

Wieder und wieder las er die Mail, als könne er eine Lösung darin finden. *Was bin ich nur für ein Idiot! Die ganze Zeit hat Florian sich an keine Regeln gehalten – warum sollte er das jetzt tun?* Er würde Kathi töten, nur um als Sieger aus dem Spiel hervorzugehen. Aber warum?

Kaum in der Lage, einen klaren Gedanken zu fassen, fegte er den Laptop vom Bett und raufte sich die Haare. »Wenn du ihr etwas antust, jage ich dich bis ans Ende der Welt«, schrie er seine Wut hinaus. »Warum passiert das alles? Was in drei Teufels Namen muss ich denn noch erdulden?« Diesem Verrückten hilflos ausgeliefert zu sein, ließ ihn schier verzweifeln.

Er durchsuchte wie ein Verrückter das Haus, vom Keller bis zum Boden, in der Hoffnung, dass Florian sie irgendwo versteckt hatte. Sogar im Stall sah er nach. Nichts! Von Kathi keine Spur. Erschöpft warf er sich aufs Bett und vergrub seinen Kopf in Kathis Kissen. Ihr Geruch, den er so liebte, sollte ihn trösten. *Wo bist du ... was hat er mit dir gemacht?*, zermarterte er sich den Kopf. Und dann weinte Ludwig, bis er keine Tränen mehr hatte.

Schließlich befreite ihn der Schlaf von seiner Seelenqual.

Als er aufwachte, dämmerte es bereits und eine Zentnerlast lag auf seiner Brust. Aber es war nur Falco, der sein Gesicht leckte. »Igitt, mach dich runter, du Ferkel.«

Widerwillig sprang Falco vom Bett und blieb bellend davor stehen. »Jaja, ich komme ja schon, du Quälgeist.« Er wankte ins Bad. *Ich muss etwas übersehen haben. Warum können wir den Kerl nicht fassen? Und jetzt Kathi ...* Seine Gedanken fuhren Karussell.

Er machte sich Kaffee und nippte daran, als sein Blick auf Falco fiel, der schwanzwedelnd und pudelnass zu ihm aufblickte. Bestimmt hatte er wieder die Enten im Teich gejagt. Aber irgendwie sah er anders aus.

Das war es! Auf einmal fiel ihm wieder ein, dass Florian ständig sein Aussehen veränderte. Vor fünf Jahren hatte er sich mit seinem richtigen Namen an der Uni immatrikuliert, was aber nicht zwangsläufig bedeutete, dass er heute auch noch so hieß oder aussah. Mittlerweile konnte er eine neue Identität angenommen haben. Heutzutage wurde doch alles digitalisiert. Florian könnte, wie Phönix aus der Asche, als neuer Student auferstehen. Den Dozenten war es egal, wer ihre Vorlesungen besuchte oder wie sie aussahen, vor allem, weil so viele verschiedenen Nationalitäten im Hörsaal vertreten waren.

Mit einem Mal war sich Ludwig sicher. »Danke, mein Dicker«, sagte er zu Falco, unter dem sich mittlerweile eine ansehnliche Pfütze gebildet hatte, und warf ihm ein *Wurstradl* zu. *Nur gut, dass Kathi das nicht sieht.*

Auf der Fahrt zur Tilly-Schanze sortierte Ludwig gedanklich alle Fakten über Florian. Mit hoher Wahrscheinlichkeit hatte er sich in Höll bei den Fidschis neue Papiere besorgt und das gehörte zu Düng Hùngs Einzugsgebiet.

***

»Ich freue mich, dich zu sehen. Wie geht es Katharina und dem Baby? Sind beide wohlauf?« Mit der typisch-asiatischen Gelassenheit schaute

Düng Hùng ihn an. Erst jetzt bemerkte er Ludwigs Niedergeschlagenheit und die schwarzen Ringe unter den Augen. Ihn schmerzte es, seinen Freund so zu sehen.

»Kathi wurde entführt … Du bist meine letzte Hoffnung«, sprudelte es aus Ludwig hervor. Und dann erzählte er Düng Hùng alles, was er über Florian und dem ihm aufgezwungenen Spiel wusste. Verlegen wischte er sich über die Augen. »Düng Hùng, ich muss sie finden. Bitte …«

»Das ist eine schreckliche Sache und ich weiß nicht, ob ich dir helfen kann, aber du kannst sicher sein, dass ich alles tun werde, was in meiner Macht steht. Wenn er sich in Höll oder anderswo neue Papiere besorgt hat, werde ich es herausfinden. Doch das braucht Zeit.«

»Ich weiß, dass du über entsprechende Verbindungen verfügst und dir nichts entgeht, was im Grenzland passiert. Vielleicht habe ich ja Glück?«

Düng Hùng nickte verstehend und gab seinem Leibwächter ein Zeichen, der sich daraufhin entfernte. »Bitte gedulde dich etwas. Bis dahin lass uns Tee trinken, er schmeckt vorzüglich und ist aus meiner Heimat. Freunde schicken mir jedes Jahr ein Päckchen.«

Kurz darauf wurde von einer asiatischen Schönheit, die Ludwig an Hao Lan erinnerte, Tee serviert, der ein wundervolles Aroma verströmte. Diesmal wurde Gebäck gereicht, mit einem Hauch von Zimt und Honig. Ludwig war innerlich aufgewühlt und das Warten zehrte an seinen Nerven. Geduld war eine typisch asiatische Eigenschaft, von der Ludwig im Moment rein gar nichts hielt.

Um die Wartezeit zu überbrücken, fragte Düng Hùng: »Was denkst du, hat der Killer vor?

»Ich weiß es nicht. Es gibt Statistiken über psychopathische Killer. Die meisten von ihnen wollen gefasst werden oder mit einem großen Showdown von der Bühne abtreten.«

»Wie soll ich das verstehen? Abtreten oder gefasst werden wollen?«

»Ich meine, dass sie es darauf anlegen, einen grandiosen Abgang zu inszenieren, um bei ihrer Verhaftung getötet zu werden. Ähnlich einem Selbstmord. nur dass andere das für ihn erledigen sollen. Aber Kathi …

Ihre Entführung passt nicht ins Schema. Ich weiß nicht, was ich davon halten soll. Vermutlich ist es wieder ein Ablenkungsmanöver von ihm. Florian hat sich noch nie an Abmachungen gehalten, warum also jetzt?

Es dauerte eine Weile, bis sich Düng Hùng zu einer Antwort durchgerungen hatte. Schließlich meinte er: »Nach allem, was du mir erzählt hast, glaube ich, dass er Kathi nichts antun wird. Er hat sie entführt, um herauszufinden, ob du ihm ebenbürtig bist. Du bist ihm zu dicht auf den Fersen, was ihn verunsichert. Ich glaube, er hat Angst, weil du bisher alle seine Züge durchkreuzt hast. Für ihn gibt es kein Patt. Also hält er sich eine Hintertür offen. Wird er geschnappt, ist Katharina sein Faustpfand und ihr müsstet ihn laufenlassen. Er wird dafür sorgen, dass Katharina rechtzeitig gefunden wird. Du hast drei Optionen: Ihr nehmt ihn fest, er tötet dich oder er setzt sich ab. Ich glaube, du bist in großer Gefahr, mein Freund.«

Der Leibwächter kehrte zurück, verbeugte sich und überreichte Düng Hùng einen Umschlag, dem dieser mehrere Bogen Papier entnahm. Er warf einen kurzen Blick darauf und nickte. »Hier, sehr interessant.«

Ludwig starrte wie hypnotisiert auf die Passfotos. Ein jugendliches sonnengebräuntes Gesicht mit blauen Augen und blonden kurz geschnittenen Haaren. »Mein Gott … das ist er! Ich könnte mich ohrfeigen. Düng Hùng, ich hatte ihn fast!

»Wie – du hattest ihn?« Warum hast du ihn nicht festgenommen?« Irritiert schaute er Ludwig an.

»Nein, nur beinahe. Er saß damals im Hörsaal der Uni und ich habe ihm direkt in die Augen gesehen – nur für den Bruchteil einer Sekunde. Wir wussten nicht, wie er aussah. Philip Lederer! Name, Geburtsort und -datum – alles gefälscht. Ziemlich clever, der Junge. Und dann spürte er, wie neu erwachte Hoffnung seinen Geist beflügelte, die dunklen Gedanken aus seinem Kopf vertrieb und seine alte Tatkraft zurückkehrte. *Kathi – ich werde dich finden. Halte durch, Liebes.*

»Ich hoffe, es hilft dir weiter und du findest den Mann«, riss ihn Düng Hùng aus seinen Gedanken.

»Oh ja, ganz bestimmt. Ich danke dir für deine Hilfe.«

»Du weißt, dass ich immer für dich da bin, mein Freund. Geh' und finde Kathi. Viel Glück.«

Nachdenklich blickte er Ludwig hinterher.

***

»Hallo Ewald, wir sollen uns Morgenfrüh um acht im Präsidium einfinden. Hertle will über den Stand der Ermittlungen informiert werden. Ich hole dich ab.« Ohne eine Antwort abzuwarten, drückte Ludwig ihn weg. Ewald würde schon kapieren. Dann rief er Richard an, der kurz stutzte, aber sofort zusagte.

In Hofreiters Büro legte er die Papiere von Düng Hùng auf den Tisch: »Florian Seltenreich nennt sich jetzt Philip Lederer.«

»Woher hast du die Information?«, fragte Richard, dem Ludwigs Niedergeschlagenheit nicht entgangen war. Warum freute er sich nicht?

»Das erzähle ich dir später. Wichtig ist doch, dass wir endlich wissen, wie er jetzt heißt und aussieht.

»Der macht einen sympathischen Eindruck«, meinte Ewald. »Kommt bei den Mädels bestimmt gut an. Ein richtiger Wolf im Schafspelz.«

»Ja, wenn er nicht so ein gnadenloser Killer wäre«, erwiderte Ludwig. »Er … er hat Kathi entführt!«

Wäre eine Nadel zu Boden gefallen, hätte es sich wie eine Explosion angehört. Ungläubig starrten sie ihn an.

Hofreiter war der Erste, der sich von seinem Schrecken erholte und fragte: »Wann?«

»Noch in der Nacht, als er uns im Präsidium entwischt ist. Er hat eine Nachricht hinterlassen.« Kurz informierte er sie über die Mail. »Ich glaube nicht, dass er ihr etwas antun wird. Er benutzt sie jetzt als Faustpfand, was auch Düng Hùngs Einschätzung ist«, rutschte es ihm unfreiwillig heraus. Verdamm, ihm war sofort klar, dass er jetzt Farbe bekennen musste.

»Wer ist Düng Hùng?«, fragten beide gleichzeitig.

»Von ihm habe ich die Information.« Verlegen erzählte er von seiner Verbindung zur Vietnamesen-Mafia und wie alles angefangen hatte – einfach alles. Endlich war es raus – keine Geheimnisse mehr.

Hofreiter verschlug es die Sprache. Ludwig paktierte mit Kriminellen und ausgerechnet mit den Fidschis. Wenn das herauskam, war Ludwig im Arsch und sie gleich mit. *Herrje, denk nach ... Wichtig ist jetzt, dass wir Katharina finden.* An Ludwig gewandt, meinte er: »Wir müssen uns später ernsthaft darüber unterhalten, aber jetzt haben wir Wichtigeres zu tun.«

Ewald hatte sich von seinem Schrecken erholt und halbwegs wieder Farbe bekommen. »Aber warum Kathi? Wie sollen wir sie denn finden?«

»Ich glaube, ich weiß, wie wir das herausfinden. Wir müssen die Leute befragen, mit denen er am meisten zu tun hatte. Hast du noch die Listen mit den Studenten, die an der Vorlesung teilgenommen haben?«

»Natürlich habe ich die, aber was soll das bringen?«

Hofreiter wusste sofort, um was es ging. Manchmal regte ihn Ewalds Schwerfälligkeit auf, was er ihm aber nicht übel nahm. Ohne ihn wären sie Seltenreich hilflos ausgeliefert gewesen und nie so weit gekommen. Ewald war ihr Joker.

»Wir werden sie befragen. Florian muss irgendwo wohnen, essen, trinken oder seine Klamotten waschen. Also, wo würdest du als Student unterkommen wollen?«

»Natürlich in einer Studenten-WG oder so«, meinte Ewald.

»Bingo! Und genau da fangen wir an. Mein Gefühl sagt mir, dass wir auf dem richtigen Weg sind.« Ludwig gab jedem ein Prepaid-Handy. »Hier, ab jetzt ist Florian blind und taub wie ein Maulwurf. Unsere PCs oder Laptops benutzen wir nur noch für unverfängliche Sachen.«

Eine Stunde später fuhren sie auf dem Parkplatz der Uni vor.

»Ein Serien-Mörder an unserer Universität? Das kann ich nicht glauben.« Langsam wich die Farbe aus dem Gesicht des Dekans. »Sollten sie recht haben, wäre das schrecklich und nicht auszudenken, wenn ...« Der

Rest blieb ihm vor Betroffenheit im Hals stecken. Seine Sorge war dem Image der Universität geschuldet.

Für die Befragungen der Studenten stellte er ihnen einen Raum zur Verfügung.

Die Befragungen blieben ohne Ergebnis, bis Julia und Andrea an die Reihe kamen, beide um die 25 Jahre jung. Andrea hatte blonde, zu langen Zöpfen geflochtene und Julia kurze schwarze Haare. Beide schlank und eine echte Augenweide, machten sie einen sympathischen Eindruck.

»Der Philip? Ja, der wohnt bei uns. Was hat er denn angestellt?«, fragte Julia und sah Ludwig verwundert an.

»Das können wir ihnen wegen der laufenden Ermittlungen nicht sagen. Wissen Sie, warum er nicht in der heutigen Vorlesung war?«, fragte Ludwig.

»Nein, Philip ist vor ein paar Tagen spurlos verschwunden.«, meinte Andrea.

»Und wie lange wohnt er schon bei Ihnen?«

»Seit drei Jahren ungefähr.«

»Und ihnen ist nichts Besonderes an ihm aufgefallen? Hat er immer so ausgesehen wie jetzt?« Ludwig zeigte ihnen die neuestes Fotos.

»Nein, Philip liebt es, sich immer neue Frisuren einfallen zu lassen oder sein Aussehen zu verändern. Manchmal steht er stundenlang vorm Spiegel, nur um an einem neuen Outfit zu basteln. Das ist so ein Tick von ihm. Wir haben uns immer gewundert, woher er das Geld hat. Natürlich haben wir ihn nicht gefragt.«

Man konnte sehen, dass es den beiden immer unbehaglicher zumute wurde, deshalb fragte Hofreiter: »Wohnt noch jemand in der WG?«

»Im Moment nicht, aber bis vor einem halben Jahr hat Maximilian bei uns gewohnt. Der ist nach Florida gegangen, um dort seinen Abschluss zu machen. Das war, als seine Eltern bei einem Autounfall ums Leben kamen. Seitdem wohnen wir zu dritt.«

»Haben sie eine Anschrift oder Telefonnummer von Maximilian?«, fragte Ludwig. Er konnte nicht erklären, warum er das wissen wollte, aber es schien ihm irgendwie wichtig. »Und noch eine Frage: Können sie sich vorstellen, wo Philip abgeblieben ist?«

»Nein, der ist immer mal für ein paar Tage verschwunden. Er muss nach seinem Haus schauen, sagt er. In den Semesterferien bleibt er ganz weg. Mehr wissen wir nicht.« Sie schaute Andrea fragend an.

Die nickte. »Du hast doch Maximilians Handynummer, oder?«, meinte sie, woraufhin Julia ihr Smartphone aus der Tasche kramte und darauf rumtippte.

»Hier!«

Mit einem kurzen Blick darauf notierte Ewald die Nummer.

»Eine Frage noch. Studenten machen doch gerne einen drauf. Denken sie bitte nach, weil das sehr wichtig ist: Haben sie mal zusammen gefeiert? Wenn ja, wo?« Warum auch immer, plötzlich war da wieder sein Bauchgefühl, wenn er einer Spur zu nahe kam, ohne zu wissen warum. Bewusst schwieg er und ließ den Mädchen Zeit.

Schließlich war es Julia, die antwortete: »Max erwähnte mal ein Wochenendhaus, wo er mit uns eine Fete machen wollte. Das war kurz nach dem Sommersemester letztes Jahr. Aber so was ist nicht unser Ding. Wissen sie … Andrea und ich sind ein Paar und gehen unsere eigenen Wege.« Julia nickte und schaute ihre Freundin liebevoll an, was Ewald ein Lächeln entlockte.

»Sie wissen nicht zufällig, wo dieses Wochenendhaus ist, oder?«

Beide schüttelten den Kopf.

»Mhh …«, machte Hofreiter. »Schade, das wäre sehr hilfreich gewesen. Kann man nichts machen. Jedenfalls danken wir ihnen für ihre Hilfe. Sie können jetzt gehen.«

Auf dem Campus begrüßte sie dichter Schneefall, der bereits alles in weiße Watte gehüllt hatte. Während Ewald etwas zurückblieb, hielt Richard Ludwig am Ärmel fest. »Hält er sie dort fest? Was meinst du?«

»Ich denke schon.«

Diesmal war sich Ludwig sicher, doch was er nicht auszusprechen wagte, machte Ewald für ihn, der sie eingeholt hatte: »Und wenn Selten-

reich noch dort ist, vielleicht sogar bewaffnet, was machen wir dann?«
Er schnaufte wie ein Dampfross.

»Dann lege ich ihn um.«

Ewald zuckte erschrocken zurück. »Mein Gott …«

»Und jetzt sollten wir keine Zeit vergeuden. Du bist gefragt, Ewald, also hack dich ins Grundbuchamt und finde raus, wo die verdammte Hütte ist. Wie heißt dieser Max …?«

»Maximilian Mayrhofer, soweit ich weiß. Warum rufen wir nicht an? Das sind doch nur sechs Stunden Zeitunterschied zwischen hier und Florida. Mit ein bisschen Glück ist der Typ Frühaufsteher und wir gewinnen Zeit«, meinte Hofreiter. »Außerdem ist mir scheißkalt.« Auf seinem Kopf hatte sich mittlerweile eine weiße Haube gebildet.

»Gott im Himmel! Kannst du nicht schneller fahren«, moserte Hofreiter. »Wo liegt die Hütte überhaupt?«

»Mensch, die Kiste fährt nicht schneller. Das Kaff heißt Einhausen und liegt mitten in der Pampa. Ich wäre beinahe verrückt geworden, als mir Mayerhofer den Weg beschrieben hat. Geradewegs durch Einhausen durch und dann dem Feldweg folgen. Es wäre ein ehemaliges Forsthaus und würde am Fuße des Eichelberges liegen.«

An der Ausfahrt Lappersdorf verließen sie die A 93.

»Vielleicht noch zwanzig Minuten. Bist du jetzt zufrieden?«, giftete Ludwig zurück.

Zwischen ihnen hatte sich eine Spannung aufgebaut, die ihrer gemeinsamen Sorge um Katharina geschuldet war. Hinzu kam die Ungewissheit, ob sie Seltenreich dort antreffen würden. Ein unkalkulierbares Risiko. Es könnte zu einer Schießerei kommen. Alles war möglich.

Von Ewald hörte man kein Wort. Bleich und wie üblich schwitzend saß er zusammengesunken im Fond und starrte auf seine Schuhspitzen, um nicht nach draußen sehen zu müssen. *Nun rast doch nicht so*, hätte er am liebsten geschrien, weil ihm Angst die Kehle zuschnürte.

Sie erreichten Einhausen. Ein wirklich trostloses Kaff. Am Ortsausgang gab Ludwig wieder Gas und jagte den Wagen den Feldweg hinauf, sodass der Schotter dahinter davon spritzte. Hinter der letzten Kurve musste er scharf abbremsen.

Das Forsthaus mit den kleinen Sprossenfenstern und dem grünen Blechdach hatte schon bessere Zeiten gesehen. Erbaut vor der Jahrhundertwende, schmiegte es sich an den Hang. Dahinter stieg der Wald steil an. Lediglich vor dem Haus gab es ausreichend Platz zum Parken. Sie hatten so viel Krach gemacht, dass sie nicht mehr auf das Überraschungsmoment hoffen durften.

Mit gezückter Waffen verschwand Hofreiter hinterm Haus, während Ludwig, ungeachtet möglicher Gefahren, direkt hineinstürmte. Die Sorge um Kathi ließ ihn alle Vorsicht vergessen.

»Kathiii …! Bist du hier?« Lauschend blieb er im Flur stehen, doch kein Laut war zu hören. Sein Herz pochte bis zum Hals und pulsierte in seinen Ohren. *Bitte, lieber Gott, lass' ihr nichts passiert sein*, schickte er ein Stoßgebet zum Himmel.

Verzweifelt sah er sich im Flur um. Kleine emaillierte Schildchen an den Türen, aber welche war die richtige? An der einen ein Herz, an der anderen eine Badewanne und an der dritten ein Herd. Kurzentschlossen öffnete er die Tür zur Küche und ließ seinen Blick in die Runde schweifen. Alles machte einen rustikalen Eindruck. Überall Holzverkleidungen und handgezimmerte Möbel; ein kombinierter Kachelofen, auf dem man auch kochen konnte, und eine weitere Tür. Die Schlafstube? Ludwig stieß die Tür auf und erbleichte, glaubte, sein Herz müsse stehen bleiben, als er Kathi erblickte. Eine Hand war mit Handschellen ans Bett fixiert. Im ersten Moment sah es aus, als wäre sie tot, dann sah er den Infusionsständer mit der Flasche aus der unablässig Flüssigkeit in Kathis Armvene tropfte.

Schnell unterbrach er den Zufluss. Ihre Brust hob und senkte sich gleichmäßig. Gott sei Dank, Kathie schlief. Einem Impuls folgend wollte Ludwig die Kanüle herausreißen, besann sich aber anders. Stattdessen beugte er sich über sie und hauchte ihr einen Kuss auf die Lippen, die sich weich und warm anfühlten. Am liebsten hätte er sie in den Arm genommen, um sie nie mehr loszulassen. Mit zitternden Fingen fummelte er sein Handy raus und tippte die Notrufnummer ein. *Jetzt nur nichts falsch machen, wer weiß, was da in Kathies Vene getropft ist? Hauptsache sie lebt,* überschlugen sich seine Gedanken. Und weil er nicht wusste, was er machen sollte, befreite er sie erst mal von den Handschellen.

Richard und Ewald kamen herein. Es roch säuerlich und nach Desinfektionsmitteln. Angewidert öffnete Hofreiter das Fenster, um frische Luft hereinzulassen. Ewald stieß Richard in die Seite und deutete auf die Kommode. »Da steht ein offener Laptop, der blinkt, die Kamera ist auch an. Mein Gott, der beobachtet uns schon wieder!« Während Ludwig auf dem Bett neben Kathi saß und ihre Hand hielt, lasen Hofreiter und Ewald die Mail:

»Glückwunsch! Ich wusste, ihr würdet sie finden. Eure Cleverness ist bewundernswert. Keine Sorge, Ludwig, Katharina und dem Baby geht es gut. Der Tropf enthält physiologische Kochsalzlösung und ein leichtes Sedativum, das dem Baby nicht schadet, für den Fall, dass du etwas länger gebraucht hättest. Ich bedaure sehr, dass unser Spiel nun zu Ende ist. Du solltest das Angebot von Hofreiter annehmen und zur Kripo wechseln, was deinen wahren Fähigkeiten entspricht. Wenn du diese Nachricht liest, bin ich bereits über alle Berge. Vielleicht treffen wir uns eines Tages von Angesicht zu Angesicht? Bist du nicht neugierig?
Florian.

»Wie? Das soll's gewesen sein? Aus und vorbei und jetzt verschwindet der Kerl mir nichts dir nichts?«, wetterte Hofreiter und schnippte mit den Fingern.

Ludwig sah ihn tadelnd an und deutete auf Kathi, die blinzelnd die Augen öffnete.

»Ludwig … oh Gott, bin ich froh, dass du da bist.« Ein schwaches Lächeln umspielte ihre Lippen. »Kannst du mir dieses eklige Ding rausziehen?«

»Kathi … Liebes … geht's dir gut? Hat er dir was angetan?«, stotterte Ludwig und beugte sich über sie, um sie zu küssen.

Sie wehrte ihn ab. »Doch nicht vor den Leuten, Ludwig, was sollen die von uns denken? Mach endlich das Zeug ab. Und nein, er hat mir nichts getan.«

»Gleich, Schatz, du musst liegen bleiben, bis der Notarzt da ist und dich untersucht hat. Du weißt doch gar nicht, was da in der Flasche ist.« Mit zitternden Fingern entfernte er die Kanüle aus Kathies Arm, während sie sich mühsam aufzurichten versuchte, aber sofort in die Kissen zurück-fiel. »Siehst du! Bleib liegen, Schatz.« Er reichte ihr das Wasserglas, das auf dem Nachtschränkchen stand, nachdem er daran gerochen hatte. »Bitte, Schatz, vielleicht kannst du dich an etwas erinnern, was uns helfen könnte, Florian zu finden?« Er saß neben ihr auf dem Bett und hielt ihre Hand. Kathi war blass. Die Ungewissheit, ob ihr oder dem Baby etwas passiert sein könnte, quälte ihn. Aber da war noch Florian …

»Bitte, Kathi, das ist wichtig«, drängte er sie.

»Mensch Ludwig, lass' sie in Ruhe. Sie muss sich erst mal erholen. Später können wir Kathi immer noch befragen«, schimpfte Richard.

Ewald nickte. Beide waren heilfroh, dass es Kathi soweit gut ging. Nicht auszudenken, wenn …

»Okay, tut mir leid! Aber jetzt sind ihre Erinnerungen noch frisch. Vielleicht hat sie etwas gehört. Später ist sie abgelenkt und vergisst vielleicht ein wichtiges Detail.«

Kathi lag mit geschlossenen Augen da und murmelte: »Ja, da war was … er hat etwas in die Flasche gespritzt … ein Schlafmittel oder so was … und dann bin ich müde geworden. Als er dachte, ich wäre eingeschlafen, ist er nach draußen gegangen und hat telefoniert. Viel habe ich nicht verstanden, irgendwas mit Costarina oder so.«

Wie elektrisiert fuhr Hofreiter herum. »Meinst du Costa Rica? Könnte es Costa Rica gewesen sein?«

Ja, ja … Costa Rica. Ich glaube, das war es.« Kurz überlegte sie. »Ja, ich bin mir ganz sicher.«

»Das ist großartig, Liebes. Seht ihr? Ich wusste es!« Er sah Hofreiter und Ewald triumphierend an.

Draußen fuhr der Rettungswagen vor.

28

Häusler war extra nach Amberg gekommen. Ihr Coup war nicht aufgeflogen. Die Falle war missglückt und die Presse hatte nichts mitbekommen. Stattdessen stürzte sie sich wie die Hyänen auf De Klerks Fall. Selbst die Pressekonferenz konnte die sensationslüsternen Reporter nicht beschwichtigen, schließlich lief das Phantom noch frei herum. Immer öfter wurde die Frage laut: »Halten Sie wichtige Informationen zurück?« Auch wenn keine weiteren Morde mehr passiert waren, kritisierten einige Blätter die Unfähigkeit der Polizeiorgane. Ihnen konnte das nur recht sein, weil sie Zeit brauchten – Zeit, die immer knapper wurde. Doch bevor sie das weitere Vorgehen besprachen, mussten die drei Farbe bekennen, wie sie Seltenreich auf die Spur gekommen waren und wie sie Katharina so schnell gefunden hatten. Dass der Killer mit Ludwig ein Spiel spielte, würde nicht gut ankommen, das musste unbedingt geheim bleiben. Ein politischer Shitstorm wäre die Folge und würde die Polizei noch mehr in Misskredit bringen. Also wurden die drei kurzerhand zum Schweigen verdonnert. Doch jetzt gab es einen neuen Aspekt: Costa Rica.

»Er will sich absetzen, zumindest glaubt Katharina, das gehört zu haben«, informierte Hofreiter die Chefs.

»Wie verlässlich ist die Information und welche Strategie brauchen wir um Seltenreich, alias Philip Lederer, doch noch dingfest zu machen?«, fragte Häusler. »Schließlich können wir van Brink nicht ewig versteckt halten.«

»In Anbetracht dessen, dass wir keinen weiteren Hinweis haben, müssen wir die Flughäfen abfragen und ihn auf die Fahndungsliste von Interpol setzen«, meinte Hertle. »Vielleicht haben ja wir Glück.«

»Ich glaube, dass er bereits in Costa Rica ist. Der sitzt mit einem Drink unter Palmen und lässt sich die Sonne auf den Bauch scheinen«, meinte Hofreiter zynisch.

»In dem Fall wären uns die Hände gebunden und Seltenreich über alle Berge«, warf Häusler ein.

209

Ludwig wusste es besser, behielt es aber für sich. Stattdessen meinte er: »In der Kürze der Zeit glaube ich nicht, dass Seltenreich sich neue Papiere besorgen konnte. Wir haben meine Frau viel zu schnell gefunden und damit hat er nicht gerechnet. Dafür sprechen die Vorbereitungen, die er im Haus getroffen hatte. Außerdem hat er uns über den Laptop beobachtet.

»Gibt es mit Costa Rica ein Auslieferungsabkommen?«, fragte Ewald.«

»Kein rechtsverbindliches, lediglich auf vertragsloser Grundlage, aber bei einem mit europäischem oder internationalem Haftbefehl gesuchten Kapitalverbrecher hat's noch nie Probleme gegeben«, erklärte Häusler. »Er würde festgenommen werden, aber ausliefern werden die ihn erst mal nicht. Zuerst müsste geprüft werden, ob die Morde auch in Costa Rica als Straftatbestand gelten. Dann noch das restliche Prozedere für eine Auslieferung und dann muss erst mal ein Rechtshilfeersuchen gestellt werden. Aber das liegt alles nicht in unserer Hand. Was wir sofort brauchen, ist ein internationaler Haftbefehl.«

»Kannst du das in die Wege leiten?«, fragte Hertle.

Häusler nickte. »Ich werde beim Bundeskriminalamt anrufen. Ich denke, die haben die entsprechenden Kontakte und sind schnell genug. Schließlich haben wir es mit einem Serienmörder zu tun. Weiß der Himmel, wie viele er noch umbringt.«

»Ich an seiner Stelle würde sofort in eine Bananenrepublik weiterfliegen, die nicht ausliefert«, meldete sich Ewald kleinlaut.

Obwohl sich das vernünftig anhörte, beschlich Ludwig ein ungutes Gefühl. Das war viel zu offensichtlich. Florian, der ohne einen Showdown abtauchte … Seit Wochen zog er eine blutige Spur durch die Oberpfalz, ohne Anerkennung zu bekommen, und jetzt verschwand er spurlos? Nein, das passte nicht in das Profil. Florian war jung, überaus intelligent und auf einem Weg, der keine Zukunft hatte. Er brauchte das Finale, um sich aus dieser Zwangslage zu befreien, weil ihn diese Ambivalenz zwang, in zwei Welten zu leben. Der springende Punkt war: entweder oder. Intuitiv spürte Ludwig, dass es noch nicht vorbei war. Sollte der Fall eintreten und Florian würde dort verhaftet, müssten sie jemanden hinschicken. Innerlich musste er lachen, weil sie eine herbe Enttäuschung erleben würden. Auch diesen Gedanken behielt er für sich.

»Also, meine Herren! Sie wissen, was Sie zu tun haben. Uns läuft die Zeit davon.«

Sie hatten sich in aller Frühe im Präsidium eingefunden und warteten auf das Ergebnis ihrer Anfrage vom BKA.

Die Abfragen an den Flughäfen waren noch in vollem Gange, als Kriminaloberrat Hertle das Büro betrat. In der Hand hielt er einen E-Mailausdruck. »Wir haben ihn! Heute Morgen kam die Bestätigung. Das BKA hat interveniert und für einen mittelamerikanischen Staat grenzt es an ein Wunder, wie schnell die reagiert haben. Seltenreich ist am Flughafen in San José festgenommen worden. Ich gehe davon aus, dass unsere Botschaft nachgeholfen hat. Wir sollen einen Beamten hinschicken.«

»Aber mit zurücknehmen dürfen wir ihn nicht, oder?«, fragte Ewald, der Flugangst hatte. *Hoffentlich trifft es nicht mich.*

Hofreiter sah man die Erleichterung über den Fahndungserfolg an, wohingegen Ludwigs Begeisterung sich in Grenzen hielt.

»Ich bitte sie, Bodensteiner, das haben wir schon beim letzten Mal festgestellt. Über eine Auslieferung entscheiden andere.« Hertle wandte sich an Ludwig: »Sie sind am meisten von dem Fall betroffen, sie fliegen. Ihr Ticket liegt am Flughafen Frankfurt bereit. Nonstop mit der Lufthansa. Ich habe unsere Botschaft bereits kontaktiert.« Frohgemut klatschte er in die Hände. »Meine Herren, die Jagd ist vorbei.«

Nach drei langweiligen Filmen und mehreren Brandys war Ludwig endlich eingeschlafen. Und wieder griff der Dämon des kleinen Jungen nach ihm, wollte ihn umarmen und in einen Albtraum hineinziehen, doch er schreckte hoch. – Die Stewardess rüttelte an seiner Schulter, er solle sich anschnallen.

Schlaftrunken schaute er aus dem Fenster. Die Maschine ging in den Sinkflug über, durchstieß die Wolkendecke und gab den Blick auf den tiefblauen Ozean frei. Fasziniert von dem Anblick konnte Ludwig sich kaum sattsehen. *Mein erster Flug über den großen Teich, wie Vater es nannte. Diesen wundervollen Ausblick werde ich wohl nie vergessen.* Costa Rica, die Schweiz der Karibik ... aber das war nur noch ein Klischee, wie er wusste.

Kurz darauf kamen die Ausläufer des mittelamerikanischen Kontinents in Sicht. Endlose Strände, an denen sich die Wellen brachen, und Dschungel, der sich bis ans Meer erstreckte.

Der Airbus 340 befand sich im Anflug auf San José, überflog tiefgrüne Regenwälder und schließlich das Häusermeer der Hauptstadt auf dem *Valle Central*. Der Flughafen lag etwas außerhalb.

Nach elf Stunden Flug setzte die Maschine zur Landung an.

Nach dem Check-out fühlte sich Ludwig wie gerädert und sehnte sich nach einem wohltemperierten Hotelzimmer und einer Dusche. Gedanklich sah er sich am Strand liegen, mit einem Longdrink unter Palmen auf den endlos blauen Ozean starrend. Und da waren noch die exotischen Schönheiten in ihren superknappen Bikinis, die am Strand flanierten.

»Herzlich willkommen, Herr Hiermeier«, riss ihn Carlos Braunschläger, aus seinen Träumereien. Carlos, Sohn deutscher Auswanderer und Mitarbeiter des Konsulates, reichte Ludwig die Hand. In seinem weißen Anzug, schlank und etwa eins fünfundachtzig groß, braun gebrannt mit Pomade im Haar, sah er aus wie ein italienischer Gigolo, machte aber auf Ludwig einen sympathischen Eindruck. »Ich hoffe, sie hatten einen angenehmen Flug.«

»Bienvenido«, wurde er von den costaricanischen Kollegen händeschüttelnd begrüßt. Er hatte das Gefühl, als würden sie sich freuen, einen deutschen Kollegen kennenzulernen. Leider sprach Ludwig kein Spanisch, dafür dolmetschte Carlos.

Gemeinsam verließen sie den Flughafen und Ludwig wunderte sich über das gemäßigte Klima, hatte er doch mit tropisch-feuchter Hitze gerechnet. Vermutlich lag es daran, dass San José auf einer Hochebene lag.

Nach einer endlosen langen Autofahrt durch ein exotisch aussehendes Häusermeer und vorbei an ebenso exotisch gekleideten Menschen, erreichten sie das Polizeihauptquartier.

Bevor Ludwig Florian zu sehen bekam, wurde Kaffee gereicht, dann musste er ausführlich über Florians Verbrechen berichten. Carlos übersetzte.

Je mehr Ludwig ins Detail ging, desto mehr hatte er den Eindruck, dass das für die Kollegen nichts Außergewöhnliches war. Sie nickten nur beiläufig. Erst als er detailgetreu über die sexuellen Komponenten berichtete, hatte er ihre ungeteilte Aufmerksamkeit. Sie begannen zu schwitzen und ihr dunkler Teint ging in Dunkelrot über, was vermutlich an der Hitze lag. Sehr viel später sollte Ludwig von Carlos erfahren, dass die Kriminalität in Costa Rica wesentlich schlimmere Grausamkeiten kannte, die eher durch körperliche Brutalität anstatt durch Raffinesse gekennzeichnet waren. Costa Rica hatte längst den Nimbus eines sicheren Staates verloren.

Der Gefangene wurde hereingeführt und unsanft auf einen Stuhl bugsiert.

Oh Gott, nicht schon wieder. Florian hatte sie ein weiteres Mal hinters Licht geführt. Einfach genial! Enttäuschte wandte Ludwig sich an Carlos: »Das ist nicht Florian Seltenreich, alias Philipp Lederer. Sagen Sie's ihnen.«

Die Ähnlichkeit war verblüffend, aber wie konnte diese Verwechslung passieren?, fragte er sich. Erst nach seiner Rückkehr sollte er erfahren warum: Das BKA hatte einen Abdruck des Bildes an Interpol gefaxt, das er von Düng Hùng bekommen hatte, anstatt sich der digitalen Medien zu bedienen, vermutlich weil sie ein PC-Problem hatten. Und so wurde es etwas verzerrt und undeutlich hier empfangen.

Insgeheim zollte er Florian Respekt. Dieser ausgebuffte Kerl war wirklich für jede Überraschung gut.

Verwundert fragte Carlos: Ist er nicht?«

Ludwig verneinte. »Dieser Mann sieht ihm nur ähnlich.«

Carlos übersetzte für die Polizisten.

Verärgert sprang Enrico Mendoza auf und redete gestenreich auf Carlos ein, während sein Blick zwischen dem Gefangenen und Ludwig hin und her irrte.

»Er will wissen, was Sie damit meinen und was das zu bedeuten hat. Ich natürlich auch«, wandte er sich an Ludwig. »Die Leute hier lassen sich nicht gerne verarschen. Also?«

Ludwig zog das Passbild aus seiner Brusttasche und hielt es Carlos hin der einen Blick darauf warf. Irritiert reichte er es an die Beamten weiter, die mit dem Kopf schüttelten.

»Que putada!«, schimpfter Mendoza.

Unvermittelt wandte sich Mendoza, er war wohl der Chef, an den Gefangenen und schrie ihn an. Der arme Kerl saß, mit Handschellen gefesselt, vor ihnen und schaute ängstlich von einem zum anderen. Bei der Schimpfkanonade, die auf ihn einprasselte, begann er am ganzen Körper zu zittern und wurde ganz bleich im Gesicht. Es sah aus, als würde er sich vor Angst gleich in die Hose machen. War es die Angst, weil er wusste, dass die mittelamerikanischen Gefängnisse die reinste Hölle waren? Irgendwie tat Ludwig dieser Pseudo-Florian leid.

Ludwig wandte sich an den jungen Mann und nach einer Viertelstunde wussten sie Bescheid: Seltenreich hatte seinem Kommilitonen Gerhard Weninger einen Kurzurlaub in Costa Rica spendiert, vorausgesetzt er würde sein Aussehen verändern, damit er ihm ähnlich sah. Bei genauerer Betrachtung war die Ähnlichkeit geradezu verblüffend und mit ein bisschen Schminke war der Rest ein Kinderspiel gewesen. Es sollte ein Spaß sein und naiv, wie der Junge war, hatte er zugestimmt und mit Florians Papiere ausgestattet die Reise angetreten. Natürlich kannte er dessen wahre Beweggründe nicht.

Im Laufe des Gespräches konnte Ludwig dieses Häufchen Elend etwas beruhigen: »Wurden Sie misshandelt? Hat man Sie bedroht oder irgendwie eingeschüchtert?«

»Nein, nein. Ich habe nur fürchterliche Angst, weil ich nicht weiß, was die von mir wollen. Die behandeln mich wie einen Schwerverbrecher und haben mich in eine Zelle mit dreißig anderen Gefangenen gesteckt. Die reinste Hölle. Und der Fraß erst. Sie können sich nicht vorstellen, wie's da zugeht. Dieser Gestank, der ganze Schmutz und die dauernde Angst, dass sie mir etwas antun würden. Ständig spürte ich eine Hand in meinem Schritt oder am Hintern. Was glauben Sie, was einem dabei durch den Kopf geht? Einfach grauenvoll. Erst als die mitbekamen, dass ich Deutscher bin, haben sie mit ihren Anzüglichkeiten aufgehört. Einer gab mir sogar von seinem Essen ab. Verstehen Sie jetzt, warum ich solche Angst habe? Außerdem habe ich nicht den blassesten Schimmer, was man mir vorwirft.«

»Ja, das verstehe ich. Okay, ich sag's Ihnen: Philip heißt in Wirklichkeit Florian Seltenreich und ist ein gesuchter Mörder. Er hat Ihnen einen bösen Streich gespielt, um unterzutauchen, während wir Ihnen hinterherjagen. Aber keine Angst, ich werde Sie hier rausholen.«

Wohlweislich übersetzte Carlos nur das, was die Kollegen nicht verärgern würde.

Nachdem der Sachverhalt geklärt war, mussten sogar die Kollegen schmunzeln. Um ihr Gesicht zu wahren, brüllte Mendoza einen Befehl, worauf hin ein Uniformierter den Gefangenen abführte.

Ludwig wurde mit Händeschütteln und der Zusage, er könne den Jungen mit nach Deutschland zurücknehmen, verabschiedet. Bis die Formalitäten erledigt waren, hatte man ihm ein Hotelzimmer reserviert. Der nächste Direktflug ging erst in zwei Tagen.

Erfreut über die glückliche Wendung bedankte sich Ludwig und wandte sich dem Ausgang zu. Beim Hinausgehen sah er, wie Carlos Mendoza die Hand reichte und ein paar Geldscheine den Besitzer wechselten. Ludwig schmunzelte.

Die restliche Zeit bis zu seinem Abflug genoss er in vollen Zügen. Carlos hatte ihm einen zuverlässigen Begleiter besorgt, der leidlich Deutsch sprach und der ihm die Sehenswürdigkeiten der Stadt zeigte.

Nach zwei wundervollen Tagen voller exotischer Eindrücke saß Ludwig wieder im Flieger, den armen Tropf neben sich.

29

Das Phantom

Irgendwie war alles aus dem Ruder gelaufen, trotzdem konnte er sich ein Grinsen nicht verkneifen. *Diese Dilettanten! Glaubten die ernsthaft, ich würde in ihre Falle tappen? Zumindest weiß ich jetzt, dass sie van Brink versteckt halten.* »Zeit zu sterben, Ludwig Hiermeier, doch vorher wirst du mir sagen, wo ich van Brink finde«, murmelte Florian.

Im Spiegel betrachtete er sein Konterfei. Alles passte: die haselnussbraunen Augen und sein sauber gestutzter Bart. Zufrieden fuhr er sich mit dem Kamm durch sein dunkelbraunes gewelltes Haar. Beinahe hätte er sich selbst nicht wiedererkannt.

Danach ließ er sich in den Sessel fallen und betrachtete seinen neuen Ausweis: Lothar Weinzierl, 26 Jahre alt – eine gute Arbeit. *Ab jetzt werde ich wieder das Phantom sein und du wirst nie wissen, ob und wann ich hinter dir stehe, Ludwig.* Warum fiel ihm gerade jetzt der Spruch ein: *Der Mohr hat seine Schuldigkeit getan, der Mohr kann gehen?* Er fragte sich, ob er Zweifel hatte, wer am Ende der Mohr sein würde.

Egal, erst mal frühstücken. Die Bäckerei lag gleich gegenüber von seinem Appartement, in der Nähe der ehemaligen Zuckerfabrik.

Eisiger Wind, der ein paar Schneeflocken vor sich hertrieb, schlug ihm entgegen. Mit schnellen Schritten überquerte er die Straße und betrat die Bäckerei. Plötzlich stutzte er, als sein Blick auf den Zeitungsständer fiel: *PHANTOM DER OBERPFALZ RICHTET KINDERSCHÄNDER – WAS VERSCHWEIGT DIE POLIZEI?* Darunter sein Bekennerschreiben. Der Tintenpisser hatte es doch tatsächlich geschafft! Na also, geht doch!

Wieder zu Hause legte er die Zeitung weg. Endlich wusste jeder über seine Motive Bescheid. Sogar über seinen Modus Operandi hatte das Blatt berichtet. Dass er als Geisteskranker mit religiösem Wahn dargestellt wurde, gefiel ihm ausnehmend gut, schließlich waren religiöse Motive für die Beurteilung seiner Taten ein nicht zu unterschätzender Aspekt für die öffentliche Meinungsbildung, sodass er auf eine gewisse

Zustimmung hoffen durfte. Insofern hatte der Schreiberling sich an die Abmachung gehalten. Der Pisser hat wahrlich eine Belohnung verdient. *Der Mohr ...* fiel ihm ein.

***

Ludwig verfluchte den Rückflug, weil die Aircondition seine Erkältung verschlimmert hatte. Die Behörden in Costa Rica hatten ein Einsehen gehabt und er konnte den Jungen der deutschen Justiz überstellen, weil der Botschafter interveniert hatte. Wieder einmal bewunderte Ludwig Florians Erfindungsgeist. Was würde sich Florian für Teufelei ausdenken, um an van Brink heranzukommen? Was wäre sein nächster Zug? Florian wusste, dass sich die Schlinge um seinen Hals immer enger zuzog. Er musste handeln, weil ihm die Zeit davonlief. Ludwig war sich sicher: Diesmal würde Florian den entscheidenden Fehler machen, er wusste nur nicht welchen. »Und weißt du warum? Weil ich beinahe so denke und fühle wie du«, murmelte er. Ich weiß, dass du mich töten willst, aber leicht werde ich's dir nicht machen, du verdammtes Arschloch!«, gab er sich selbst das Versprechen.

»Was hast du jetzt vor, Schatz?«, unterbrach Kathi seine Gedanken.

Er hatte nicht bemerkt, dass sie hereinkam, bis sie sich neben ihn setzte.

»Glaubst du, dass Florian sich meldet? Es ist also noch nicht vorbei und er läuft immer noch frei herum. Sag, wird er weiter töten?« Sie umarmte Ludwig und hauchte ihm einen Kuss auf die Wange.

Er schaute zu Kathi auf. »Ja, er wird weiter morden, wenn wir ihn nicht aufhalten.« *Und der Nächste werde ich sein*, konnte er sich des Gefühls nicht erwehren.

»Bitte, Schatz, komm doch ins Bett, das bringt doch nichts. Du musst abschalten, sonst frisst dich das Ganze noch auf. Außerdem bist du krank. Sieh dich nur mal an.« Sie legte ihre Hand auf seine Stirn. »Ich glaube, du hast Fieber.«

»Ist doch kein Wunder. Dieser scheiß Flieger mit seiner Aircondition. Die ganze Zeit friert man, und wenn man rauskommt, schwitzt man wie ein Schwein und umgekehrt.«

Kathi zerriss es schier das Herz mit ansehen zu müssen, wie sich Ludwig quälte, wie er sich in den Fall hineinkniete, ohne Florian einen Schritt näher zu kommen, zuzusehen, wie es ihn zermürbte und innerlich aushöhlte – und jetzt noch diese Erkältung. »Du musst etwas trinken, Schatz. Hier, der wärmt und hilft gegen deine Erkältung – Ingwertee mit Honig.«

Sie spürte, dass ihn noch etwas anderes quälte, etwas, über das er nicht sprechen wollte oder nicht konnte. *Seit meiner Entführung schweigt er sich darüber aus. Schämt er sich, weil er meine Entführung nicht verhindern konnte? Macht er sich deswegen Vorwürfe?* Wenn es so sein sollte, empfand sie das als Unsinn. So, wie sie Florian kennengelernt hatte, hätte er ihr niemals etwas angetan. *Und jetzt? Was passiert als Nächstes?*, ging es ihr durch den Kopf. Sie nahm sich vor, ihn nicht danach zu fragen.

Fürsorglich strich sie ihm die Haare aus der Stirn. »Bitte, Schatz, morgen siehst du vielleicht alles in einem anderen Licht. Komm doch ins Bett.«

Mit Wehmut dachte sie daran, wie sie sich noch liebten – körperlich. Seit diesem Fall war Ludwig ein anderer geworden. Sie schliefen nicht mehr miteinander. Manchmal wimmerte er im Schlaf wie ein kleines Kind und wenn sie ihn wachrüttelte, fuhr er schweißgebadet, verwirrt und am ganzen Körper zitternd hoch und umarmte sie. Manchmal so fest, dass ihr die Luft wegblieb. Außerdem trank er zu viel. Trotzdem liebte sie ihn wie am ersten Tag.

»Du kommst jetzt mit ins Bett und keine Widerrede.«

Schließlich gab Ludwig nach. *Warum, zum Teufel, meldest du dich nicht …*

Kurz vor dem Einschlafen fiel ihm ein, dass er Marlies aufsuchen musste. *Ich muss es wissen …*

***

Seit er das erste Mal diesen Ort betreten hatte, hasste er ihn, die Mauern, hinter denen man den Toten ihre letzten Geheimnisse zu entreißen versuchte. Und jetzt war er wieder hier.

Beinahe angeekelt schob er die Tür zur Pathologie auf. Der Geruch und Anblick des Mobiliars lösten bei ihm sofort Assoziationen aus: wie er nackt, mit weit aufgerissenem Brustkorb auf dem Seziertisch lag und seine inneren Organe betrachtete, die fein säuberlich auf mehrere Petri-Schalen verteilt dalagen, daneben sein aufgesägter Schädel, dem das Gehirn fehlte und von dem ein kleines Scheibchen auf einem Glasträger unter dem Mikroskop lag. Ein Rauchfaden kräuselte sich über der Szenerie hoch … *Ist das meine Seele?*

»Komm ruhig näher, Ludwig, die Toten beißen nicht«, holte Marlies ihn in die Wirklichkeit zurück. Sie betrachtete gerade etwas unter dem Mikroskop. »Willst du mal sehen, was ein heftiger Schlag auf den Kopf mit einem Gehirn macht?«

»Gott bewahre! Dafür bin ich nicht hergekommen.« Verlegen trat er von einem Fuß auf den anderen. »Kannst du mir einen Gefallen tun? Privat natürlich? Es hat nichts mit dem Phantom zu tun.« Es war ihm peinlich, aber es war die einzige Möglichkeit herauszufinden, ob sich sein Verdacht bestätigen würde.

Und dann erzählte er ihr von dem Mordversuch an Kathi und dem Zufall, dass Xaver Mühlbauer ausgerechnet in dem Moment aufgetaucht war, als er verunglückte. – Das war nie und nimmer Zufall!

»Und was genau soll ich für dich tun?«

»Nur einen DNA-Abgleich, vorausgesetzt, du hast noch Unterlagen von Andreas Ganselhuber da. Du hast doch damals einen Abgleich gemacht? Vielleicht kannst du dich noch daran erinnern?«

»Ludwig, Ludwig, hältst du mich für senil?« Sie sah ihn tadelnd an. »Was versprichst du dir davon?«

»Ich habe da so eine Ahnung. Und weil ich nicht an Zufälle glaube, möchte ich herausfinden, ob ich mit meiner Vermutung richtig liege. Seit dem Tod von diesem Mühlbauer ist kein Anschlag mehr erfolgt. Kathi hat den Hof von einem Ganselhuber geerbt. Vielleicht gab es doch noch einen Erben, außer John, und deswegen der Mordversuch. Ich brauche Gewissheit, weil es mir keine Ruhe lässt.«

»Na gut, ich kümmere mich darum. Soweit ich mich erinnern kann, haben wir von diesem Ganselhuber einen DNA-Abgleich gemacht. Da ging es doch auch um das Erbe und diesen Amerikaner. Von dem haben wir auch eine Probe. Im Moment habe ich viel zu tun, aber ich kümmere mich darum. Sobald ich das Ergebnis habe, sage ich dir sofort Bescheid. Reicht das, du Quälgeist?«

»Was würde ich ohne dich machen, Marlies? Du hast was gut bei mir. Ciao Bella!«

Froh, sein Frühstück bei sich behalten zu haben, verließ er die Pathologie.

30

Selbstzweifel
Im Dom St. Peter ... Oh ja, ein wahrlich geeigneter Ort! Du wirst ein
Held werden, Ludwig Hiermeier. Na ja, ein toter Held, aber niemand
kann dir nachsagen, du hättest nicht dein Bestes gegeben, um mich zu
stoppen. Ein Held, der sich dem Oberpfalz-Killer mutig in den Weg ge-
stellt und dafür mit seinem Leben bezahlt hat. Und ich? Ich bleibe das
Phantom, vor dem die Pädophilen weiter zittern. Sie werden meine Taten
als gottgegebenen Auftrag interpretieren und mich als jemanden feiern,
der die Gesellschaft etwas sicherer gemacht hat.

Der Gedanke gefiel ihm so sehr, dass er unwillkürlich lachen musste.

Was für ein Unsinn! Letztendlich fütterte ich nur die Medien. Und die
Öffentlichkeit? Alles hirnlose Konsumenten von Schlagzeilen. Seit jeher
hat der Sensationsjournalismus die Massen manipuliert. Ein Fragezei-
chen hinter einer Schlagzeile genügte in der Tat, um Meinungsbildung zu
erzeugen, ohne juristisch angreifbar zu sein. Wen interessierte denn die
Wahrheit? Niemand! *Die einen jubeln, die anderen verteufeln. Wie er-*
bärmlich das alles ist. Menschen sind so leicht zu manipulieren, gab sich
Seltenreich seinen Betrachtungen hin.

Muss ich Ludwig wirklich töten?, fragte er sich plötzlich. Da war das
Gefühl, dass sich in letzter Zeit immer öfter in sein Bewusstsein schlich:
Sympathie. Eine unerklärliche Hingezogen- beinahe Verbundenheit, die
er sich nicht erklären konnte. War es Ludwigs Cleverness? *Schließlich*
hat er mich reingelegt und konnte van Brink vor mir verstecken. Jetzt ist
er mir einen Zug voraus. War es das oder seine heile Welt, die er reprä-
sentierte? *Eine heile Welt, die ich mir auch für mich wünsche, die aber*
niemals Realität wird, weil ich ein Mörder geworden bin? Das Karussell
in seinem Kopf wollte einfach nicht stillstehen. Und da war noch Katharina, um die er Ludwig beneidete, seit er sie kennengelernt hatte. *Mir*
wird diese Glück niemals zu Teil werden.

Obwohl ihn all diese Gedanken zutiefst verwirrten, weil sie ihm so
fremd waren, meinte er, ein Quäntchen Wahrheit darin zu erkennen. Wi-

derwillig verbannte er sie aus seinem Kopf. Jetzt war nur eines wichtig: *Wo ist van Brink?* An seinem Whisky nippend, fing er an zu tippen, dann klickte er auf *neue Mail*.

31

Kathi war früh schlafen gegangen, weil ihr die Schwangerschaft arg zusetzte. Irgendwie spürte Ludwig, dass Florian sich früher oder später melden würde – musste. Doch dieses Mal würden ihm seine ganzen technischen Spielereien nichts nützen. *Er hat nur eine Option herauszufinden, wo van Brink sich versteckt hält: mich!*

Wie so oft war er vor dem Fernseher eingeschlafen, weil er zu viel getrunken hatte. War es die Furcht vor den Dämonen oder das Blinken seines Laptops, das ihn wach werden ließ? Schlaftrunken klickte er auf *eingegangene Mail.*

Hallo Ludwig!

Ich hoffe, Du hattest einen angenehmen Rückflug. Du verzeihst mir doch den Scherz mit Gerhard? Und Gratulation! Ich habe Dich als einen fairen und würdigen Gegner schätzen gelernt. Als Anerkennung habe ich Kathi und Euer Baby verschont! Ich finde das anständig von mir, oder bist Du anderer Meinung? Aber täusche Dich nicht, denn das kann sich ganz schnell ändern. Bis jetzt haben wir großartig gespielt. Ein Spiel voller Überraschungen und unser beider Genius würdig. Aber etwas fehlt: der letzte Zug – Schachmatt. Deswegen Folgendes: Am Sonntag um 9.30 Uhr im Dom St. Peter in Regensburg. Du wirst zum Seitenaltar gehen und eine Kerze anzünden. Ich werde da sein und wäre zutiefst enttäuscht, wenn Du mich versetzt. Ach, noch etwas: Egal wie viel SEKs oder Scharfschützen Du mobilisierst, ich würde es bemerken, also lass es. Die Konsequenzen würden Dir nicht gefallen.

Florian

Verwundert lehnte sich Ludwig zurück. Im Dom St. Peter? Um 10 Uhr würde die große Messe gelesen und alles rappelvoll sein. Zeit genug für … ja, für was genau? Typisch Florian! Eine Kathedrale – genau die richtige Kulisse für seinen Showdown. Das passte zu seinem Größenwahn. Ludwig spürte, dass es jetzt ernst wurde. *Egal was passiert, auf keinen Fall werde ich van Brinks Versteck verraten.*

Kathi hatte den Frühstückstisch gedeckt, mit allem, was Ludwig so liebte: Kaffee, Brezen, süßer Senf und leckere Weißwürste von seinem Lieblingsmetzger *Meindl* aus Schönsee. Sie hoffte, Ludwig aus seiner Lethargie reißen zu können. Seit Tagen war er nicht mehr richtig ansprechbar und ständig geistig abwesend.

Letzte Nacht, als Ludwig, wie so oft vor seinem offenen Laptop eingeschlafen war und sie sich zum Kühlschrank schleichen wollte, konnte sie nicht widerstehen und warf einen Blick in seine Mails. *Im Dom St. Peter ...* las sie. Was hatte Florian vor? Wollte er Ludwig töten, nachdem er ihm das Versteck verraten hatte? Angst befiel sie wie ein wildes Tier. Ludwig wäre doch gar nicht in der Lage, sich gegen dieses Monster zu wehren, er war doch nur noch ein Schatten seiner selbst. Früher vielleicht ... *Nein, du darfst nicht hingehen, das lasse ich nicht zu.*

Bis zum Frühstück hatte sie geschwiegen, doch nun hoffte sie, mit ihm über die Mail reden zu können. »Ich weiß von der Mail, Schatz«, begann sie vorsichtig. »Du warst eingeschlafen und als ich den Laptop zuklappen wollte, ist er plötzlich angegangen. Ich wollte das nicht ... Bitte, Ludwig, du darfst nicht dahingehen, er wird dich umbringen. Außerdem weißt du nicht mal, wie er aussieht. Kann das nicht ein Double machen? Ich hab' das mal im Fernsehen gesehen.«

Ohne aufzublicken, zuzelte Ludwig lustlos an seiner Weißwurst, die er ständig in Senf tauchte. Schließlich blickte er sie an. »Ich muss, Kathi, und ja, er könnte versuchen, mich umzubringen.«

Es machte wenig Sinn, ihr etwas vormachen zu wollen. Beide waren sie mit den Nerven am Ende. Das Damokles-Schwert, das seit einiger Zeit über ihren Häuptern schwebte, zermürbte sie langsam. Es war Zeit, ihr alles zu erzählen – die ganze Wahrheit. *Will ich Kathi nur neuen Mut machen, ihre neue Hoffnung geben, dass sich alles zum Guten wendet? Oder will ich mich selbst beruhigen?* Ludwig wusste längst, dass es eine

Lüge war, denn er wollte dieses Spiel zu Ende spielen, egal wie es ausgehen würde.

»Ich habe noch einen Trumpf im Ärmel, Kathi: Düng Hùng!«

»Wer ist Düng Hùng?« Sie sah ihn verwundert an.

Mit dem Mut der Verzweiflung erzählte er ihr alles: wie er Düng Hùng kennengelernt und seine Schwester vor einer Entführung bewahrt hatte, dass er quasi zur Familie gehörte und Informationen von ihm bekam und seine Fahndungserfolge und Florians neue Identität ihm zu verdanken hatte. »Ohne Düng Hùng hätte ich dich nie gefunden.« Auch von van Brink, wie sie ihn versteckt hatten, um Florian eine Falle zu stellen, berichtete er – einfach alles. Es war wie ein Dammbruch, der seine Seele und alles, was auf ihr lastete, nach außen spülte und sie reinigte.

Mit Tränen in den Augen schaute Ludwig sie an. Keine Geheimnisse mehr … Womit er nicht gerechnet hatte, war Kathis Reaktion:

»Mein Gott, du nennst einen Mafia-Boss deinen Freund? Ich fasse es nicht. Wie konntest du so etwas tun? Deswegen hätten dich die Russen fast umgebracht. Siehst du denn nicht, in was für einen Teufelskreis du geraten bist? Und jetzt versteckst du auch noch einen Kinderschänder – und das nicht nur vor dem Killer, sondern auch noch vor der Justiz. Ich kann das einfach nicht glauben.«

Nach und nach wurde ihr bewusst, dass es Ludwig nicht allein darum ging, ein guter Polizist zu sein und dem Morden ein Ende zu setzen, vielmehr hatte er die ganze Zeit versucht, sie zu beschützen, und deswegen musste er auf dieses perfide Spiel eingehen. Dass er einen Verbrecher zum Freund hatte, war bestimmt nicht gewollt. Wenn dieser Mafia-Boss Ludwig half, den Killer aufzuhalten, sollte es ihr recht sein. Erst jetzt erkannte sie das ganze Dilemma, in dem Ludwig steckte. Es tat ihr im Herzen weh, ihren Liebsten so dasitzen zu sehen.

Spontan stand sie auf und umarmte ihn. Vorsichtig wischte sie seine Tränen weg und hauchte ihm einen Kuss auf die Wange. Und dann flüsterte sie ihm ins Ohr: »Ich weiß, dass du gleich zu dem Treffen fährst und ich dich nicht daran hindern kann. Versprich mir nur eines, Liebling, bitte pass auf dich auf. Ich liebe dich und wir brauchen dich.« Sie nahm Ludwigs Hand und legte sie auf die leichte Wölbung ihres Bauches. »Unser Kind soll einmal glücklich aufwachsen. Vielleicht denkst du einmal darüber nach, bei der Polizei aufzuhören. Wir können gut vom Hof leben und ich hätte auch schon ein paar Ideen. Was hältst du von einem Bio-Hofladen? Gemüse, Obst und Geflügel oder so? Du könntest dich in den Innendienst versetzen lassen.«

»Mhh, das hört sich gut an, aber ich muss hingehen. Das Spiel ist erst zu Ende, wenn wir Florian geschnappt haben oder er van Brink getötet hat. Bis jetzt hat er nur Pädophile umgebracht, warum sollte sich das ändern? Ich gehe alleine, kein SEK und keine schusssichere Weste, wozu auch. Also mach dir keine Sorgen, Liebes. Das ist jetzt eine Sache zwischen Florian und mir. Deswegen kann ich die Kollegen auch nicht mit hineinziehen. Vielleicht erhalte ich von Düng Hùng unterwegs die Information, wie Florian jetzt aussieht«, log er. »Und dann ...« *Ich weiß, dass er wieder eine Teufelei ausheckt, aber das Risiko muss ich eingehen,* machte er sich selber Mut. Mittlerweile hatte er die fünfte Weißwurst gegessen und das Senfglas geleert.

32

Das Attentat

Windböen peitschen den Regen fast waagrecht durch die engen Häuserschluchten der Regensburger Innenstadt, sodass er kaum in der Lage war, etwas zu sehen. An der Post vorbei, die gegenüber des Haupteingangs des Domes lag, fädelte er sich vor der Dom-Buchhandlung in die Parklücke ein. Das Hauptportal des Doms war wegen Umbauarbeiten gesperrt.

»Verflucht, warum habe ich keinen Schirm dabei«, ärgerte sich Ludwig. Er stieg aus, schlug den Mantelkragen hoch, zog sich den Hut tief ins Gesicht und rannte los.

Vor dem Seitenportal schüttelte er das Wasser vom Hut und betrat mit gemischten Gefühlen das Innere des Allerheiligsten. Augenblicklich befiel ihn Beklemmung. Sein Blick schweifte über die Menge Andächtiger, die im Kirchenschiff wie eine eingepferchte Schafherde dem Orgelspiel lauschte. Die Predigt hatte noch nicht begonnen. Spärliches Licht fiel durch die Fenster, sodass die flackernden Kerzen eine geradezu gruselige Atmosphäre verbreiteten.

Ludwig schauderte. Das letzte Mal war er mit seiner Schulklasse hier gewesen. Schon damals fühlte er sich unwohl beim Blick ins Inneren dieses Monuments. Ein Relikt aus vergangenen Zeiten, das noch immer Tausende Menschen in seinen Bann zog. Nicht nur Gläubige, auch Touristen und angehende Architekten, die an sich zweifelten, jemals eine Kathedrale solchen Ausmaßes nachbauen zu können. Was in seinem Gedächtnis haften geblieben war, waren Dunkelheit und Kälte. Daran änderten auch die riesigen Buntglasfenster mit ihren wundervollen Motiven nichts. Für ihn war und blieb diese mittelalterliche Gruft ein Ort des Unbehagens. Er war weder Atheist noch gehörte er einer Religionsgemeinschaft an. Ludwig betrachtete sich als Freidenker. Und obwohl religiös erzogen, wehrte er sich gegen die Ängste und Zwänge, die die Kirche ihren Gläubigen auferlegten. Er hasste es, geistig versklavt zu werden, wollte frei sein im Geiste. Mutter hatte immer darauf bestanden, die Gottesdienste zu besuchen, und ihm für die Kollekte Geld mitgegeben, das sich natürlich in Eis und Süßigkeiten verwandelte, anstatt in den Klingelbeutel zu wandern. Die Erinnerung daran entlockte Ludwig ein Schmunzeln. Und nun stand er erneut hier.

Florian endlich von Angesicht zu Angesicht gegenüberzustehen, bereitete ihm Unbehagen, aber er musste sich dieser Herausforderung stellen, weil ihn die Neugierde plagte. Mit welcher Teufelei würde Florian versuchen, ihm das Versteck zu entlocken?, fragte er sich.

Der Seitenaltar ... fiel ihm ein. Auf welcher Seite des Kirchenschiffs war er? Er versuchte, sich zu erinnern. Linke Seite …

Nach ein paar Schubsern und bösen Blicken stand er davor. Brav entrichtete er seinen Obolus für die Kerze, um sie mit zitternden Fingern anzuzünden und in die Halterung zu stellen. *So viel zur Abmachung ...*

Als die Leute hinter ihm drängelten, zog er sich in eine Nische zurück und wartete, während die Menge andächtig dem Orgelspiel lauschte. Bis zum Beginn des Gottesdienstes dauerte es noch.

Was, wenn Florian van Brink bereits gefunden hat? Wird er versuchen, mich umzubringen, und hat mich deshalb in den Dom gelockt? Ein doppelter Showdown. Eine Pistole mit Schalldämpfer? Niemand würde den Schuss bei dem Durcheinander hören. Florian konnte einfach verschwinden und unerkannt entkommen. Einfach genial.

Wird das Florians Retourkutsche für die Falle, die wir ihm gestellt haben, in die ich jetzt blindlings hineingetappt bin? Ist Florian bereits hier?

Er stellte sich auf die Zehenspitzen, um besser sehen zu können. Sein Blick schweifte über die Menge. Er wusste nicht warum, aber plötzlich lief ihm ein Schauer über den Rücken. Ludwig kannte dieses Gefühl: Es signalisierte Gefahr! Er wollte sich umdrehen, doch ein stechender Schmerz in die Seite raubte ihm beinahe die Sinne und ließ ihn innehalten. Reflexartig wollte er an die schmerzende Stelle fassen, aber seine Hand wurde mit eisernen Griff festgehalten. Instinktiv versuchte er, die Hand abzuschütteln und den Angreifer von sich zu stoßen, doch der Schmerz hinderte ihn daran.

»Mach jetzt keinen Fehler, bleib ganz ruhig und schau dich nicht um. Ich würde dich ungern hier töten.« Um seinen Worten Nachdruck zu verleihen, drehte Florian das Messer ein wenig, sodass Ludwig nur mit Mühe seinen Schmerzschrei unterdrücken konnte.

»Schon gut«, presste er hervor. Leichter Schwindel hatte ihn erfasst und seine Knie fühlten sich an, als wären sie aus Gummi. Viel hätte nicht gefehlt und er wäre hingefallen. *Gott im Himmel, jetzt nur nicht schlappmachen*, schoss es ihm durch den Kopf. *Vielleicht kann ich ihn überwältigen*. Doch eine weitere Schmerzwelle hinderte ihn an seinem Vorhaben.

»Wo ist er?«, zischte Florian.

»Ich weiß es nicht«, keuchte Ludwig und versuchte, gegen den Schmerz anzukämpfen. Ihm war sofort klar, dass sein Leben keinen Pfifferling wert war, sobald er ihm die Information gegeben hatte.

»Ludwig, Ludwig – du enttäuschst mich. Hältst du mich für so einen schlechten Spieler? Glaubst du, ich scherze? Ein letztes Mal: Wo! Ist! Er!«

»Das … das kann ich dir nicht sagen«, stöhnte Ludwig. Neben ihm machte sich bereits Unmut breit. »Du wirst mich so oder so töten. Also warum sollte ich …?«

»Nun gut. Ich glaube, das hilft deinem Gedächtnis auf die Sprünge.« Florian griff in die Tasche und hielt ihm Kathis Handy hin.

Seit ihrer Entführung hatten sie es vermisst. Das helle Display weckte weiteren Unmut der neben ihnen Stehenden. Als Ludwig erkannte, was darauf war, fuhr er erschrocken zusammen. Kathi lag mit geschlossenen Augen auf dem Bett, als würde sie schlafen.

»Gott im Himmel, was hast du mit ihr gemacht?« Das Bedürfnis, sich umzudrehen und sich auf ihn zu stürzen, wurde von dem Schmerz getilgt, der sich erneut in sein Hirn bohrte und ihn zur Untätigkeit verdammte. »Du elender Schweinehund … ich werde dich töten, wenn du ihr etwas angetan hast«, zischte Ludwig.

Doch dann spürte er erneut Florians heißen Atem an seinem Ohr. »Noch geht es ihr gut, aber nicht mehr lange, bis ihr die Luft ausgeht – vielleicht zwei Stunden … Wenn du mir sagst, wo van Brink ist, sage ich dir, wo sie ist. Also …?«

Mit allem hatte Ludwig gerechnet, nur nicht mit dieser Teufelei. Am liebsten hätte er sich auf ihn gestürzt, um seine Visage in blutigen Brei zu verwandeln. Aber was würde das ändern? Außerdem war er dazu gar nicht in der Lage. Florian musste heute Morgen, nachdem er losgefahren war, Kathie überwältigt und versteckt haben. Zeitlich konnte das hinkommen. Viel Zeit hatte Florian nicht gehabt, sie zu verstecken. *Aber wo?*, zermarterte er sich sein Hirn. So paradox es war, aber plötzlich fiel ihm ein, dass Florian mit diesem Zug gleichgezogen hatte: ein Patt! Mit dem nächsten Zug wäre das Spiel beendet: *Van Brink oder Kathi? Was bin ich nur für ein Idiot? Die ganze Zeit hat er mich in Sicherheit gewogen und mich eingelullt, nur um was zu tun? War das der Showdown und schließt das meinen Tod mit ein?* Ludwig konnte kaum noch einen klaren Gedanken fassen. *Ich hätte Kathi in Sicherheit bringen, zumindest Richard Bescheid sagen müssen. Florian hat mich wie einen blutigen Anfänger übertölpelt und zwingt mich nun, eine Entscheidung zu treffen.* »Ich … ich kann nicht …«

»Wo ist er?,« drangen die Worte immer wieder wie durch Nebel in sein Ohr.

Dann eine neue Schmerzwelle … *Oh Gott, ich muss sie verraten … Richard, Ewald, die Chefs – den ganzen Plan. Aber Kathi … Ich kann sie doch nicht sterben lassen. Wenn das der Preis für meinen Verrat ist …*

Seine Gedanken überschlugen sich, dann wollte ihn Panik übermannen. Noch nie hatte er sich so elend gefühlt. Dabei vergaß er, dass ein Messer in seiner Seite steckte.

»Im Ferienhaus der Gartenanlage. Den Weg kennst du«, presste er schließlich heraus. Tränen verschleierten seinen Blick, ihm war schwindelig, sodass er sich an einem neben ihm Stehenden festhalten musste. »Entschuldigung, die Beine …«, stammelte er.

Mein Gott, was habe ich getan … Ludwig plagten Schuldgefühle. Am liebsten hätte er sich fallengelassen, um einfach nur zu schlafen – dem ganzen Irrsinn ein Ende zu setzen.

Und da war wieder dieses Flüstern: »Ich danke dir, mein Freund. Ach so, deine Verletzung ist nicht tödlich, nichts, was ein Arzt nicht in Ordnung bringen könnte, aber du solltest dich beeilen.«

Dass Ludwig noch am Leben war, verdankte er im Grunde nur einem neben ihm Stehenden, als Florian zugestochen hatte. Die Klinge sollte eigentlich Ludwigs Leber treffen, was einige Zeit später unweigerlich seinen Tod zur Folge gehabt hätte, ihm jedoch so viel Zeit ließ, das Versteck verraten zu können. Jetzt, da Florian das Versteck kannte, fühlte er sich erleichtert, dass Ludwig nicht sterben würde. War es Mitleid, Bewunderung oder einfach nur die Tatsache, ihn nicht getötet zu haben? Längst kannte er die Antwort. *Aber warum bin ich dann so froh darüber? Gottverdammt, ich weiß es einfach nicht,* wunderte er sich.

Der Schmerz hatte etwas nachgelassen und Ludwig presste eine Hand auf die Wunde. Er hatte nicht bemerkt, als Florian das Messer herausgezogen hatte, auch nicht, dass der Gottesdienst bereits in vollem Gange war. Ihn fröstelte und kalter Schweiß benetzte seine Stirn. *Ich muss wissen, was er mit Kathie gemacht hat ... darf nicht ohnmächtig werden ...* Er wollte Florian in die Augen sehen, doch als er sich zu ihm umdrehte. war da, außer der andächtig lauschende Menge von Leibern, niemand. Ludwig wollte schreien – *Neiiin ... Kathi!* – doch kein Laut kam über seine Lippen. *Du hast es mir versprochen ...*

Wie betäubt schob er sich durch die Menge, wollte so schnell wie möglich diesen Ort verlassen – den Ort seiner Schande –, der ihm seine ganze Ohnmacht aufgezeigt hatte und wo er zum Verräter geworden war. *Verräter ... Verräter ...* dröhnte es in seinem Kopf. Wieder und wieder, wie der monotone Singsang in einem buddhistischen Kloster – nur lauter, sodass er meinte, sein Kopf würde zerspringen. *Ich habe es doch für dich getan, Kathi,* versuchte er sein schlechtes Gewissen zu beruhigen.

Halb von Sinnen und kaum noch in der Lage, einen Fuß vor den anderen zu setzen, erreichte er schließlich den Ausgang. Eisiger Regen peitschte ihm ins Gesicht und weckte seine Lebensgeister. Für einen kurzen Moment wich die Schwäche, sodass er es zu seinem Auto schaffte. Was er nicht sah, war das Blut auf dem Asphalt, das der Regen hinter ihm fortspülte. Mit letzter Kraft zog er den Verbandskasten unter dem Sitz hervor. Obwohl ihn der Schmerz wahnsinnig machte, gelang es ihm, eine Kompresse auf die

Wunde zu drücken und mit Pflaster zu befestigen. »Das muss reichen, später ist Zeit genug, sich darum zu kümmern«, murmelte er.

Tropfnass und erschöpft umklammerte er das Lenkrad. *Kathi ...* Ihm fiel ein, dass Florian nicht gesagt hatte, wo er Kathi versteckt hielt. *Ich muss Richard anrufen ... Florian aufhalten ... Ewald anrufen ...* Sein Kopf krachte aufs Lenkrad.

Klackern riss ihn aus seiner Ohnmacht. Es hörte sich an, als würde sein Auto von allen Seiten beschossen, sogar von oben. Es hagelte. Taubeneigroße Hagelkörner prallten von der Windschutzscheibe ab. Ludwig kam es vor, als wären Stunden vergangen. Die Schmerzen hatten nachgelassen und er konnte wieder halbwegs klar denken. Fieberhaft überlegte er, was als Nächstes zu tun wäre. Dann fiel es ihm wieder ein: *Richard!* Mit zitternden Fingern tippte er die Nummer ins Handy.

»Richard, bist du das?«

»Wer denn sonst. Du hörst dich an, als geht's dir nicht gut. Hast du getrunken?« Ludwigs Stöhnen ließ ihn augenblicklich hellhörig werden. »Was ist passiert?«

Je mehr Ludwig erzählte, desto schlimmer fühlte es sich an.

»Du musst sie finden, Richard. Ich … ich kann nicht … bin unterwegs …

»Mensch, beruhige dich, ich kümmere mich darum? Bist du verletzt?« Doch sein Handy blieb stumm.

Ludwig raste durch die Thundorfer-Straße, überquerte die Eiserne Brücke, bog rechts ab in die Wördstraße und erreichte die Nibelungenbrücke. Am Donaueinkaufszentrum vorbei jagte er stadtauswärts. In Regensburg-Nord musste er auf die Autobahn.

Er wusste nicht, was es war, was ihn stutzen ließ. Irgendetwas stimmte nicht. Trotz des Schmerzes, der sich erneut in sein Hirn bohrte, wusste er es plötzlich: Der Hintergrund auf dem Display von Kathis Handy! Es war dunkel gewesen! »Du gottverdammter Schweinehund hast mich reingelegt«, schrie er und trommelte wie von Sinnen aufs Lenkrad. Als sie entführt wurde, war es bereits Nacht und heute Morgen, beim Frühstück, war es bereits hell. Wie Schuppen fiel es ihm von den Augen: Florian konnte sie nicht entführt haben. *Der Schweinehund will nur, dass ich nach Hause fahre, damit er in aller Ruhe van Brink umbringen kann.* »Gott, was bin ich für ein Idiot«, schalt er sich. *Hätte ich im Dom genauer hingesehen ...* Siedend heiß fiel ihm Ewald ein, der verhindern sollte, dass van Brink sich absetzt. – Und Florian war unterwegs ins Gartenhaus! Die Vorstellung, Florian könnte Ewald nur deshalb töten, weil er ihn identifizieren konnte, versetzte Ludwig einen schmerzhaften Stich in die Brust. *Nein, bitte nicht Ewald ...* In seinem Kopf ging es zu wie in einem Bienenstock. Er versuchte, einen klaren Gedanken zu fassen, eine Entscheidung zu treffen. Das SEK oder Richard würden auf jeden Fall zu spät kommen. Und plötzlich wusste er, was zu tun war.

***

»Elendes Sauwetter ...« Seltenreich spähte durch die regennasse Fensterscheibe des Gartenhauses.

Der Dicke saß auf der Couch und stopfte Chips in sich rein. Van Brink saß im Sessel und starrte in den Fernseher, in dem eine Musiksendung lief. Er konnte Roland Kaisers *Joanna* bis nach draußen hören.

Respekt, Ludwig, ganz schön raffiniert. Das wäre der letzte Ort, an dem ich van Brink gesucht hätte. Ich muss mich beeilen. Eine knappe Stunde ist um ... Ludwig hat garantiert auf dem Weg nach Hause Gott und die Welt mobilisiert.

Dann stutzte er. Konnte es sein, dass Ludwig ihm erneut eine Falle gestellt hatte? Nein, so clever war er nicht. Er hätte alles gesagt, nur um Kathi zu retten. Keine Falle ...

Irgendetwas hatte den Dicken aufgeschreckt, der jetzt unwillig seine Chipstüte auf den Tisch knallte und sich von der Couch hochwuchtete. Ein Handy klingelte ...

Seltenreich brauchte nur Sekunden, um ins Haus zu kommen, sich in die Küche zu schleichen und Ewald daran zu hindern, den Anruf entgegenzunehmen. Der gezielte Handkantenschlag auf die Carotis Externa, seine Halsschlagader, der die Blutzufuhr zum Gehirn blockierte, ließ Ewald wie vom Blitz getroffen in Seltenreichs Arme sinken. Das Handy fiel klappernd zu Boden.

Er lauschte … Nichts! *Joanna* hatte das Geräusch verschluckt.

Nicht anders erging es van Brink, der leblos im Sessel zusammensank.

Hoffentlich lebst du Schwein noch. Seltenreich fühlte seinen Puls. *Nicht auszudenken, wenn ich dich getötet hätte. Ja, du wirst sterben, aber nicht so …*

Kurz darauf hatte er die beiden gefesselt. Insgeheim ärgerte er sich, weil Ludwig ihn zwang, van Brink hier zu töten, anstatt wie geplant im Präsidium. *Das ist meiner Genialität unwürdig und degradiert mich auf die Stufe eines banalen Mörders – ein Albtraum.* Am Ende wäre Ludwig trotzdem der Sieger. *Egal, ich muss es jetzt und hier zu Ende bringen. Mir bleibt keine andere Wahl.*

33

Der Showdown

Inzwischen hatte Ludwig die Kleingartenanlage erreicht. Der tobende Schmerz in seiner Seite ließ die Umgebung vor seinen Augen verschwimmen. Auf dem Parkplatz standen zwei Pkws. Einer gehörte van Brink, der andere musste Florian gehören.

Gott im Himmel, bitte lass mich nicht zu spät kommen.«

Mühsam quälte er sich aus dem Wagen. Vorsorglich prüfte er seine Pistole, steckte sie in die Jackentasche zurück und machte sich auf den Weg. War van Brink bereits tot und was war mit Ewald? Hatte Florian ihn umgebracht? Wie ein wildes Tier kroch die Angst in ihm hoch und versuchte, seine Sinne zu verwirren.

»Verdammt …« Er zog sich den Hut ins Gesicht und schlug den Mantelkragen hoch.

Am Gartentor blieb er stehen und sondierte die Lage. Tiefhängende Wolken, aus denen es immer noch schüttete, tauchten die Umgebung in diffuses Licht. Der Wind hatte an Stärke zugenommen und ließ die Blätter der Pappeln auf dem Gehweg auf und abtanzen, verschluckte jedes Geräusch. Das Gartentor stand offen und im Haus brannte Licht.

Ludwig entsicherte seine Pistole und humpelte zum Fenster, wo er keuchend stehen blieb. Sein Herz wummerte und nur mit Mühe konnte er seinen Atem in den Griff bekommen. Von van Brink wusste er, dass Florian seine Pistole hatte. Ein Schusswechsel war das Letzte, was er gebrauchen konnte. Ludwig spähte durchs Fenster und obwohl der Regen seine Sicht behinderte, konnte Ludwig trotzdem erkennen, was drinnen vor sich ging.

»Oh Gott, nein, nicht …« Panisch trat er einen Schritt zurück, zielte und zog den Abzug durch.

***

Ewald saß auf der Couch und wand sich in seinen Fesseln. Ob er wollte oder nicht, er musste dem bizarren Ritual zusehen. Nicht dass er gutheißen würde, was er sah, aber es war eine neue Erfahrung, real mitzuerleben, was er ansonsten zutiefst verabscheute. Seltenreich hatte van Brink gewaltsam eine Überdosis Viagra eingeflößt und bearbeitete dessen Glied. Wofür war klar …

»Schau genau hin, Dicker, so was wirst du so schnell nicht wieder zu sehen bekommen. Bis die Kavallerie eintrifft, ist alles erledigt. Also genieße es.« Zufrieden wandte Seltenreich sich wieder van Brink zu, der mit heruntergelassener Hose und erigiertem Penis dasaß. »Hast du ernsthaft geglaubt, ich würde dich am Leben lassen? Von allen, die ich bereits getötet habe, bist du das schlimmste Exemplar. Hast du dich jemals gefragt, was du diesen unschuldigen Kindern angetan hast, du perverses Monster? Wahrscheinlich nicht, aber keine Angst, es wird nicht lange dauern.« Ihn ärgerte maßlos, nicht genügend Zeit zu haben, um sein Ritual ordnungsmäßig beenden zu können – die Augen …

Van Brink schüttelte den Kopf und starrte entsetzt auf das Messer in Seltenreichs Hand, der seinen erigierten Penis festhielt. Ein winziger Funke Hoffnung keimte in ihm auf, als Seltenreich plötzlich innehielt. Doch dann, mit einer schnellen Bewegung, fuhr die Klinge durch sein Fleisch und trennte den Penis ab, genau in dem Moment, als die Fensterscheibe zersplitterte.

Seltenreich wurde herumgerissen, sodass ihm das Messer aus der Hand fiel. Irgendetwas zerriss in ihm. Als er auf dem Boden aufschlug, hielt er immer noch van Brinks Penis umklammert. Er musste husten und versprühte dabei schaumige Blutströpfchen. *Warum liege ich hier und warum tut es nicht weh?* Verwundert versuchte er, sich aufzurichten, doch seine Beine versagten ihm den Dienst. *Wer, verflucht noch mal, hat auf mich geschossen? Und wer weiß überhaupt, dass ich hier bin?* Erneut schüttelt ihn ein Hustenanfall. Kraftlos fiel sein Kopf auf den Boden. *Schlafen, einfach nur schlafen …*

Die Sekunden verstrichen wie in Zeitlupe, bis ihn schlurfende Schritte in die Wirklichkeit zurückholten.

Ludwig hinkte ins Zimmer und sah Ewald zusammengesunken, den Kopf auf der Seite, auf der Couch sitzen. »Mein Gott … bitte nicht …« *Bist du verletzt, ist die Kugel abgeprallt und hat dich getroffen? Ein Messerstich, wie bei mir?* Panisch untersuchte er Ewald, konnte aber nichts finden – kein Einschuss, kein Blut auch sonst nichts. Sein Puls …? »Gott sei Dank, du lebst.«

Ludwigs Blick glitt hinüber zu van Brink und er erschauderte. Vermutlich war der Anblick für Ewalds zartbesaitetes Gemüt zu viel gewesen und er war deshalb in Ohnmacht gefallen. Erleichtert griff Ludwig zum Handy.

Aber er hatte keine Kraft mehr. *Ich brauche Ruhe, muss mich ausruhen …* Er wollte sich hinsetzen und auf den Notarzt warten, als er Stöhnen, eher ein Röcheln hörte. Ganz schwach nur, wie aus weiter Ferne. Zuerst dachte er, es wäre van Brink, der wie tot im Sessel hing und unter dem sich eine Blutlache ausgebreitete hatte. Ludwig konnte sehen, dass noch ein Rest von Leben in ihm war. Obwohl dessen Kopf auf die Brust gesunken war, bewegten sich seine Lippen lautlos.

Doch es war Florian, der röchelnd seinen Namen flüsterte: »Ludwig …?«

Ludwigs Blick irrte von einem zum anderen. Aus beiden begann das Leben zu entweichen, aber wem sollte er sich zuwenden? Van Brink war so gut wie tot – und Florian? Da war noch eine Frage offen – Kati … *Vielleicht habe ich Glück und kann ihn noch fragen ... ich muss es wissen.* Seine Seite schmerzte fürchterlich und er fühlt sich ausgelaugt, kaum noch Herr seiner Sinne. Wie in Zeitlupe lief die groteske Szenerie vor seinen Augen ab. Ohne jegliches Mitleid zu verspüren, warf er van Brink einen letzten Blick zu, schlurfte zu Florian hinüber und ließ sich auf die Knie fallen. Jetzt, da die ganze Last von ihm abgefallen war und sein Widersacher sterbend vor ihm lag, verspürte er unendliches Mitleid. Er beugte sich zu Florian hinunter, nahm seinen Kopf in beide Hände und schaute ihm in die Augen. Es war wie ein Déjà-vu: Der Junge aus seinen Träumen … Beinahe zärtlich strich er ihm über den Kopf, dann über seine Wangen. *So also siehst du jetzt aus, Florian Seltenreich. So gar nicht wie ein Serienmörder. Und dennoch hast du so viele Menschen auf dem Gewissen. Warum nur wolltest du mich töten? Van Brink ist so gut wie tot. Hätte das nicht genügt?*

Aus dem Augenwinkel sah Florian Seltenreich, wie sich Ludwig über ihn beugte, fühlte dessen Hände, wie sie ihn streichelten. »Du … du solltest tot sein … stattdessen schießt du auf mich … warum tust du das …?« Anstatt wütend zu sein, fühlte Florian Erleichterung. Erleichterung, weil Ludwig es war, der das Spiel gewonnen hatte, und nicht irgendein unbedeutender Bulle. Was für ein großartiger Spieler. Noch immer hielt er van Brinks Penis umklammert, den er jetzt angewidert fallen ließ. *Zumindest habe ich dieses Schwein noch erledigt.* Mit jedem Hustenanfall wurde das Leben weiter aus ihm herausgepresst und plötzlich wusste Florian, dass er sterben würde. Verzweifelt streckte er einen Arm Ludwig entgegen, wollte ihm noch so vieles sagen, alles, und warum … doch ihm fehlte die Kraft. »Ludwig …« flüsterte er. Sein Arm fiel schlaff zu Boden. »… ich … hätte nie geglaubt, dass du es schaffen würdest. Ich bin so froh, dass du es bist, der mich gestoppt hat. Ich …« Erneut wurde er von einem Hustenanfall geschüttelte, der in Röcheln überging. Immer mehr hellrotes schaumiges Blut rann über seine Lippen. »… ich hätte dich nicht unterschätzen dürfen … meine Arroganz … aber nun ist das Spiel zu Ende. Du wirst in die Geschichte eingehen und ich …« Florians Augen begannen ihren Glanz zu verlieren, sich einzutrüben. Seine Stimme war kaum mehr als ein Wispern.

Ludwig musste sein Ohr an Florians Mund legen, um überhaupt noch etwas zu verstehen.

»Ich … ich wollte Arzt werden … den Kindern helfen, ihr Trauma zu verarbeiten, damit sie in ein normales Leben zurückkehren können.« Wieder schüttelte ihn ein Hustenanfall. »Ich wäre bestimmt ein guter Arzt geworden, das musst du mir glauben … Doch als ich dieses Schwein traf … ist mein Leben aus den Fugen geraten. Und dann konnte ich nicht mehr anders … das Schicksal … es hat aus mir etwas gemacht, das ich nie werden wollte.« Plötzlich, als wären seine Lebensgeister neu erwacht, kehrte der Glanz in seine Augen zurück: »Warum hast du mich daran gehindert, weiterzumachen? Diese Monster haben tausendmal den Tod verdient.« Anstelle von blasigem Schaum floss nun ein blutig-schaumiges Rinnsal aus seinem Mund und jeder Atemzug wurde von Pfeifentönen begleitet.

Florian schloss die Augen und sofort befiel Ludwig Panik. »Bitte, Florian, ich muss es wissen: Wo hast du Kathi versteckt? Willst du, dass sie stirbt, nur um dich an mir zu rächen?« Verzweifelt drückte er Florians Hand, in der Hoffnung, dass noch so viel Leben in ihm wäre, um ihm antworten zu können.

Doch dessen Augen starrten ins Leere, verloren sich im Nichts. Lediglich am Heben und Senken von Florians Brustkorbes konnte er sehen, dass noch ein letzter Funke Leben in ihm steckte. »Oh Gott – nicht jetzt … du darfst nicht sterben«, schrie er und schüttelte ihn, weil ihm die Ungewissheit beinahe den Verstand raubte.

Florian wollte loslassen und eintauchen in dieses wundervoll gleißende helle Licht am Ende des Tunnels, das ihn magisch anzog, um es zu durchschreiten. Unendliche Zufriedenheit durchflutete seinen Geist und befreite ihn von den Ängsten und dem Gift, das seine Seele zerrüttet hatte. Er war endlich angekommen, doch irgendetwas hielt ihn zurück, hinderte ihn daran, den letzten Schritt zu tun. Und dann begann das Licht zu verblassen und wurde immer schwächer, weil eine unwiderstehliche Kraft ihn unaufhaltsam in die Wirklichkeit zurückzog. »Neiiin …!«, hörte er sich schreien. »Bitte lass' mich …« Irgendetwas zerrte an ihm. Warum hörte das nicht auf? Und wie durch dichten Nebel war da plötzlich diese Stimme: »Bitte nicht … du musst es mir sagen …«

Gerade, als Ludwig meinte, Florian wäre tot, kehrte der Glanz in seine Augen zurück. Wie von Sinnen schüttelte Ludwig den Sterbenden, als könne er das Unvermeidliche hinauszögern oder aufhalten. Tränen vernebelten seinen Blick und vor seinen Augen begann alles zu verschwimmen. Er war einer Ohnmacht nahe. »Bitte … bitte nicht …«, konnte Ludwig nur noch flüstern. Und plötzlich spürte er, wie sich eine Hand in seinen Arm krallte und ihn hinunterzog: »Ihr … ihr ist nichts geschehen … du musst mein Werk weiterführen … die Kinder … wer wird sie beschützen, wenn ich … du musst es tun … versprich es mir.«

Doch bevor Ludwig antworten konnte, brachen Florians Augen und seine Hand fiel kraftlos zu Boden. *Das Phantom* war tot!

Ludwig wusste nicht mehr, wie lange er neben dem Toten gekniet hatte, auch nicht wie er behutsam, fast zärtlich Florians Kopf auf den Boden legte und ihm die Lieder schloss. Sein Rücken schmerzte und als er nach seiner Wunde griff, fühlte sich alles nass an. Erst jetzt bemerkte er, dass sich sein Schuh mit Blut gefüllt hatte. Mühsam rappelte er sich auf und sogleich begann sich alles um ihn herum zu drehen. Sein Blick streifte van Brink. *Ein paar Sekunden früher und dieses Schwein hätte überlebt. Einer weniger, den die Justiz beschützen würde.* Irgendwie konnte er Florian verstehen.

Eine blutige Spur hinter sich herziehend, hinkte Ludwig in die Küche. Verdammt, irgendwo musste doch etwas zu trinken sein? Im Küchenschrank fand er eine angebrochene Flasche *Remy Martin*. Der erste Schluck rann brennend die Kehle runter und trieb ihn die Tränen in die Augen. Er musste husten, was den Schmerz sofort aufflammen ließ. *Gottverdammt … aber ich brauche das jetzt.* Erneut setzte er die Flasche an und trank in gierigen Zügen. Er wollte sich betäuben, diesen ganzen Dreck, das Blut und das Elend der misshandelnden Kinder einfach hinunterspülen – alles vergessen machen. Doch die grausigen Bilder der verstümmelten Opfer ließen sich nicht ertränken, genau so wenig wie die kleine Yvonne, die wie eine Prinzessin ausgesehen hatte und in ihrem kurzen Leben so viel Schlimmes erdulden musste. *Wie viel Leid kann ein Mensch ertragen, bis er verrückt wird?*, fragte er sich.

Mit der Flasche in der Hand wankte er ins Wohnzimmer und setzte sich neben Ewald, der noch immer bewusstlos dasaß. War er eingeschlafen? »Die sind bald hier, Kumpel. Willst du auch einen Schluck?«, entrang sich ihm ein Lacher. »Prost Ewald!« *Warum, in Gottes Namen, ge-*

rade ich? Wieso passiert mir so eine Scheiße? Er kippte den Rest der Flasche hinunter und legte seinen Kopf an Ewalds Schulter. Den dumpfen Schlag der Flasche, die zu Boden fiel, hörte er nicht mehr.

»Mein Gott … wach endlich auf,« schrie er ihn an und schlug Ludwig ins Gesicht. »Du bist voller Blut … Sag doch was … bist du verletzt?« Erleichtert sah Hofreiter, wie Ludwig blinzelnd die Augen aufschlug. Er hatte angenommen, das viele Blut stamme von Seltenreich, doch Ludwigs bleiches Gesicht sagte ihm, dass dem nicht so war. Außerdem stank er wie eine Kneipe.

Endlich öffnete Ludwig die Augen und stammelte: »Ich … ich glaube schon. Mein Rücken … und hör' auf, mich zu schlagen. Mir geht's gut.«

Das war natürlich gelogen. Ihm war schlecht und er fühlte sich wie leergepumpt – innerlich ausgehöhlt. Und jetzt musste Richard ihm auch noch aufhelfen, damit der Notarzt an ihm rumfummeln konnte. *Warum können die mich nicht in Ruhe lassen, einfach sterben ...* Dann fiel ihm Ewald ein. »Bitte Doktor, wo ist Ewald … was ist mit ihm?« Er bemerkte, dass Ewald bereits fort war. Und dann turnten noch die Jungs von der KTU überall rum.

»Ihr Kollege ist auf dem Weg ins Krankenhaus und Sie müssen schleunigst auch hin. Es grenzt an ein Wunder, dass Sie überhaupt noch leben.« Er verzog das Gesicht, als Ludwig ihn anatmete, und winkte den Rettungsassistenten. »Beeilt euch, sein Zustand ist äußerst kritisch«, rief er ihnen hinterher.

»Was ist mit Kathi?«, fragte er Richard, der neben der Trage herlief.

»Florian hat geblufft, ihr ist nichts passiert. Sie war die ganze Zeit zu Hause«, versuchte er ihn zu beruhigen. »Es geht ihr gut, also mach dir keine Sorgen. Du kannst mir später alles erzählen. Nippel mir ja nicht ab.« Er wollte noch etwas sagen, ihm gratulieren, dass er Seltenreich zur Strecke gebracht hatte, aber Ludwig war bereits weggetreten.

Voller Sorge trieb Hofreiter die Rettungsassistenten zur Eile an und war erst beruhigt, als Ludwig im Auto lag und am Tropf angeschlossen war. Nachdenklich schaute er dem davonfahrenden Wagen hinterher.

Es hatte zu regnen aufgehört und der Wind trieb die Wolken auseinander. Zwischen ihnen stachen ein paar Sonnenstrahlen wie goldene Finger hindurch und schufen eine unwirkliche Atmosphäre. Sie passte zu Richards momentaner Gemütsfassung. Er hatte Angst, Ludwig könnte es nicht schaffen. *Du verdammter Scheißkerl weißt gar nicht, wie sehr ich dich mag. Wehe, wenn du jetzt den Löffel abgibst ...* War da noch mehr? Er horchte in sich hinein. *Ja, verdammt noch mal, du bist mein Freund. Und ja, ich habe Angst um dich. Aber was wäre, wenn ...? Was würde Ludwig tun, wenn er wüsste, dass ich ...*

Er war innerlich zerrissen – zwiegespalten. Ludwig war ein Polizist nach seinem Geschmack, dem er mehr als nur Respekt zollte, einer der besten, die er kannte. Er und Ewald waren ein herausragendes Team und sie womöglich als Gegner zu wissen, ließ ihn frösteln. Bei dem Gedanken krampfte sich sein Magen schmerzhaft zusammen.

Schnell verdrängte er die dunklen Wolken, die sich zwischen ihre Freundschaft zu schieben drohten. Früher oder später würde die Wahrheit ans Licht kommen. Doch jetzt galt seine Sorge einzig und allein Ludwig. »Du schaffst das, mein Freund«, flüsterte er.

34

Die Villa

Die Villa aus der Gründerzeit, mit ihrer verspielten Architektur, lag etwas außerhalb von Weiden. Von der Terrasse im ersten Stock hatte man einen wundervollen Blick auf den parkähnlichen Garten und die mannshohen Skulpturen entlang der Kieswege. In den Blumenrabatten wuchsen noch vereinzelt Stiefmütterchen. Im Frühjahr und Sommer war das sicherlich ein friedvoller Anblick, doch niemand hatte sich die Mühe gemacht, alles vom Herbstlaub zu befreien. Wahrlich ein Ort des Friedens und der Idylle, wenn man davon absah, was gerade in der Villa vor sich ging.

Die Veranstaltung war in vollem Gange und die Gäste, im Alter zwischen vierzig und siebzig Jahren, in der Regel aus der High Society – Unternehmer, Banker und New-Economy-Millionäre –, warteten gespannt auf den Höhepunkt des Abends: die *Versteigerung!* Sie alle hatten etwas gemein: Sie waren reich! Und noch etwas: Sie hatten dieselben abartigen Neigungen. Es wurde Champagner gereicht und sich am sündhaft teuren Buffet bedient.

Branco Dumitrescu trug eine dunkle Hose und ein kurzärmeliges weißes Hemd mit Fliege. Seine Füße steckten in Krokodillederschuhen. Die muskelbepackten Arme waren bis zum Hals hinauf tätowiert. Um die eins neunzig groß, mit schwarzen Haaren und Dreitagebart, war er eine imposante, beinahe sympathische Erscheinung, wenn man von seinem Charakter absah. Doch wenn man genauer hinsah, konnte man die Verschlagenheit in seinen Augen sehen.

Hatte Branco ihnen zu viel versprochen?, fragten sich die Gäste, die es kaum erwarten konnten. Eigentlich war es keine richtige Versteigerung, denn Branco kannte die Wünsche seiner Kunden im Voraus und hatte dafür gesorgt, dass jeder auf seine Kosten kommen würde.

Trotz Verglasung wurde es auf der Terrasse zu kalt, sodass sie hereingebeten wurden. Die Spannung stieg, weil neue Ware eingetroffen war, die Branco persönlich ausgesucht hatte: Fünf Mädchen im Alter von acht bis zehn Jahren, frisch vom Balkan über Tschechien *importiert*. Um seinen Kunden unliebsame Überraschungen zu ersparen, hatte er sie unter Drogen gesetzt, gerade so viel, sodass sie noch ansprechbar waren. Seine Gehilfinnen, zwei Wasserstoffblondinen, hatten sich als Serviererinnen verkleidet und führten die festlich herausgeputzten Mädchen herein, die auf der breiten Couch platznehmen mussten. Mit glasigen Augen blickten sie ängstlich in die Runde, nicht ahnend, welch fürchterliches Schicksal auf sie wartet. Die rumänischen *Einkäufer* hatten sie ihren Eltern abgekauft, die in bitterer Armut lebten, und ihnen versprochen, dass es ihren Kindern besser gehen würde. Sie würden in reiche kinderlose Familien kommen. Stattdessen wurden sie nun mit lüsternen Blicken taxiert – als Objekte der Begierde.

Wie immer hatte Branco die Erwartungen seiner Kundschaft erfüllt. – Mit Ausnahme von Jürgen Petzolt, der sich ärgerte. Er hatte sich mehr vom heutigen Abend versprochen. Branco wusste doch, dass die *Ware* für seinen Geschmack zu alt war. Wütend nahm er ihn beiseite: »Willst du mich verarschen? Ich dachte, du hättest mehr zu bieten. Also warum bin ich hier, wenn du meine Wünsche nicht berücksichtigst? Willst du oder kannst du nicht?«

»Entschuldige, aber die letzte Lieferung wurde nach Frankfurt umgeleitet. Das Mädchen, das ich für dich ausgesucht habe, war dabei. Ich dachte acht oder neun Jahre wäre auch nicht zu verachten. Schau sie dir an. Samira, die Kleine ganz links, ist gerade erst acht geworden, das müsste doch passen, oder?« Fragend sah er Petzold an. *Wenn es nicht ums Geschäft ginge, würde ich dich ungespritzt in den Boden rammen, du arrogantes Arschloch.*

»Komm, Branco, du weißt genau, dass ich keine Kompromisse eingehe. Mein Geld ist genauso gut wie das der anderen. Ich dachte, du bist ein Profi, aber vielleicht habe ich mich ja getäuscht. Was ich hier sehe, ist nicht meine Liga, wie du weißt. Also wann?«

»Nächste Woche. Ich melde mich. Aber das erhöht den Preis, weil es schnell gehen muss. Willst du nicht doch mitsteigern? Die kleine Samira …«

»Nein! Nächste Woche und keinen Tag länger. Enttäusch mich nicht wieder.«

Wütend verließ Petzold die Party, während Branco ihm stirnrunzelnd hinterher sah. *Elender Kinderficker ... Aber scheiß drauf, Geld stinkt nicht. Eine Woche sollte kein Problem sein.*

Petzolt war in seine Penthouse-Wohnung zurückgekehrt. Frustriert über Brancos Versagen brauchte er erst mal einen Drink. Er hatte sich so darauf gefreut, doch dieser dämliche Idiot hatte es gründlich versaut. Früher, da waren ihm die Mädchen in diesem Alter gut genug, aber jetzt war er auf Branco angewiesen.

Wütend stürzte er den Whisky runter. *Vielleicht sollte ich mir einen Ausgleich verschaffen*, überlegte er. Sein Blick fiel auf den Laptop, der auf dem Wohnzimmertisch stand. *Warum nicht?*

Er füllte nach und leerte sein Glas in einem Zug.

Bereits bei den ersten Seiten im Forum wurde ihm heiß, sein Puls begann zu rasen und er hatte das Gefühl, sein Herz würde gleich explodieren. Er bekam kaum noch Luft, dann begann alles vor seinen Augen zu verschwimmen. Schließlich wurde es dunkel um ihn und sein Kopf fiel auf die Tastatur.

Als er aufwachte, waren Stunden vergangen. Verwundert stellte er fest, dass er geknebelt und gefesselt am Kopfende seines Bettes lehnte. Sein Schädel brummte fürchterlich. *Verdammt noch mal, was läuft hier? Was ist denn passiert?*, versuchte er sich krampfhaft zu erinnern, aber da war nur ein großes ... Nichts. Verwundert schaute er auf die schemenhafte Gestalt, die in einem weißen Ganzkörperanzug steckte und sich mit seinem Laptop beschäftigte.

Was machen Sie hier?, wollte er fragen, doch kein Laut kam über seine Lippen.

Er begann an seinen Fesseln zu zerren, bäumte sich auf. Am liebsten hätte er sich auf dieses Alien gestürzt, aber ...

Er hatte das Gefühl, sein Schädel würde zerspringen. *Verflucht noch mal, wie bin ich in diese Lage geraten?*, zermarterte er sich das Hirn. *Was will dieser Kerl von mir? Das ist doch kein Einbrecher. Vielleicht steckt Branco dahinter, weil ich ihm zu gefährlich geworden bin? Wollen die Schweine mich loswerden. Nein, eher unwahrscheinlich.*

Egal warum, es hatte keinen Zweck weiter darüber nachzudenken.

Der Vermummte dreht sich zu ihm um. »Ah, ich sehe, du bist wach. Wie schön. Dann können wir uns ein wenig unterhalten. Wirst du schreien, wenn ich dir das Klebeband entferne? Du willst doch sicher wissen, weshalb ich hier bin und was mein Auftritt zu bedeuten hat, oder?«

Petzolt nickte, wollte ihn anschreien, was er hier zu suchen hätte, doch als er das Gesicht sah und diese Augen, die ihn durchdringend musterten, erschrak er so sehr, dass er meinte ohnmächtig zu werden. *Mein Gott, dieses Gesicht! Ich kenne es ... die Bilder aus den Zeitungen ... damals, als das Phantom getötet wurde ...*

Und dann traf ihn die Erkenntnis mit voller Wucht: *Heute werde ich sterben.*

35

»Bist du das, Ludwig? Hier Marlies. Gratulation zu deinem Erfolg. Ich hoffe, dir geht's wieder gut. Ich habe gehört, dass du auf der Kippe gestanden bist. Wäre doch schade um dich gewesen«, lachte sie.

»Ja, bin wieder fit, hatte einen Schutzengel. Und? Hast du was rausgefunden?«

»Und ob. Ich weiß nicht, woher du deinen Riecher hast, aber das war ein Volltreffer. Xaver Mühlbauer hat die gleiche DNA wie dieser Andreas. Er ist definitiv ein Ganselhuber-Abkömmling.«

Für einen kurzen Moment herrschte Stille. *Ich hab's geahnt. Xaver wollte Kathi töten, um an den Hof oder zumindest an sein Erbteil zu kommen. Anschließend wäre vielleicht ich dran gewesen, was ich jedoch nie erfahren werde.* »Ich danke dir, Marlies, und meine Einladung steht noch. Also bis später.«

Zu Hause erzählte er Kathi von Marlies' Ergebnis und dass sie nun keine Angst mehr haben musste. War das ausgleichende Gerechtigkeit oder Ironie des Schicksals? *Das Leben geht oft seltsame Wege*, schüttelte Ludwig verwundert den Kopf und ging ins Bad.

»Schatz, du hast morgen einen Termin in Regensburg, eine Untersuchung, sagt Richard. Willst du rangehen?«

»Nein, ich kann jetzt nicht. Sag' ihm, ich rufe zurück.«

Nachdenklich betrachtete Ludwig die Narbe im Spiegel. Die Ärzte hatten ihm eine Niere entfernt. *Ich hatte verdammtes Glück, bin dem Teufel noch mal von der Schippe gesprungen. Florian ist zwar tot, aber ich habe einen hohen Preis bezahlt.*

Während Ludwig im Krankenhaus lag, hatte ihn die Presse als Helden gefeiert. Später ermittelte die *Interne* gegen ihn. *Diese Idioten!* Am liebsten hätte er die Sesselfurzer und Bleistiftakrobaten zum Teufel geschickt. Sie wollten ihm an die Karre pissen, aber die Ermittlungen wurden eingestellt. *Was wollen die Deppen denn noch? Ich bin krankgeschrieben und jetzt soll ich noch mal antanzen? Was für eine Untersuchung über-*

haupt?, ärgerte er sich. *Vielleicht hätte ich Florian bitten sollen, mit seinem bizarren Ritual an van Brink aufzuhören, anstatt ihn zu erschießen? Ein paar Sekunden früher und van Brink wäre noch am Leben und dann? Nein, daran will ich jetzt nicht denken. Das Ganze war beschissen genug.*

»Weißt du, auf was ich mich freue, Kathi?«, rief er ihr zu. »Ein frisches Weißbier, 'ne Butterbrezn und Weißwürste. Und dann können die mich alle mal …«

»Ach komm, Schatz, das ist doch bestimmt nur eine Routineangelegenheit. Wenn du brav bist, besorge ich dir welche. Was hältst du davon?«

Im Präsidium angekommen, hatte er das Gefühl, vor ein Tribunal gezerrt zu werden. Zwei Stufen auf einmal nehmend, durchquerte er den Korridor und blieb vor Häuslers Büro stehen. Wieder in Uniform zupfte er sich die Krawatte zurecht, klopfte kurz und trat ein. Doch damit hatte er partout nicht gerechnet: Ovationen schlugen ihm entgegen, sodass er verblüfft stehen blieb. Alle waren sie da: Kriminaloberrat Hertle und die Kollegen von der Sonderkommission sowie der leitende Kriminaldirektor Häusler aus Regensburg, der ihm ein Sektglas hinhielt.

»Ein Toast auf den Kollegen Hiermeier! Auf seinen Erfolg und seine Genesung – zum Wohlsein!«

Reihum wurde angestoßen. Natürlich gingen die Gratulationen und Lobeshymnen Ludwig wie Honig runter.

Auch auf der anschließenden Pressekonferenz wurde nicht mit Lob gespart und seine Verdienste besonders hervorgehoben. Ludwig war der Held der Stunde. Dass er beinahe draufgegangen wäre, wurde nur nebenbei erwähnt.

Vergessen waren die einstigen Schlagzcilen, dass die Polizei so lange mit der Wahrheit hinterm Berg gehalten hatte. Van Brink war lediglich ein weiteres Opfer des Phantoms, ansonsten drang nichts nach außen. *Was für eine beschissene Welt*, ging es Ludwig durch den Kopf. Trotzdem freute er sich. Mittlerweile wusste er, wer den Artikel über das

Phantom in die Zeitung gebracht hatte: Fritz Stangl, der Drecksack. Er war wohl der einzige Profiteur an der ganzen Geschichte und hätte ihnen beinahe die Tour vermasselt. Aber bekanntlich sind Schlagzeilen sehr kurzlebig.

Die Feier war noch voll im Gange, als ihn Richard beiseitenahm: »Ziemlich anstrengend so 'ne Fete, oder? Wann gehst du in Reha?«

»Weiß nicht, habe noch keinen Bescheid. Vielleicht in zwei Wochen. Warum fragst du?«

»Na ja, als du im Krankenhaus lagst, war da wieder so ein Fall. Ziemlich undurchsichtige Sache und einen Täter gibt's auch noch nicht. Die Kollegen tappen völlig im Dunklen.«

»Was für ein Fall? Hoffentlich nicht wieder so ein bekloppter Killer oder?« Skeptisch schaute Ludwig ihn an. Und da Hofreiter schwieg, schwante ihm Böses. »Nein, sag', dass das nicht wahr ist.«

»Leider doch. Ich wurde gebeten, eine neue SOKO zu bilden und …«

»Oh nein«, fiel ihm Ludwig ins Wort. »Nicht mit mir. Ich habe die Schnauze restlos voll. Glaubst du im Ernst, ich würde mich auf so einen Scheiß noch mal einlassen? Ich wäre beinahe draufgegangen und meine Ehe … Nein, Richard, ohne mich. Ich will und werde kein Kriminaler. Außerdem habe ich vor, den Polizeidienst zu quittieren. Kathi und ich wollen uns nur noch um den Hof kümmern. Ein Bio-Hofladen …«

»Willst du nicht mal wissen, worum es geht?«, bohrte Richard weiter.

»Nein, will ich nicht. Obwohl – ich kann's mir ja mal anhören, wenn's nicht zu lange dauert. Also mach's kurz.«

Was Ludwig nicht bemerkte, war Richards durchdringender Blick, der jede seiner Reaktionen beobachtete. Ihm war das kurze Aufblitzen in Ludwigs Augen nicht entgangen. Also doch: einmal Kriminaler, immer Kriminaler.

»Also, bei dem Opfer handelt es sich um einen Jürgen Petzolt aus Weiden. Als Key-Account-Manager hat er die Kunden seiner eigenen Firma betreut, obwohl er das nicht nötig hatte. War wohl ein Spleen von ihm. Ansonsten ein Lebemann und ledig. Er stammt aus einer Unternehmerfamilie in Weiden, ist stinkreich – beziehungsweise war. Er wurde tot in seiner Penthousewohnung gefunden. Vermutlich ist er an einer Überdosis Gamma-Hydroxy-Buttersäure, also K.-o.-Tropfen gestorben. Wie du weißt, kann man das Zeug nach einiger Zeit im Blut nicht mehr nachweisen. Ansonsten ein bisschen Koks und Alkohol, aber nicht der Rede wert.«

»Und was ist so besonders an dem Fall?«

»Er lag vollständig bekleidet und mit zusammengefalteten Händen auf dem Bett, als würde er beten. Anfangs sah alles nach einem Selbstmord aus. Und jetzt kommt's: Der Täter hat ihm groß und breit *Mea Culpa* in die Brust geritzt, na ja, mehr geschnitten. Aufgrund der Fesselspuren an Hand- und Fußgelenken und den Knebelspuren war er bei vollem Bewusstsein, während der ganzen Prozedur, was der Pathologe bestätigt hat. In seinem Laptop wurde kinderpornografisches Material gefunden. Vermutlich stand er auf kleine Mädchen. Ansonsten hat der Täter keinerlei Spuren hinterlassen, mit denen man etwas anfangen konnte. Keine Hautschuppen, keine Haare, keine Fasern oder Fingerabdrücke – einfach nichts. Die Kollegen sind völlig ratlos. Wie es aussieht, haben wir es wieder mit einem durchgeknallten Psychopathen zu tun. Vielleicht mit einem Phantom-Nachahmer, der es auf Pädokriminelle abgesehen hat.« Gespannt schaute er Ludwig an. Würde er anbeißen? Und da er nicht sofort antwortete, hakte er nach: »Interessiert?«

»Kommt mir irgendwie bekannt vor. Und du gedenkst, mich wieder in die SOKO zu holen? Sehe ich das richtig? Da muss ich dich leider enttäuschen.« Das klang überzeugt, aber tatsächlich kämpfte der Kriminalist mit dem Biobauern und es sah aus, als würde der Bauer verlieren. Doch dann fiel ihm Kathi ein. »Tut mir leid, Richard, aber ich bin definitiv nicht interessiert. Nur eine Frage noch: Sein Ding – du weißt schon …«

»Den hat der Täter dran gelassen.« Hofreiter lächelte, als seine Hand in der Jackentasche den Zettel umschloss …

Danksagung

Das vorliegende Buch erzählt eine von mir frei erfundene Geschichte. Ähnlichkeiten mit lebenden oder toten Personen wären rein zufällig. Selbst Kirchbichl ist ein fiktiver Ort. Der Drogenschmuggel von Tschechien nach Deutschland über die bayrisch-böhmische Grenze im Schönseer Land, insbesondere von Chrystal Meth, ist hingegen eine Tatsache. Genauso wie die gestiegene Einbruchskriminalität sowie die gemeinsam operierenden tschechischen und deutschen Ermittlungsgruppen, die dagegenzuhalten versuchen.

Danken möchte ich Polizeihauptkommissar Christian Pongratz, Leiter der Polizeistation Waldmünchen und ein langjähriger Freund, der mir mit seinen Ratschlägen zur Seite stand.

Mein Dank gilt auch Tina Caspary, die nie müde wurde, mich bei der Recherche zu unterstützen und mich, wenn ich mich zu verzetteln drohte, wieder in die richtige Richtung führte.

Außerdem danke ich meinem langjährigen Freund Rainer Beyer, der mein Manuskript gegengelesen und mit seinen Ratschlägen zum Gelingen beigetragen hat.

Und nicht zuletzt danke ich Erik Kinting, der unter anderem für die schnelle und reibungslose Veröffentlichung meiner Bücher sorgt.

Der Autor

Manfred Hirschleb, geboren 1950 in Thüringen, verbrachte nach seiner Flucht aus der DDR einige Jahre seiner Kindheit und Jugend in Regensburg, wo er eine Ausbildung als Flurbereinigungstechniker und danach ein freiwilliges soziales Jahr machte. Danach absolvierte er Anfang der Siebzigerjahre eine Ausbildungen als Psychiatrie- und Krankenpfleger an der Psychiatrischen Universitätsklinik Düsseldorf. Seit 1976 lebt er wieder in der Oberpfalz, seiner Wahlheimat, wo er 25 Jahre lang als Heimleiter eine therapeutische Einrichtung für geistig Behinderte leitete. Seit über 20 Jahren ist er Träger eines Rehabilitationszentrums zur Wiedereingliederung alkohol-, drogen- und medikamentenabhängiger Menschen. Seit seiner Pensionierung widmet er sich seinen Hobbies Lesen, Filme, Reisen und Campingurlaub mit dem Caravan sowie seiner heimliche Leidenschaft, dem Schreiben von Büchern. Im tredition-Verlag veröffentlichte er sein Erstlingswerk, DIE RÜCKKEHRER, ein Science Fiktion Roman, sowie vier Kurzkrimis über den Sonderermittler Harry Nitzer, der unaufgeklärte Mordfälle neu aufrollt. Sein neuestes Werk BLUTFEHDE ist ein Oberpfälzer Grenzland-Krimi. Zur Zeit arbeitet er an einem Nachfolge-Thriller über einen Psychopathen, der eine blutige Spur durch die Oberpfalz zieht.

Sie erreichen den Autor per E-Mail unter:
Manfred-Hirschleb@outlook.de

Zeitfracht Medien GmbH
Ferdinand-Jühlke-Straße 7
99095 Erfurt, Deutschland
produktsicherheit@kolibri360.de